닫힌 사회 그리고 열린 텍스트

멜빌과 소수인종 작가 작품에 나타난 통합의 비전

■ 이 도서는 2020년 한국교통대학교 지원을 받아 수행되었습니다.

닫힌 사회 그리고 열린 텍스트

멜빌과 소수인종 작가 작품에 나타난 통합의 비전

김옥례 지음

도서출판 동인

책머리에

자신의 소명에 투철한 예술가는 통제적인 사회체제에서 벗어나, 기존 사회 규범 너머에 있는 세계의 모습을 올바르게 통찰해내고자 한다. 허먼 멜빌(Herman Melville)은 자신이 살던 19세기 미국사회의 암담한 현실, 즉 팽창주의, 인디언 말살정책, 노예제도 등으로 점철된 상황을 극복해나가기 위한 대안 책으로 전통적인 아메리칸 인디언사회의 기틀이 되는 상호공존의 원리, 자연의 흐름에 순응하는 그들의 가치관을 제시한다. 20세기 초반의 멜빌 리바이벌 붐이 한 세기를 지나서도 여전히 지속되는 것은 포스트모던적인 예술기법과 인종과 국가의 경계를 아우르는 열린 시각과 상상력으로 작품을 집필해 나갔던 멜빌의 시대를 앞선 작가적 특성 때문이다. 현대 대표적인 아메리칸 인디언 작가인 레슬리 마몬 실코(Leslie Marmon Silko)는 백인문화가 지워버린 미국원주민들의 역사적 실체를 추적해 복원한 자신의 소설,『죽은 자의 책력』(*Almanac of the Dead*)은 멜빌에게서 영감을 받아 집필된 것이라며 정신적 스승으로서 멜빌이 자신에게 미친 영향력을 밝힌 바 있다. 또한 소설 『보이지 않는 인간』(*Invisible Man*) 서두에 「베니토 세레노」("Benito Cereno") 마지막 부분 구절을 인용한 흑인 작가 랠프 앨리슨(Ralph Ellison)의 경우에서도 볼 수 있듯이 멜빌은 백인뿐 아니라 소수인종 출신 작가들의 존경을 받고 있다. 이는 바로 그가 백인중심의 편협한 시각에서 벗어나 객관적으로 자신의 시대를 진단하였기 때문이다.

현대 아메리칸 인디언 작가 린다 호건(Linda Hogan)은 환경운동가 및 이론가, 자연보호주의자로 활동하고 있으며 반핵 운동, 평화운동 등 정치적인 활동에도 적극 관여해오고 있다. 호건은 '콜로라도 야생생물 복귀 클리닉'에 자원봉사자로 일했고 1994년과 1995년에는 멸종위기 종들에 관한 부족원로회의를 개최하기도 했는데 이러한 활동들에서 그녀의 인간과 환경, 자연에 대한 깊은 관심을 볼 수 있다. 아메리칸 인디언들은 자신들 생존의 바탕이 되는 부족 고유의 생태학적인 가치체계가 붕괴되는 것을 지켜보고 자신들의 치유를, 이전의 '완전한 존재'로 복귀하기를 간절히 열망해왔다. 호건은 모든 관계가 깨어지고 병들어 있는 현대사회를 치유하는 것이 자신 창작의 주된 목적이라고 밝힌다. 또한 치유의 방편으로 인간사회에 존재하는 인종, 성별, 빈부, 언어차이뿐 아니라 인간과 자연, 생물과 무생물 등의 경계를 넘어서 모든 대상과 공존하는 삶, 즉 지구공동체사회의 일원으로 살아가는 전통적인 삶의 방식을 제안한다.

멜빌의 대표작 『모비딕』(*Moby-Dick*)에서 다뤄지는 전통적인 아메리칸 인디언사회 가치관에 대한 작가의 긍정적인 시각을 제시하고 소수 권력 집중이 이뤄지고 있는 상황이 타개되지 않는다면 국가의 전면적인 붕괴를 막을 수 없다는 메시지를 그의 단편소설 「종탑」("The Bell-Tower") 을 통해 분석해 본다. 또한 자유민주주의 국가라는 독립혁명의 이상과 모순되는, 소수 지배계층을 제외한 대다수 백인들의 삶조차 노예상태 에서 벗어날 수 없는 19세기 미국사회 현실을 비판하는 그의 역사소설 『이스라엘 포터』(Israel Potter)를 통해 작가의 진단을 제시한다. 아울러 서 멜빌과 시각을 같이하는 중국계 미국작가, 한국계 미국작가 등 소 수인종 작가들의 작품분석을 통해 인종 사이의 경계를 넘어서는 여러 인종 사이의 상호공존의 당위성, 더 나아가 인간과 자연의 평화로운 공존을 위한 열린 시각의 필요성을 주장하는 아메리칸 인디언 작가들 이 주장하는바 통합의 비전을 살펴본다.

1장에서 다뤄지는『모비딕』에서 멜빌은 기독교 문명사회를 건설한 다는 구호 아래 인디언 등 사회 약자인 유색인종들에게 야만적인 폭 력을 행사하던 19세기 미국사회의 모순점을 통렬하게 비판한다. 더 나 아가 그는 인간과 인간관계뿐 아니라 인간과 자연 사이의 참된 공존 을 주장하는 인디언 문화의 가치관만이 인종차별과 팽창주의 정책으 로 얼룩졌던 당대 혼란스런 현실을 헤쳐 나갈 해결책이 된다는 메시 지를 제시한다. 즉 인디언 혐오논리(The metaphysics of Indian-hating)로 압축되는, 인디언들을 전멸시켜야 할 당위성을 주장하는 당대 지배담 론에서 벗어나 작가는 구원자로서 인디언을 대변하는 퀴퀙(Queequeg) 의 긍정적인 특성뿐 아니라 더 나아가 피쿼드(Pequod) 호가 상징하는 바 인디언사회 가치관을 서구 기독교 세계의 대안 책으로 설정한다.

2장은 그의 단편 「종탑」을 다룬다. 1850년대 중반, 노예제도 논쟁으로 사회긴장이 고조되던 시대를 살아야 했던 멜빌은 지식인으로서 자신이 지녀야 하는 소명의식과 정체성이 과연 무엇인지 고뇌하게 된다. 그는 잡지에 발표한 15편의 단편 중 5편을 추리고 「더 피아자」("The Piazza")를 새로 집필해서 서두에 붙인 『피아자 이야기들』(The Piazza Tales)이라는 제목의 단편집을 1856년 출간하게 된다. 서언 격인 「더 피아자」는 전체 작품을 분석하는 기본 틀을 제시하며 마지막 이야기인 「종탑」에 이르러서 19세기 미국사회의 안정을 뒤흔들던 근본적인 원인이 되는 것은 흑인들의 노예반란이라기보다는 유색인종을 억압하던 노예제도 자체라는 메시지, 이를 해결하지 못하면, 종탑이 상징하는바 국가 전체가 붕괴할 수 있다는 강력한 경고를 다층의 서술구조와 다양한 시점, 복합적인 층위의 아이러니 등을 통해 제시한다.

3장의 멜빌의 역사소설 『이스라엘 포터』에서는 잊힌 영웅의 관점으로 독립혁명 이야기를 재구성한다. 독립전쟁에 참전해 용감하게 싸웠으나 아무런 보답도 받지 못한 평범한 군인 이스라엘 포터를 주인공으로 하여 미국독립 기념일과 독립전쟁을 기리는 기념탑의 의미를 해체하고 더 나아가 기념비적 역사 기록의 허구성을 제시한다. 다시 말해 민주주의 국가를 수립하고자 영국의 독재에 맞서 싸웠던 독립혁명정신이, 독립혁명 신화가 일부 지배계층을 제외한 일반대중의 삶과는 거리가 먼 추상적인 이상에 불과할 뿐이었음을 비판한다.

4장 『파워』(Power)에서는 상충하는 두 세계관, 즉 인디언 부족사회와 백인사회 속에서 자신의 길을 정립해나가는 아메리칸 인디언 소녀의 성장과정이 시적인 언어로 섬세하게 구사된다. 호건은 계층 간의 단절이 심각한 현대사회의 문제를 논하면서, 성별, 인종, 빈부차이 등으로 인해 그 속에서 무수히 이루어지는 경계선 긋기는 사회지배계층이 물리적인 힘으로 약자들을 침묵하게 하고 그들의 패배를 합리화시키기 위한 목적 때문이라는 사실을 자신의 문학에서 밝히고자 한다고 말한 바 있다. 따라서 그녀는 참다운 삶을 이루어가기 위한 경계 넘기의 필요성을 주장하는데 이는 인디언 여성 자서전 문학에서 공통적으로 다루는 주제이다. 『파워』를 통해서 자신에게 규정된 경계를 뛰어넘는 주인공의 시도를 담고 있는 인디언 여성 자서전 문학의 특징을 짚어본다.

5장에서 다루는 호건의 『고래 족』(*People of the Whale*)은 2008년에 발표된 소설이며 1990년대 마카(Makah)부족의 포경재개를 둘러싼 논쟁들을 인터뷰하고 이를 신문에 기고하는 등 작가자신의 경험을 바탕으로 집필된 작품이다. 호건은 마카부족의 포경재개 문제에 있어서 중립적인 위치를 지키며 자신 부족뿐 아니라 모든 인종들, 생명체들, 더 나아가 자연계 전체의 평안을 가져오고자 하는 마카부족 원로여성들의 노력을 긍정적으로 평가한다. 즉 이들은 진정으로 고래의 안위를 염려하며 부족사회와 백인사회의 가교 역할을 한다고 본다. 왜곡된 이데올로기에 의한 폭력과 억압으로 얼룩져 있는 현대사회에서 모든 생명체와 공존하는 자연의 흐름을 따르는 것이 개인이 겪은 역사적인 상처와 고통의 해결책이며 그 치유방안이 된다는 것이 작품의 중심주제이다. 이러한 작가의 메시지는 부족지도자로서 루스 스몰(Ruth Small)의 역할뿐 아니라 토마스 위트카 저스트(Thomas Witka Just)의 성찰과정을 통해 구체적으로 제시된다.

6장의 셔먼 알렉시(Sherman Alexie) 소설『플라이트』(*Flight*)는 사춘기 소년의 성장소설 양식으로 구성된다. 주인공 지츠(Zits)는 꿈과 현실의 경계를 넘나들며 다른 인물들의 아이덴티티로 대량학살과 폭력이 자행되는 비극적인 미국역사의 현장들에 대면해나가는 과정에서 점차 폭력적인 해결방식에 회의적인 반응을 보인다. 그는 휴머니즘에 토대를 둔 백인과 인디언의 공동체사회의 필요성을 깨닫고 이를 지향하게 됨으로써 폭력적이고 억압적인 현실에서 탈주하여 비상할 수 있게 된다. 알렉시는 그의 작품들에서 대량학살과 식민주의라는 역사적 트라우마로 인한 영혼의 상처로 고통 받는 인디언들의 모습을 재현할 뿐 아니라 그 해결책을 제시한다. 즉 인디언사회와 백인사회 사이의 이해와 공감에 입각한 상호공존의 논리가 고통과 비탄에서 벗어나 진정한 삶에 이르는 길이라는 작가의 통합적인 비전이 뚜렷하게 제시된다.

7장에서 다뤄지는 중국계 미국소설가 기쉬 젠(Gish Jen)의 소설들이 공통적으로 담고 있는 메시지는 현대 초국가주의 시대에 기존의 앵글로 색슨계 백인 위주의 편협한 시각에서 벗어나 다양한 인종적, 문화적 배경을 지닌 사람들을 적극 포용하는 새로운 미국문화 형성이 더욱 필요하다는 주장이다. 첫 장편소설인『전형적인 미국인』(*Typical American*)은 중산층에 속하는 중국계 이민자 가정의 이야기를 중심으로 평등한 삶과 경제적인 풍요를 보장한다는 미국 신화의 실체를 드러내며 그들이 전형적인 미국인이 되어가는 과정에서 왜곡되는 모습을 묘사한다. 가령 교수직까지 그만두고 치킨사업에 뛰어드는 주인공 랠프(Ralph)는 부를 축적하는 것만이 진정한 미국인이 되는 길이라며 이에 강박적으로 매달리는 가운데 모국의 고유한 정신적이고 윤리적인 가르침을 배제하게 된다. 그러나 시행착오 과정을 겪으며 결국 소설말미에서 통합적인 사고방식에 이르게 된다. 다시 말해 자신의 고국과 새로운 이주국가가 된 미국문화가 각기 지니고 있는 장점들을 인식하고 이들을 융합하는 열린 사고를 지니게 된다. 이는 기존의 국가를 바라보는 협소한 시각에서 벗어나 전 국가적인 연대의식을 바탕으로 평화로운 공존의 필요성을 인식하게 됨을 의미한다.

8장은 아시안 아메리칸 문학 르네상스에 기여한 작가군의 일원으로 평가받고 있는 수잔 최(Susan Choi)의 첫 장편소설 『외국인 학생』(*The Foreign Student*)을 분석한다. 작품 배경으로는 6.25전쟁이 발발한 1950년대 한국사회와 인종차별의식에서 벗어나지 못하던 1950년대 미국남부 사회의 모습이 번갈아 그려진다. 미국과 한국의 남부지역을 동시에 다룸으로써 이 소설은 한국전쟁의 무대를 1950년대 미국 남부에서 태동하던 민권운동 배경과 병치시키고 인종문제의 관점에서 한국전쟁의 특성을 분석한다. 소설 첫 부분 미국으로의 도피 장면과 그가 당한 참혹한 고문의 실상이 드러나는 마지막 장면들 사이에서 안 창(Chang Ahn)과 캐서린 먼로(Katherine Monroe)의 사랑이야기와 두 사람의 과거에 대한 내용이 번갈아 제시된다. 이상주의자들인 주인공 캐서린과 창은 냉전이데올로기를 뛰어넘는 공간과, 인종주의에 의한 백인과 유색인종 사이의 경계가 무너지고 그들 사이에 진정한 평등이 실현되는 이상적인 공간에 대한 열망을 지닌다. 소설 마지막 부분에서 결국 자신들을 규정하고 한계 짓는 사회 경계를 그들이 무너뜨리게 될 것임이 함축적으로 제시된다.

9장에서 다뤄지는 이민진(Minjin Lee)의 두 번째 장편소설『파친코』(Pachinko)는 고향에서 추방당한 채 20세기 거의 한 세기동안 일본에서 자신들의 운명을 극복하며 생존해나가는 가난한 한국이민자 가족의 4세대에 걸친 이야기를 다룬 장편서사이다. 인물들은 자신의 정체성 문제로 괴로워하며 자신의 정체성을 부정하거나 타협하고 어떤 경우에는 다시 정의 내린다. 작가가 이상형으로 제시하는 주인공들인 순자, 모자수(Mozasu), 솔로몬(Solomon)의 경우에서 볼 수 있듯이 그들은 모국과 이민국의 양자택일을 벗어난 제3의 정체성, 즉 초국가적 정체성을 구축했으며 결국 현실을 극복해낼 수 있게 된다. 이민진 소설의 핵심은 정체성이며 작가 자신이 직접『파친코』에 대해 "트랜스내셔널리즘 시대인 지금, 이 소설을 국경을 넘어 낯설고 적대적인 새로운 세계에서 나름대로 운명을 개척하고 용감하게 살아나가는 코스모폴리탄적인 사람들의 이야기로 읽을 수 있기를 바란다"고 밝힌 바 있다.

호건은 삶에 대한 경외감을 말해야 하는 문학의 사명을 강조하며 자신의 창작목적은 인간의 작은 세계를 거대한 우주와 연관 지으며 우리의 위치를 알려주고 이를 파악하는 방법을 보여주는데 있다고 밝힌 바 있다. 작금의 COVID-19 확산에서 볼 수 있듯이 자연과의 공존의 논리가 붕괴됨으로써 눈에 보이지 않는 존재들의 두려운 공격이 시작되고 있다. 이러한 상황을 헤쳐 나갈 기본적인 생존 전략은 눈에 보이는 존재들뿐 아니라 눈에 보이지 않는 존재들도 섬겨야할 당위성을 뒷받침하는 생태학적 상상력을 갖추는 일이라고 생각한다. 문학은 현재 병들어 있는 세계 속의 어두운 미로를 꿰뚫고 빛과 완전함으로 갈 수 있는 방편이며 이는 자연의 흐름대로 인위적인 사회경계를 무너뜨리는, 즉 인간과 자연, 인간과 동식물 사이, 모든 대상과의 평화로운 공존을 지향하는 전통적인 삶의 지혜인 생태학적인 상상력의 힘으로 이룰 수 있다는 호건의 가르침이 더욱 실감나는 이즈음이다.

정년퇴임을 앞둔 마지막 학기, 그동안 공부해왔던 문학작품의 교훈들을 마무리할 수 있는 기회가 온 것에 감사한 마음이다. 특히 멜빌, 호건 등 우주적인 견지에서 인간 삶에 대한 총체적인 통찰력을 제시하는 작가들을 만난 것은 내게 큰 행운이다. 전 세계를 전대미문의 혼동 속에 빠뜨린 COVID-19 팬데믹 상황을 헤쳐 나갈 교훈들을 되새기며 다짐해본다. 어려운 여건 속에서도 책 출간을 도와주신 도서출판 동인의 이성모 사장님, 원고를 검토하고 출판되기까지 애써주신 송정주 편집장님께 감사드리고 전체 자료 편집과정에서 도움을 준 한국교통대학교 철도인문사회연구소 김효진 선생님에게도 고마움을 전한다.

늘 절제된 삶, 신실한 삶의 궤적을 이뤄내시는 아버지께 감사의 글을 올린다.

2020년 7월
의왕캠퍼스에서 김옥례

차례

제1장

멜빌과 아메리칸 인디언

1. 인디언 혐오론

　미국소설에서 아메리칸 인디언을 백인들이 부여한 상징적인 역할에서 벗어나 주체성을 지닌 개별 존재로 다루기 시작한 것은 1920년대에 이르러서였다. 그 이전 작가들 대부분은 인디언을 백인 문명인과 대조되는 잔인한 야만성을 상징하는 메타포로 제시했다. 이러한 부정적인 이미지로 인디언들이 다뤄진 것은 17세기 퓨리턴들의 포로문학(captivity narrative)에서 시작되어 19세기 작가 제임스 페니모어 쿠퍼(James Fenimore Cooper)에 이르러서 정립되게 된다. 식민지시기에 퓨리턴들은 인디언을 상징으로 변모시키고 신화화했으며 쿠퍼는 자신의 대표작,『모히칸 족의 마지막 전사』(*The Last of the Mohicans*) 등을 통해 인디언을 세계문학사에 있어 중요한 문학유형으로 확립시킨 작가이다 (Berkhofer 81, 93). 쿠퍼의 소설에서 인디언은 문명화되지 못한 특성을 지닌, 따라서 전멸시켜야 하는 존재로 그려졌다. 그는 백인을 이해하는 수단으로서 인디언에 관심이 있었으며 그 시기 대다수 작가들처럼 각 부족의 문화, 언어, 이름을 혼동하는 등 인디언 부족들의 사회 문화적 다양성들을 제대로 파악하지 못했다(Pearce, *Savagism* 196-97, 200, 203).

본 논문에서 19세기 중엽 작가 허먼 멜빌(Herman Melville)은 인디언 혐오론(The metaphysics of Indian-hating)으로 점철되었던 당대 지배담론에서 벗어나 인디언과 그들 사회의 특성을 비교적 객관적으로 통찰하였음을 그의 대표작『모비딕』(*Moby-Dick*)을 통해 살펴보고자 한다. 멜빌은 1849년 인디언을 경멸하던 프랜시스 파크만(Francis Parkman)의 입장에 대해 "우리 모두, 앵글로 색슨족과 인디언들은 같은 선조를 두고 있으며 동일한 두뇌에서 유래됐고 하나의 이미지를 구성한다. 서로에게 필요한 형제애를 지금 부인하고 있다면 앞으로는 서로 협력해 나가야만 한다"(Duban, *Melville's* 145)라며 이의를 제기한 바 있다. 멜빌이 19세기 중엽 대다수 지식인들이 지니고 있었던 백인지배계층 중심의 사고방식에서 벗어나 치열한 지성의 면모를 갖출 수 있었던 것은 사회현실과의 부단한 접촉에 의해서이다. 그는 십대 초반부터 가족의 생계를 돕기 위해 수로 안내일, 농사일, 선원일 등 다양한 노동경험을 하게 된다. 특히 19세부터 시작된 4년간의 선원생활의 시기는 그에게 있어서 작가 수련기로서 귀중한 의미를 차지하게 된다. 즉 멜빌은 미국

사회라는 제한된 틀을 벗어나서 상선과 포경선 생활, 그리고 남태평양 섬에서의 다양한 경험을 한 뒤 시작된 집필 작업에서 개인과 사회의 관계를 조망하는 거시적인 인식의 틀을 보여준다. 그는 개인에 대한 사회의 전면적인 구속력에 대한 분석을 유색인종, 백인노동자 등 소외계층의 내면적인 시각으로 생생하게 전달하게 된다. 따라서 멜빌은 노동과 억압이라는 용광로 속에서 자신의 예술적 상상력을 단련시켰으며 희생당하는 계층의 시각으로 미국사회의 면모를 통찰해낸 사회의식이 강한 작가(Franklin 34)라는 평가를 받게 된다.

멜빌 소설의 주요 주제는 팽창주의, 인디언 말살정책, 노예제도 등 당대의 중요한 정치, 사회적인 쟁점들인데 인디언 문제는 19세기 미국이 당면했던 심각한 사회모순을 드러낸다. 인디언들은 상징적으로는 사회중심부에 위치해 있었으나 정치적으로는 배제되어 있었으며 그 당시 미국인들이 직면한 주요과제 중 하나는 인디언들이 처한 상황을, 그들의 지위와 권리를 설득력 있게 규정하는 일이었다. 이 시기 인디언들의 존재는 물리적, 정치적인 위협보다는 미국이 도덕 국가라는 인식, 미국의 적법성에 위협을 끼친다는 점에서 더 문제가 되었던 것이다. 다시 말해 미국인들은 자신들의 국가가 인디언들의 무덤 위에 세워졌다는 사실을 도덕적으로 설명해야 했다(Scheckel 5-7, 9). 즉 아메리카 백인들은 동부에서는 영국의 제국주의적 통제에 맞서 싸웠지만 서부에서는 그들 자신의 제국주의를 건설하기 위해 인디언과 싸웠던 역사적인 모순(하워드 진 161)을 설명해야 했다.

인디언 혐오론은 인디언에 가해졌던 백인들의 폭력을 정당화시키기 위해 설정된 논리로서 이는 미국문명의 진정한 의미를 왜곡시킨다고 멜빌은 비난한다. 그는 인디언 혐오의 논리가 미국 팽창주의 확산에 기여했음을 통찰하였으며 이 논리는 멜빌의 소설에서 19세기 미국 사회에 만연해 있던 도덕적인 혼란을 이해하는 방편으로 제시된다. 인디언 혐오론은 그들을 기독교인으로 만들고 문명화시킨다는 미명하에 설정된 것으로 인디언을 파멸시키는 과정에서 빚어지는 백인들의 죄의식을 해소시키는 방편이 되었다(Pearce, *Histrocism* 121). 이 논리에 따른다면 서부변경 지방을 문명화시키기 위해서 백인들은 그 장애물이 되는 인디언들을 제거해야 하며 이 과정에서 불가피하게 폭력적인 방법에 의존하게 된다고 본다. 이러한 백인들, 즉 인디언 혐오자들은 야만인들처럼 악한 행동을 했으므로 그들 자신도 파멸되어야 하지만 궁극적으로는 문명의 발전을 이룩하는데 기여했으므로 그들의 행위는 오히려 높이 평가받아야 한다(Pearce, *Savagism* 225-26)는 것이다. 처음 신대륙을 발견했던 콜럼버스는 자신에게 호의를 베풀어준 인디언들을 정복해서 하인으로 부리고 싶다(하워드 진 15)고 말한 바 있는데 이는 인디언에 대한 백인들의 전형적인 시각을 보여준다. 이는 결국 후대에 이르러 인종말살이라는 잔혹한 정책으로 이어져 나가게 된다. 따라서 민중 역사학자 하워드 진(Howard Jin)은 "인디언을 거의 절멸시키는 폭력적인 행위, 이 모든 유혈과 속임수가 인류가 야만에서 문명으로 진보하기 위해 꼭 필요한 것이었을까?"(44)라며 이를 통렬하게 비판한다. 리처드 슬롯킨(Richard Slotkin)의 "퓨리턴들은 도덕적으로 의심스런 자신들의 소행을 인디언 탓으로 돌리고 그들을 몰살시킨 자신들의 행동을 합리화한다"(514)라는 지적에서 볼 수 있듯이 당시 미국인들은 부당한 사회현실을 오히려 인디언들 책임으로 돌려 그들에 대한 약탈행위를 합리화시킨다.

19세기 미국인들은 문명과 야만이라는 주제에 강박적으로 매달려 있었는데 로이 하비 피어스(Roy Harvey Pearce)에 의하면 인디언에 대한 미국인들의 시각은 세 단계로 변천해나갔다고 한다. 처음에는 인디언들을 변모시켜서 문명의 세계로 끌어올려 백인과 함께 살아나갈 수 있는 존재로 파악하였다. 18세기 중엽에 이르러서는 인디언은 문명화를 이루기 위한 서부개척에 있어서 주된 장애물로 간주되었다. 더 나아가 19세기 전반기에는 인디언사회를 반문명적인 특성을 지닌 최하위의 인간사회로 파악해서 인디언은 소멸되어야만 한다(Krupat XI-XIII)고 주장한다. 가령 19세기 당시 프레드릭 잭슨 터너(Frederick Jackson Turner) 등 유명 역사학자들은 인디언은 열등한 인종이라는 전제 하에서 백인 문명이 서부로 이동하기 전에 그들이 사멸되어야 할 불가피성을 주장했다(Berkhofer 108-09). 또한 '보통 사람을 대변한다'는 자유주의적인 수사에 통달한 미국 최초의 대통령이었던 앤드류 잭슨(Andrew Jackson)은 전임자와 달리 인디언을 통합시킬 생각이 없었다. 이 시기에 일부 남부 주들은 인디언 통치권 확대 법안을 통과시켜 인디언들은 자신들의 권리는 제대로 보장받지 못한 채 세금 납부 등 많은 의무를 져야하는 부당한 대우를 받게 된다(하워드 진 239, 380).

백인들은 그들이 인디언을 전멸시켜야 한다는 명분을 미개인으로서 인디언의 특성이 문명화 과정에 방해가 된다는 논리로 설명하고 있으나 이는 설득력 없는 주장이다. 가령 1960년대 전반까지 미국인들은 서부개척 시기에 인디언들이 미국 발전에 저항해나갔음을 강조했는데 이는 실상과 어긋난다. 대부분의 경우 인디언들은 백인 개척민들과 평화롭게 지냈고 상황에 맞춰 자신들의 사회를 변화시켜 나갔다. 또한 영국과의 전투에서 많은 인디언들이 미국정부를 위해 정찰병과 길잡이, 동맹군으로 봉사하는 등 미국의 탄생과 성장에 실질적으로 기여했다(오히예사 227). 백인들만이 문명사회의 구성원이 될 수 있다는 이러한 주장의 허위성은 미국 건국 이후 실제 역사에서도 그 구체적인 입증 자료들을 찾아볼 수 있다. 인디언들이 미국사회에 크게 기여한 것은 바로 민주주의 정신이었다. 가령 역사학자들은 현대 민주주의를 대표하는 미국 의회제도가 실은 인디언들의 카운슬 파이어 전통을 모방한 것이라고 지적한다. 인디언사회에서는 중대사가 있을 때 추장이 독단적으로 결정하지 않고 카운슬 파이어라고 하여 마을 대표가 모인 야외회의에서 토론하여 결정했다. 건국 초기에 벤자민 프랭클린(Benjamin Franklin), 토마스 제퍼슨(Thomas Jefferson) 등은 이로쿼이(Iroquois) 연맹 부족들의 연방정치체제를 배워 연방제도와 헌법 제정의 기초로 삼았다(에리코 로 100-02)고 한다. 아울러서 인디언사회에서는 남녀의 평등, 신분의 평등과 재산의 공동소유제도가 실현되었다. 이는 식민지 이주자들이 함께 들여온 성직자, 통치자, 가부장 중심의 사회와는 뚜렷한 대조를 이룬다(하워드 진 49). 따라서 어떤 의미에서는 인디언사회가 더 문명화되었다고 볼 수 있다.

『모비딕』 전반에 걸쳐 소위 기독교 문명인이라는 백인이야말로 사실은 사회 약자에게 폭력을 가하는 야만적인 특성을 지니고 있음이 함축적으로 제시된다. '물보라 여관'(Spouter Inn) 침대장면에서 향유처리한 뉴질랜드 원주민 머리행상 작살잡이가 백인이 아니라 태평양 섬 사람임이 밝혀졌을 때 이스마엘(Ishmael)은 놀라게 되는데 이는 백인들이야말로 "죽은 우상숭배자의 해골을 파는 것 같은 식인종 같은 임무에 종사한다"(27)는 사실을 암묵적으로 보여준다(Sanbon 130). 또한 "잡힌 고래와 놓친 고래"(Fast Fish and Loose Fish) 장은 미국의 멕시코 점령문제 등, 그 제국주의적인 약탈행위를 언급하며 인간의 권리, 언어, 사고 등은 잡힌 고래인가 혹은 놓친 고래인가라는 질문을 제기한다. 여기서 잡혔다는 것은 다른 것의 소유가 됐음을 의미하는 것이고 놓쳤다는 것은 그런 표식에서 자유롭다는 의미이다. 따라서 잡혀 있는 것, 이를테면 개인이 지배 이데올로기에 구속되어 있다는 사실이야말로 야만적인 특성을 지닌 것(Sanbon 154)으로 볼 수 있는데 작품에서 잡혀 있는 상태에 있는 것은 이교도 퀴퀙(Queequeg)이 아니라 오히려 스타벅(Starbuck), 스텁(Stubb) 등 백인선원이다. 아울러 합리적인 이성보다는 미신에 의존하는 서구인들의 특성이 작품 전반에 걸쳐 아이러닉하게 제시한다. 가령 항해 중 목격하게 되는 오징어 떼 모습을 스타벅은 '어떤 조짐', 즉 미신적인 징조로 받아들이지만(Sanbon 146) 퀴퀙은 이를 객관적으로 향유고래가 가까이 있다는 표식으로 본다. 또한 주위가 온통 칠흑 같은 검은 빛으로 변했다며 두려워하는 맨섬 출신의 늙은 선원의 말에 대구(Daggo)는 "검은색을 두려워하는 자는 나를 두려워할 것이다! 나는 거기서 나왔다!"(153)라며 그의 미신적인 성향을 경멸한다. 스페인 선원도 검정색을 악의 상징으로 보아 이교도 작살잡이들을 악마의 자식들이라고 평한 바 있다.

더 나아가서 기독교에서 주장하는바 사랑과 형제애를 몸소 실천하는 사람은 종교를 왜곡시키던 백인들이 아니라 오히려 이교도인 퀴퀘임이 제시된다. 태평양 섬 출신인 퀴퀘은 서구문명사회를 접한 후 기독교인이 더 사악하고 비참한 생활을 하고 있음을 깨닫고 차라리 "이교도인 채로 죽겠다"(57)는 결심을 하게 된다. 퀴퀘은 작품전반에 걸쳐 자기희생적인 구조활동들을 펼치는데 가령 낸터킷(Nantucket)행 배, 모스(Moss)호에서 자신을 비웃었던 백인 청년이 위험한 상황에 처하자 망설이지 않고 그를 구출하기 위해 바다에 뛰어들고 작품 후반부에서도 고래머리 속에 빠진 타쉬테고(Tashtego)를 구조하게 된다. 따라서 그는 솔로몬의 지혜를 구현하는 사람, 전도서 저자처럼 보인다는 평을 받게 된다. 작품에서 백인중심사회의 당대 왜곡된 기독교 신앙에 대한 가장 뚜렷한 비판은 퀴퀘의 종교에 의해 이루어진다. 이스마엘은 포경항해를 떠나기 전 뉴 베드포드(New Bedford)의 교회에서 신에 대한 절대적인 복종과 이를 따르지 않을 경우에 내려질 가혹한 처벌을 강조하는 매플(Mapple) 목사의 설교를 듣게 된다. 그 뒤 그는 숙소에 돌아와 사랑과 관대함으로 이뤄진 퀴퀘의 이교도 의식장면을 목격하게 되고 그 동안의 방관자 자세에서 벗어나 그 예배의식에 동참하게 된다. 퀴퀘의 이러한 긍정적인 특성이 반복적으로 제시되므로 비평가 제임스 에드윈 밀러(James Edwin Miller)는 작품에서 기독교인은 오히려 야만인처럼, 야만인은 기독교인처럼 행동한다고 언급하기도 한다(113).

2. 인종주의 담론 비판

『모비딕』은 그 당대 지배적이었던 인종주의 담론을 담고 있으나 이를 교묘히 다루고 있다. 다시 말해 소설의 거리가 지켜지는 그의 작품에서 화자의 내러티브는 인종주의 담론의 전형을 보여주며 함축된 작가는 이와 거리를 두고 비판한다. 개인의 자유로운 사고가 억압당하던 사회현실 속에서 진리탐구 작업을 예술가의 사명으로 인식하는 작가 멜빌은 '은폐와 은닉'의 방법에 의존해서 집필할 수밖에 없었으며 그 대표적인 기법이 소설의 거리다. 다시 말해서 자신의 작품을 사회가 제대로 받아들이지 못하는 문제에 직면한 멜빌은 메시지를 늘 두 가지 차원에서, 즉 각기 상이한 화자와 저자의 시각에서 그려내는 전략을 취하게 되었다. 이러한 멜빌 작품의 특성에 주목한 1980년대 대표적인 비평가들인 제임스 듀반(James Duban)과 존 삼손(John Samson) 등에 의해 멜빌에 대한 새로운 비평의 지평이 열리게 되었다. 가령 삼손은 멜빌 작품에 등장하는 화자들의 여정은 세상에 대한 성숙한 인식을 지니게 되는 것으로 끝나는 것이 아니라 편파적이고 자기모순적인 'white lies'라는 기존 이데올로기 속에 더욱 깊게 빠지게 된다고 설명한다(Samson 10, 14-15, 17). 듀반도 멜빌 작품의 화자들이 공통적으로 지닌 기존 이데올로기 옹호자로서의 면모에 주목하고 멜빌이 이들을 통해 당대 작가들의 한계를 비판하고 있음을 통찰한다. 멜빌은 그의 작품의 화자들과는 달리 '가치 없는 여론의 일치'를 극복해낼 수 있는 역사의식을 지니고 있었으며 멜빌 작품 분석에 있어서 소설의 거리를 인식하는 것이 중요하다고 듀반은 강조한다(Duban, "Cripping" 361-65).

19세기 중엽 대다수 미국 지식인들은 과학으로 백인우월주의를 입증하고자 했다. 가령 인종학은 백인들이 흑인노예를 부리고 인디언을 보호구역으로 강제 이주시키는 정책을 합리화하는데 이용되었다. 인종학은 인간집단의 도덕적 특성은 그들의 신체적 특성과 상관성이 있으며 인간은 우월한 인종과 열등한 인종으로 나눌 수 있다는 두 가지 가설에 토대를 두고 있다(Berkhofer 55, 59). 그 당시 미국학파들은 '미국인'의 정체성을 규명하는 과정에서 강박적으로 인종의 차이를 신체적인 증거에서 찾고자 했다. 다시 말해 인간의 신체가 신의 의도, 사회구조, 인간의 기원, 국가의 정체성 등과 같은 세계의 비밀을 담고 있는 것으로 간주되었으며 이를 판독하려는 노력들이 국가 질서 확립에 근간이 된다고 생각했다(Otter, "Race" 14). 가령 『모비딕』에서 이교도 작살잡이인 퀴퀙의 문신을 새긴 피부는 그 자신도 읽어낼 수 없는 "하늘과 땅의 완전한 이치"(a complete theory of the heavens and the earth)(399)와 "진리를 획득하는 기술에 관한 신비주의적 논문"(a mystical treatise on the art of attaining truth)(399)을 보는 이들에게 제시해준다고 묘사된다.

작품의 대부분을 차지하는 포경학장들은 책의 핵심적인 부분으로 특히 여기서 과학의 힘을 빌어 유색인종에 대한 차별을 타당화시키던 지배이데올로기의 메커니즘을 거부하는 작가의 특성이 뚜렷이 제시된다(Otter, *Melville's* 163). 이 작품에서 멜빌은 그 당시 세계관을 집약적으로 보여주는 고래의 의미를 그 두개골의 특성으로 파악하고자하는 19세기 해부학에 대한 분석을 한다. 다시 말해 피부와 두개골 등의 특징을 통해 인종 차이를 입증할 수 있다는 그 당시 인종학의 일반적인 관점을 부각시키고 결국 이를 전복하게 된다. 가령 "호두"(The Nut) 장에서 고래머리는 깨뜨릴 수 없는 견과류에 비교되는데 이는 뚫고 들어갈 수 없는 껍질 때문이 아니라 외부의 형상과 그 내부의 내용물의 특성을 같은 표준으로 잴 수 없기 때문이다(Otter, *Melville's* 154). 특히 "기름통과 들통"(Cistern and Buckets) 장은 인종학적인 접근 방법, 즉 머릿속의 내용물을 제거하는 과정의 위험을, 다시 말해 내부의 의미를 무시하고 각 인종의 외형상 골격의 크기, 특성만으로 우열을 가르는 시도에 따르는 위험성을 명확하게 보여준다. 고래머리 속에서 경뇌유를 퍼내던 도중에, 경랍을 거의 뽑아냈을 때 인디언 작살잡이 타쉬테고는 그 고래머리 속에 거꾸로 깊숙이 떨어지게 된다.

> 그 거친 인디언 타쉬테고가 너무 조심성 없고 분별이 없어서 순간적으로 고래의 머리를 달아매고 있던 아주 굵은 밧줄로 이은 겹도르래를 잡았던 한 손을 놓아버렸던 것인지, 혹은 그가 서있던 발판이 너무 불안정하고 축축했던 것인지, 아니면 악마가 특별한 이유도 언급하지 않고 그렇게 떨어뜨리게 했던 것인지, 그 정확한 사정은 알 수 없다. 그렇지만 갑자기 여든 번째인가 혹은 아흔 번째 들통이 물을 빨아올리면서 올라왔을 때 아뿔싸! 가엾은 타쉬테고가 진짜 우물 속에 떨어지는 두레박처럼 이 거대한 하이델베르크의 술통 속으로 거꾸로 떨어져서 기름이 꼬로록거리는 듯한 무시무시한 소리를 내며 완전히 사라지고 말았다!(288)

흑인인 대구가 타쉬테고를 구하고자 애쓰나 그 자신도 대양 속에 빠지는 위험을 가까스로 피하게 된다. 고래머리의 내용물을 꺼내는 과정에 있어서 희생자가 바로 인디언과 흑인이라는 사실은 작가의 메시지를 파악하는 데 있어서 중요하다. 다시 말해 두 작살잡이가 죽음에 이를 뻔한 상황에 처해 있었던 것은 바로 남북전쟁전의 인종학자들이 인디언과 흑인에 가한 인식론적인, 그리고 물리적인 폭력을 나타내 주는 것이다(Otter, *Melville's* 151).

멜빌의 인디언에 관한 관점은 화자 이스마엘과 퀴퀙이라는 두 인물을 통해 보다 구체적으로 제시된다. 이스마엘은 피큇(Pequot) 부족 대학살 사건을 합리화하던 퓨리턴들처럼 피쿼드 호 이야기에서 아합(Ahab) 일행을 인디언이라고 일컬으면서 결국 이들의 파멸을 정당화하게 된다(Duban, *Melville's* 102). 가령 선원들은 이로쿼이 인디언, 아합 선장은 인디언 추장 로건(Logan)에 비교되는 등 그들은 반복해서 인디언에 비유된다. 이스마엘은 피쿼드(Pequod) 호 선원들을 "잡종의 변절자, 세상에서 버림받은 사람, 그리고 식인종"(162)으로 구성되어 있다고 설명하고 처음 피쿼드 호를 보았을 때 "추격해서 얻은 적의 뼈로 치장한 식인종 같은 선박"(67)처럼 보인다고 언급하는 등 인디언에 대한 당대 백인들의 부정적인 시각을 대변한다. 또한 아합 선장이 이끄는 포경선, 피쿼드 호는 "피쿼드란 이름은 여러분이 의심할 여지없이 기억하겠지만, 지금은 고대 메디아 사람들처럼 절멸한 매사추세츠의 유명한 인디언 부족이름이었다"(67)라는 구절에서 볼 수 있듯이 17세기 퓨리턴들에 의해 희생당했던 코네티컷 인디언들인 '피큇' 부족의 이름으로 명명된 것이다. 청교도들은 피큇 족 인디언들과 불편한 휴전상태로 지냈는데 인디언 납치꾼으로 골칫덩어리였던 백인 교역상이 살해당한 사건은 이들이 1636년 피쿼 족과 전쟁을 벌이는 구실이 됐다(하워드 진 39). 이스마엘은 고래를 추격하다가 침몰하게 되는 피쿼드 호 사건의 의미를 인디언들을 전멸시켜야할 당위성으로 설명함으로써 전형적인 인디언 혐오논리를 보여준다.

19세기 미국인들은 과학뿐 아니라 종교도 정치논리에 이용함으로써 인디언의 희생을 토대로 한 그들의 팽창주의를 합리화한다. 사실 1830년 잭슨 대통령의 인디언 이주령으로 본격화되었던 미국의 팽창주의 역사는 바로 인디언들을 몰살시켰던 과정이었다. 그들은 신에게 부여받은 "명백한 운명"이라는 미명 하에 인디언들을 희생시켰다. 이스마엘의 이야기는 바로 이러한 당대 지배담론을 담고 있으며 퓨리턴들의 독특한 설교양식인 '미국 예레미야(American Jeremiad)의 특성을 보여준다(Duban, *Melville's* 105, 138). '미국 예레미야'는 자신들은 신의 소명을 받은 민족이므로 타국에 대한 영토침략이 당연하다는 메시지를 담은 19세기 당시의 대다수 작품들 속에서 공통적으로 드러나는 서술양식이다(Bercovitch 178-80, 192). 이스마엘의 경우도 미국의 팽창주의와 제국주의를 적극적으로 옹호한다.

그리하여 이 바다의 은둔자들인 벌거숭이 낸터킷 사람들은 바다의 개미탑에서 기어 나와, 그들 모두가 알렉산더 대왕이 된 것처럼 해양세계를 침략하여 정복했다. 마치 저 해적 같은 삼대 강국이 폴란드를 분할했듯이 그들은 대서양, 태평양, 인도양을 나누어 가졌다. 미국이 텍사스에다 멕시코를 보태고 캐나다 위에 쿠바를 쌓아올리도록 해라. 영국은 인도 전역에 떼를 지어 몰려가서 햇빛으로 붉게 타오르는 국기를 내걸도록 하게 하라.(62-63)

아울러서 피쿼드 호 이야기를 "나만 홀로 간신히 살아 나와 당신께 말씀드립니다"(AND I ONLY AM ESCAPED ALONE TO TELL THEE)(470)라는 욥기 제1장 구절의 인용구문으로 끝마무리 짓는다. 한 사람만이 살아 남았다는 이 착상에는 원래 주인으로부터 토지를 강탈하는 사람들의 심적 경향이 함축되어 있으며 피쿼 부족의 대학살에 대한 토마스 셰퍼 드(Thomas Shepard)의 관점을 패러디한 것이다(Duban, *Melville's* 137).

이스마엘은 자신의 생존과 아합 등 피쿼드 호 일행의 죽음을 각기 신의 은총과 징벌을 받는 길로 이분화 시켜 주장하는 퓨리턴 설교가로 서의 역할을 한다. 결국 그는 피쿼드 호 일행의 파멸에서 신의 의도를 목도할 수 있었다고 주장함으로써 피쿼 족을 전멸시킨 사건을 섭리론 적으로 해석하던 청교도 신학자 카튼 매서(Cotton Mather), 셰퍼드, 윌리 엄 브래드퍼드(William Bradford) 등 17세기 퓨리턴들의 견해를 따르며 그들에 버금가는 야만적인 수사법을 구사하게 된다(Duban, "Gripping" 352). 가령 매서는 이 사건을 "그날 피쿼 족의 600여 영혼이 지옥의 나 락으로 떨어진 것으로 보였다"라고 설명하였다. 브래드퍼드의 경우도 존 메이슨(John Mason)의 피쿼 족 마을 습격에 대해 "그들은 자신들을 위해 기적처럼 역사하시어 적들을 수중에 넣도록 해주시고 교만하고 무례한 적에 맞서 신속한 승리를 안겨주신 하나님께 기도를 올렸다"라 고 묘사했다(하워드 진 41). 또한 존 피스크(John Fiske)는 "피쿼 족을 전멸시킨 것을 비난하는 것은 역사를 적절하게 읽지 못한 이들의 관점으로서 인디언들 때문에 위험에 직면해 있었던 그들을 나무랄 수 없다. 이는 더 우수한 민족인 자신들을 지키고 발전적인 임무를 수행해 나가기 위한 것이었다"라며 피큇 전쟁을 합리화한다(Drinnon 218).

몸의 문신을 그대로 새긴 퀴퀙의 관을 타고 이스마엘만이 살아남는 결말부분에서 인디언 등 유색인종의 파멸을 바탕으로 백인이 생존할 수 있다는 인디언 혐오자로서 이스마엘의 특성이 확연하게 드러난다. 그는 자신이 관을 타고 수면 위에 떠 있을 때 "입에 자물쇠를 채운 듯이"(470) 상어 떼들이 자신을 해치지 않았다며 자신의 생존을 신의 기적적인 은총으로 합리화한다. 아합은 퀴퀙의 관을 "가장 무서운 죽음의 상징인 관이 단순한 우연으로 가장 절박한 위험에 처해 있는 생명에 대한 구원과 희망의 표상이 되었다"(433)라며 믿을 수 없는 것으로 파악하는 반면에 이스마엘은 이를 자신의 구원 수단으로 받아들인다. 퀴퀙의 관이 이스마엘의 생존과 연관성이 있다면 야만인의 상징이 봉인되어 있고 비어 있기 때문이다(Sanborn 168). 즉 비어 있는 관으로 생존할 수 있었다는 주장은 그 실상과 괴리된 유색인종에 대한 차별의식에 입각해 있는 인종학의 논리가 사용됐음을 보여주는 것이다.

『모비딕』의 서두 장들은 인종문제의 실상을 제대로 인식하지 못하는 이스마엘의 신경증적인 반응은 사실 사회전반에 걸쳐 있는 터무니없는 환상에서 비롯된 것임을 환기시킨다. 다시 말해 개인의 통찰력이라는 것도 사회지배담론의 일부임을 보여준다. 따라서 인종문제를 가볍게 다루는 소극처럼 보이는 서두 부분은 백인중심의 "이데올로기 체계"에 대한 작가의 비판에 있어서 구조적인 역할을 한다(Sanborn 127, 133).

출항하기 전 뉴 베드포드에서 머물게 된 물보라 여관은 이스마엘에게는 중요한 배움의 현장이다(Bradley 135). 이 숙소에서 다른 인종의 입장을 이해하고자 애쓰던 이스마엘의 첫 시도는 실패하게 된다. 그는 낯선 이교도와 함께 잠을 잘 방에 들어갔을 때 "가장자리에 딸랑거리는 작은 쇠붙이를 장식한 모양이 인디언들의 모카신 둘레에 고슴도치의 얼룩무늬 뻣뻣한 털을 장식한 것처럼 보이는"(27) 큰 도어 매트 비슷한 작살 잡이 퀴퀙의 소지품을 발견하게 된다. 그는 그 한가운데 뚫려 있던 구멍 속에 머리를 집어넣어 보는데 벽의 거울로 자신을 비쳐보고는 "내 생애 그런 광경을 본 적은 없다. 아주 급히 벗어버리려고 했기 때문에 목에 경련이 일어났다"(28)라고 말한다. 그는 이교도인 퀴퀙의 피부를 가져볼 때의 느낌을 알아보고자 한 것이나 인디언 같은 자신의 모습에 두려움을 느끼고는 뒷걸음질 치게 되는 것이다(Sanborn 126-27). "담요"(The Blanket) 장에서 "실제 담요나 이불, 혹은 머리 위로 재빨리 입은 인디언 판초처럼 고래는 확실히 지방으로 둘러싸여 있기 때문이다"(261)라고 말한 바 있듯이 여기서 퀴퀙의 판초 같은 도어 매트는 그의 피부를 의미하는 것이다(Otter, *Melville's* 161-62).

그 뒤 검은 문신으로 뒤덮여 있는 퀴퀙의 알몸을 보게 되자 이스마엘은 자신이 혐오스런 식인종을 대면하고 있다며 그를 두려워하게 된다. 퀴퀙의 문신은 "깊이가 아니라 또 다른 표면을 부가하는 것"(Sanborn 149)으로 이는 그가 백인과 다른 종류의 피부를 지녔음을 의미한다. 이스마엘처럼 사람들은 그 실상을 알지 못하면서도 퀴퀙 같은 태평양 섬사람들을 식인종이라고 쉽게 단정한다. 가령 피쿼드 호의 선주, 펠레그(Peleg)도 처음에는 퀴퀙을 식인종이라며 피쿼드 호에 승선시킬 수 없다고 반대한 바 있다. 그러나 촛불을 끄고 난 뒤 퀴퀙의 몸에 직접 맞닿게 되자 이스마엘은 그동안 유색인종에 대해 지녔던 편견에서 일시적으로 벗어나게 된다. 그 순간 사회통념의 지배를 받는 시각보다 접촉이 현실을 인식하는 보다 신뢰할만한 수단이 되는 것이다. 그는 처음에 세상을 순진무구하게 파악해서 낯선 모습의 퀴퀙에게 소위 아합이 말한바 '얼간이 같은 시선'을 던졌던 자신이 얼마나 어리석었는지 깨닫게 된다. 또한 뉴잉글랜드 산골 출신들이라며 그 다음날 거리에서 보게 된 촌뜨기들이 낯선 이를 호기심 있게 응시하는 광경을 비판하게 되는데 이는 그가 전날 저녁 자신의 입장에서 어느 정도 벗어나 있음을 보여준다(Sanborn 128). 엄밀히 말한다면 이스마엘은 그동안 자신의 눈으로 직접 본 것에 근거해서 퀴퀙을 판단한 것이 아니었다. 그가 퀴퀙에게서 보았다고 생각한 것은 자신도 의식하지 못하는 사이에 인간의 피부색, 성격, 두개골에 관해 그동안 사회 속에서 배운 바와 긴밀히 연결되어 있기 때문이다. 퀴퀙이 돛대 위에 박혀있던 동전, 더블론(Doubloon)에 새겨진 표식들과 자신 몸의 문신들을 비교하면서 침묵을 지키는 장면에서도 이런 특성이 압축적으로 제시된다. "나는 본다, 너는 본다, 그는 본다; 우리는 본다, 너희들은 본다, 그들은 본다"(I look, you look, he looks; we look, ye look, they look)(362)라며 핍(Pip)은 '단순히 보인다'(see)라는 단어가 아니라 자발적으로 주의해서 보는 행위를 의미하는 '바라보다'(look)라는 단어를 선택해 이 장면을 반복해서 묘사하는데 이는 이스마엘 등 등장인물들이 퀴퀙의 몸에 새겨진 문신의 의미를 파악하고자 애쓰나 결국 사회 고정관념에서 벗어나지 못하고 있음을 제시한다(Otter, *Melville's* 170).

인디언에 대한 작가의 긍정적인 관점을 파악하기 위해 우선 퀴퀙의 정체성을 보다 구체적으로 규명하는 일이 필요하다. 다른 선원들을 묘사할 때와 달리 퀴퀙은 짐을 꺼내고 의식을 거행하며 관에 조각하는 등 늘 외부시각으로 그려진다. 이렇게 퀴퀙의 내면묘사가 없음은 그가 다른 인물의 알레고리 역할을 하기 때문이다. 즉 그는 인디언에 줄곧 비유되던 아합의 더블역할을 하게 되는데 이는 그가 인디언을 대변하는 인물임을 함축한다. 퀴퀙은 피쿼드 호가 출항한 이후 "첫 포경보트 띄우기"(The First Lowering) 장과 "원숭이 밧줄"(The Monkey-rope) 장에서만 이스마엘의 친구로 등장할 뿐 거의 텍스트에서 사라지게 되고 책 마지막 부분에 이르면 다른 작살잡이들과 구분되지 않은 채 미개인을 상징하는 역할로만 등장한다. 이는 그의 중요한 임무가 출항 이후 아합의 등장을 준비하는 것이기 때문이다(Sanborn 126, 167).

퀴퀙이 인디언, 자유인으로서 그들의 긍정적인 특성을 대변하는 상징적인 인물임을 입증하는 구체적인 예들을 제시해 보도록 하겠다. 우선 퀴퀙의 라마단 의식은 무수한 기도와 명상으로 이뤄지는 인디언들의 전통의식인 비전 퀘스트(Vision Quest)에 비견될 수 있다. 비전 퀘스트는 성인식, 또는 인생의 전기에 행해진다. 인디언들은 단식을 하고 향초 연기로 심신을 정갈히 한 후 명상과 의식을 위한 성역인 메디슨 휠(Medicine Wheel)을 만들고 그 안에서 잠도 자지 않고 움직이지도 않는다(에리코 로 27). 또한 문자를 모르는 퀴퀘그의 특성은 구전으로 선조들의 가르침을 전하는 인디언 문화의 특성을 보여준다. 그는 피쿼드 호에 승선하기 전 자신의 문신모양을 승선 계약서에 그리는 것으로 서명을 대신한다. 인디언들은 문자대신 알아야 할 사람에게만 전달되는 상징으로 정보를 남겨왔다. 따라서 '인디언의 세계는 도처에 이야기가 숨어 있는 암호사회'라고 윈울프는 말한 바 있다(에리코 로 85-86). 세 번째로 퀴퀘그이 파이프 담배를 피우는 행위는 바로 인디언의 담뱃대 의식에 비교된다. 인디언사회에는 부족장 못지않게 중요한 인물로 마을 사람들의 정신적 지도자인 '담뱃대 계승자'라 불리는 사람이 있다. 인디언 신화에 따르면 인류 최초의 인간들은 병이 들었을 때 영혼들을 위로하고 달래기 위해 기도를 올리며 담뱃대 의식을 행했다고 한다. 이 의식은 감사의 표시이면서 동시에 위험한 상황에 몸을 던져야만 하는 전사가 충성과 신뢰를 다짐하는 표현이기도 했다(오히예사 181, 에리코 로 98-99). 물보라 여관에서 이스마엘은 퀴퀘그의 파이프 담배를 나눠 피우게 되는데 그 효과는 "사랑이 그들을 결합시키게 되자 뻣뻣한 편견들이 부드러워지게 되었다"(55)라고 묘사된다. 네 번째로 퀴퀘그이 열병을 앓아 죽음에까지 이르렀다가 다시 일어서는 과정은 스웨트 로지(sweat lodge) 속에서 인디언들이 죽음의 의식을 치루는 경우와 흡사하다. 인디언들에 의하면 반구형 모양의 스웨트 로지의 어둠 속에서 의식을 치룬 뒤 현실로 돌아올 때 사람은 다시 태어나게 되며 인생의 전환기에 다시 도전할 수 있는 저력을 얻게 된다고 한다(에리코 로 133). 퀴퀘그의 경우도 병에서 회복된 지 며칠 지나지 않았는데도 자신이 고래와 싸울 수 있다고 공언한다. 그는 의지가 대단해서 자신이 죽지 않기로 선택하기도 한다. 다섯 번째로 혐오스런 동물을 살해함으로써 자신들의 종족을 구원하는 신의 화신에 대한 인디언의 믿음을 묘사하는 에브라임 G. 스콰이어(Ephraim G. Squier)의 "마나보조와 큰 뱀"(Manabozho and the Great Serpent)이라는 글에서도 인디언을 상징하는 퀴퀙의 역할이 뚜렷이 드러난다. 이 글에 의하면 남부 캘리포니아 인디언들이 한때는 창조주인 니파라가(Niparaga)의 세 아들 중 하나인 쿼갑(Quaagagp), 즉 예수와 유사한 구세주를 숭배했다고 한다. 그는 인디언들에게 기술을 가르치고 종교적인 교훈을 주는 등 많은 도움을 주었으며 사후에도 불멸의 존재로 기억된다. 이 사람의 이름뿐 아니라 작품 전반에 걸쳐 묘사되는 퀴퀙의 구원자로서의 특성은 아주 흡사하다(Duban, *Melville's* 146-47). 여섯 번째로 퀴퀙은 "어떤 신이 자신을 상어처럼 만들었는지는 모르나 . . . 그 신은 증오할 만한 존재임에 틀림없다"(257)고 말하는데 이는 시애틀(Seattle) 추장의 "어떻게 공기를 사고 팔 수 있단 말인가? . . . 당신들의 신은 우리의 신이 아니다. 당신들만을 사랑하고 우리는 미워한다. 그 신은 자신의 얼굴 붉은 자식들에 대해서는 잊어버리기로 한 것 같다. 우리는 고아나 다를 바 없으며 어디를 둘러봐도 도움 받을 곳이 없다"(류시화 18-19)라는 기독교에 대한 비판을 연상시킨다. 마지막으로 퀴퀙은 코코보코(Kokovoko)섬 출신으로 소개되나 이는 지도에도 표기되어 있지 않은, 실제 섬 이름이 아니다. 당시 인디언 보호구역은 문명화된 바다 중심에 위치한 미개인들의 섬이라고 널리 비유되고 있었는데 퀴퀙의 고향은 함축적으로 이러한 의미를 내포하고 있다고 볼 수 있다.

17세기 퓨리턴들의 포로문학 등 인디언을 소재로 한 작품들에서 인디언에 반대하는 입장을 취하는 작가들조차 자신도 의식하지 못하는 사이에 인디언들과 그들의 문화를 긍정하는 논리적인 모순을 보여준다(Derounian-Stodola and Levernier 85, 91). 미개인으로서 인디언이 파멸되어야 할 당위성을 주장해나가던 이스마엘의 경우도 작품 전반에 걸쳐 퀴퀙을 통해서 인디언을 미화하는 한편 그에게 매료되는 모습을 보여준다. 특히 퀴퀙을 직접 대면해서 접촉하고 난 뒤 이스마엘은 인간의 외적인 모습과 내면의 특성이 서로 상관성이 없음을 인식하게 되고 그에 대해 긍정적인 평가를 내린다.

> 사실 그는 야만인이었고 얼굴은 소름끼치게 상처투성이였지만 적어도 내 취향으로 보건데 얼굴 생김새에서 결코 불쾌한 것만은 아닌 특성이 보였다. 영혼을 숨길 수는 없는 것이다. 나는 그의 무시무시한 문신 너머로 단순하고 정직한 마음의 흔적을 보았다고 생각했다. 그의 크고 깊은 눈, 불타는 듯한 검고 대담한 눈 속에는 수천의 악마들과도 당당히 맞설 수 있는 영혼의 흔적이 담겨 있는 것 같았다. 이외에도 이 이교도에게는 뭔가 고결한 태도가 배어 있었다 . . . 그는 결코 비굴한 적이 없었고 빚쟁이에게 쫓긴 적이 없는 사람 같아 보였다. 머리털을 완전히 깎아내서 그의 앞이마가 더 넓게 보이는지, 더 자유롭고 밝게 보이도록 이마를 펴고 있는 것인지 감히 결정 내리지는 않을 것이다. 확실히 그의 두상은 골상학적으로 보건데 아주 훌륭하다. 좀 우스꽝스런 비유일지 모르지만 그의 머리를

보면 도처에 있는 워싱턴 장군 흉상에서 볼 수 있는 장군의 머리가 생각난다 . . . 퀴퀙은 식인종으로 발전된 조지 워싱턴이었다.(51-52)

더 나아가 백인은 결국 "회반죽을 바른 검둥이"(60)에 지나지 않는다며 이스마엘은 함축적으로 인종에 관한 기존 통념과 상반되는 언급을 하게 된다.

3. 인디언 문화의 상호공존의 가치관

미국소설에서 일반적으로 인디언들의 실상이 객관적으로 다뤄지게 되면 그들의 문화는 백인 문명의 대안책이 되는 가치관과 삶의 스타일을 대변하는 것으로 늘 제시된다(Berkhofer 111). 『모비딕』에서도 인디언들을 전멸시켜야 할 당위성을 주장하는 화자 이스마엘과 달리 작가는 구원자로서 퀴퀙의 긍정적인 특성뿐 아니라 더 나아가 피쿼드호가 상징하는바 인디언사회 가치관을 서구 기독교 세계의 대안책으로 설정한다. 처음 고래를 잡기 위해 포경보트를 띄웠을 때 등불을 들고 있는 퀴퀙의 모습은 절망 속에서 희망과 구원을 가져다주는 상징으로 그려진 바 있다. 인디언들은 타인과 공동체를 위해 자신을 희생하는 용기를 높이 평가하는데 퀴퀙이 대변하는바 이러한 인디언의 가치관이 사회문제의 해결책이 됨은 "기름통과 들통" 장에서 보다 구체적으로 제시된다. 퀴퀙은 "거의 치명적인 파멸을 가져오는 작업과정"(287)이라고 묘사되는 두개골 측정학의 방법(Otter, *Melville's* 151)이 아니라 고래머리에 제왕절개수술을 해서, 즉 물속으로 들어가 그 예리한 칼날로 고래 머리 부분에 커다란 구멍을 도려낸 다음 긴 팔을 집어넣어 타쉬테고의 머리를 움켜쥐고 끌어내게 된다. 이는 진실을 말하기 위해서는 인종학적인 해석의 방법, 즉 외형상 특성만을 중시하는, 머리속의 내용물을 제거하는 방법이 아니라 현실에 직접 대면해서 그러한 시도를 오히려 타파하는 것이 필요함을 보여준다.

'빛의 세계', '추기경들의 신전'에 비교되는 피쿼드 호 세계를 통해서도 인디언사회에 대한 작가의 긍정적인 메시지를 찾을 수 있다. 당시 포경산업은 널리 알려진 식민 산업의 하나로서 팽창주의 정책을 대변하는 것으로 해석되었으며 고래잡이배의 선장은 노예 주인에, 고래추적은 도망노예를 추적하는 과정과 흔히 비유되곤 했다. 함축된 작가의 관점으로 『모비딕』을 읽어보게 되면 이 작품에서는 당대 통용되던 이러한 상징적인 의미를 상반되게 이용하고 있음이 드러난다. 가령 포경선원들이 그들 본연의 임무에 충실할 때는 경제적인 이윤추구가 아니라 정의를 위해 무기를 들었다고 한다. 그들은 스페인 등 강대국의 식민지 정책을 무너뜨렸고 페루, 칠레 등의 국가들이 자유를 쟁취하는데 크게 이바지했다. 여러 인종으로 구성된 피쿼드 호는 선원들 사이의 공통이익과 공통관심사, 그리고 사랑을 기반으로 한 평등사회이며 피쿼드 호에 투자한 낸터킷 사람들 중 유독 미망인들, 고아 등이른 바 사회 주변인들이 많다는 사실은 이 배의 항해가 바로 이같은 상처받은 사람들의 상황을 치유하기 위해 출항했음을 보여준다. 추격 셋째 날 자신 주위에서 부는 바람에 대해 아합은 "여기 오기 전에 감옥의 복도와 감방, 병원의 병실을 지나오면서 그곳을 환기시켰을 텐데도 여기서는 양털처럼 순결한 체 하며 불어오고 있어"(460)라고 말하는데 이는 바람불어오는 방향으로 나아가는 피쿼드 호의 모비딕 추적은 결국 감옥과도 같은 사회에서 고통 받는 자들, 그리고 부적응자로 간주되어 병원 속에 갇힌 사람들의 문제를 해결하기 위한 항해임을 함축적으로 제시한다. 또한 프랑스 혁명 당시 전 인류를 연합해 하나의 거대한 민주적 공동체를 이룩하고자 했던 아나카르시스 클로츠(Anacharsis Clootz) 대표단에 비교함으로써(James 19) 민주주의를 실현하고자 하는 피쿼드 호 세계의 특성이 드러난다.

> 피쿼드 호 선원들은 거의 모두 섬사람들, 다시 말해서 고립되어 있는 사람들이다. 인류공통의 대륙을 인정하지 않고 자신만의 개별적인 대륙에서 살고 있기 때문에 나는 그렇게 부른다. 그러나 이제 이 배 안에서 이들은 배의 용골을 중심으로 서로 결합되어 대단한 무리를 이루고 있다! 바다 위의 모든 섬들과 육지의 모든 구석에서 온 아나카르시스 클로츠 대표단이 피쿼드 호의 아합과 동행해서 많은 사람들이 그 이후 결코 살아 돌아올 수 없었던 그 장애물 앞에서 이 세상에 대한 불만을 털어놓는다.(108)

피쿼드 호 사회는 인종차별뿐 아니라 주인과 노예관계 등의 수직적인 구조에서도 벗어난 평등사회로서 도덕적인 정의를 실현한다(Rogin 138, Brayshaw 145). 인종에 따라 우월을 판가름하기보다는 개개인의 능력에 맞는 역할을 부여하고 실제적인 기여도에 따라 선원들을 능력위

주로 평가하여 급료를 배당한다. 가령 백인선원인 이스마엘은 300번 배당을 받는 반면에 유색인종인 퀴퀙은 작살잡이로서 노련한 능력을 발휘함으로써 90번 배당을 받는다.

멜빌은 『모비딕』에서 기독교 문명사회를 건설한다는 구호 아래 인디언 등 사회약자인 유색인종들에게 야만적인 폭력을 행사하던 19세기 미국사회의 모순점을 통렬하게 비판한다. 그는 인간과 인간관계뿐 아니라 인간과 자연 사이의 상호공존을 주장하는 인디언 문화의 가치관만이 인종차별과 팽창주의 정책으로 얼룩졌던 당대 혼란스런 현실을 헤쳐 나갈 해결책이 된다는 메시지를 제시한다. 세상을 '자연스런 태양의 빛'으로 보기 위해 "그 붉은 색이 모든 것을 유령처럼 보이게 하는 인위적인 불빛을 믿지 말라"(354)는 구절에 함축된 작가의 메시지는 사회통념이 의미하는바 인위적인 빛이 아니라 세상에 대한 진실한 인식으로 독자들이 이동해 나가기를 원하는 것이다(Sanborn 134). 주제와 기법이 유기적인 상관관계를 보여주는 멜빌소설에서는 팽창주의를 합리화하기 위한 당대 지배담론에서 독자들이 벗어나도록 그들로 하여금 함축된 작가와 인디언 혐오논리로 압축되는 화자의 두 가지 관점으로 구성된 내러티브 속에, 그 상호모순적인 이데올로기들 사이에 갇혀 있게 한다(Bryant 71). 저자의 텍스트 전략에 따라 작품 독해에 적극 참여해나가는 과정 속에서 결국 독자는 지배 이데올로기를 답습하는 틀에서 벗어나 이데올로기의 주된 희생자였던 인디언에 대한 객관적인 통찰력을 지니게 된다.

■이 글은 『근대영미소설』 제16집 1호(2009)에 게재된 논문을 수정·보완한 것이다.

제2장

멜빌 단편소설을 통해 본 19세기 미국지식인의 딜레마
「종탑」을 중심으로

1. 잡지연재 단편소설집: 유기적인 구조

1850년대 초반 『모비딕』(*Moby-Dick*)과 『피에르』(*Pierre*) 등 자신의
작품에 대한 독서대중의 냉담한 반응, 그로 인한 심각한 경제적인 어
려움과 작가로서의 자괴감을 겪으며 멜빌은 힘든 시기를 보낸다. 아울
러서 노예제도 논쟁으로 사회긴장이 고조되던 시대를 살아야 했던 그
는 지식인으로서 자신이 지녀야 하는 소명의식과 정체성이 과연 무엇
인지 더욱 고뇌하게 된다. 멜빌의 건강을 염려하며 가족들은 이탈리아
등 유럽여행을 떠나게 하고 집필 작업을 중단할 것을 권유한다. 그 이
후 멜빌은 오히려 본격적인 작가의 길에 들어서게 되며 기존 지배담

론에 도전하는 자신의 메시지를 담아내기 위해 여러 차원에서 서술해내는 전략을 취하게 된다. 또한 그는 소수 식견 있는 독자들뿐 아니라 다수 대중적인 독자층을 포용할 수 있는 방안으로 당대 대표적인 문학잡지인 『퍼트넘즈 월간지』(*Putnam's Monthly Magazine*)와 『하퍼즈 월간지』(*Harper's Monthly Magazine*)에 15편의 중단편들을 연재한다. 이들 잡지 연재소설 시기에 그는 두 가지 목적, 즉 대중성과 진실구도자로서의 사명감을 모두 충족시키기 위해 고도의 예술적인 기법을 택한다.

그는 발표한 단편들 중 5편을 추리고 「더 피아자」("The Piazza")를 새로 집필해서 서두에 붙인 『피아자 이야기들』(*The Piazza Tales*)이라는 제목의 단편집을 1856년 출간하게 된다. 멜빌은 여러 번 이 단편집의 구성을 변경했을 뿐 아니라 제목에도 신경을 썼다. 처음에는 『베니토 세레노와 스케치들』(*Benito Cereno and Sketches*)이었으나 『피아자 이야기들』로 제목을 바꾸게 된다(Newman 308, Fisher 16, *Letters* 179). 이 작품은 그동안 잡지에 발표되었던 단편들을 단순히 묶어낸 것이라기보다는 이들을 소재로 해서 또 다른 창작을 한 것이라고 볼 수 있다. 이 단편집을 이해하기 위해서는 순서의 중요성을 직시해야 한다. 서언 격인 「더 피아자」는 전체 작품을 분석하는 기본 틀을 제시하며 전체 구조뿐 아니라 주제, 화자의 시각 등을 파악하는데 긴요한 단서를 제공한다 (Riddle 11, 36, 161). 반면에 탑의 붕괴가 의미하는바, 노예제도를 지닌 사회는 파멸할 수밖에 없다는 메시지의 「종탑」("The Bell-Tower")을 맨 마지막 순서에 놓는다. 이 단편집의 4개 작품, 즉 「더 피아자」, 「필경사 바틀비」("Bartleby, the Scrivener"), 「피뢰침 사나이」("The Lightning-Rod

Man"), 「엔칸타다스 군도, 마법의 섬들」("The Encantadas, or Enchanted Isles") 등은 1인칭 화자로 서술된 반면 「베니토 세레노」("Benito Cereno")와 더불어 「종탑」은 3인칭 화자의 시각으로 서술된다. 특히 「베니토 세레노」와 「종탑」은 노예제도가 대변하는바, 건국이상과 괴리가 있는 어두운 현실에 고뇌하던 지식인들의 저항을 다룬다. 노예제도에 대한 비판을 담고 있는 두 작품의 이러한 공통적인 특성에 대해 캐롤린 L. 카처(Carolyn L. Karcher), 리처드 하터 포글(Richard Harter Fogle), 시드니 카플란(Sydney Kaplan), H. 브루스 프랭클린(H. Bruce Franklin), 찰스 니콜(Charles Nicol), 레이 브로더스 브라운(Ray Broadus Browne), 윌리엄 딜링햄(William Dillingham), 마이클 폴 로긴(Michael Paul Rogin), 데이비드 D. 갤러웨이(David D. Galloway), 로리 진 로랑(Laurie Jean Lorant) 등 많은 비평가들이 언급한 바 있다. 특히 카처는 두 작품이 서로 보완되며 노예제 사회모습을 제시하고 노예반란을 극화한다고 평한다(120).

「베니토 세레노」는 흑인노예 바아버(Babo)의 두개골이 노예제도를 지지한 도미니크 수도회 성직자 이름을 따라 지은 성 바돌로매(St. Bartholomew) 교회 쪽을 노려보는 모습으로 마무리된다. 따라서 독자의 뇌리에 강력한 이미지로 남게 되는 바아버의 그림자를 통해 노예제도에서 벗어나지 못하던 당대 미국사회는 불가항력적으로 남북전쟁으로 치달을 수밖에 없다는, 그 비극적인 운명을 작가는 예시한다. 「종탑」은 「베니토 세레노」의 결말부분을 그 출발점으로 삼고 있다(Karcher 155, Newman 85). 노예제도가 함축하는바 인간을 수단으로 이용하는 메커니즘이 정정되지 않는 한 국가 전체의 몰락을 피할 수 없다는 작가의 엄중한 경고가 서두의 황무지와 같은 폐허상태의 옛 도시 모습으로 제시된다. 즉 종탑 건설 1주년 축하 행사를 계획한 날에 지진이 일어나 탑은 완전히 무너지게 되는데 이는 국가 전체의 붕괴를 의미한다. 이러한 작가의 통찰력은 이 작품 출간 직후 일어난 남북전쟁으로 국가체제가 흔들렸던 역사적인 사실로 입증되었다(Riddle 158). 로랑, 딜링햄, 프랭클린, 카처, 메리-마들렌 지나 리들(Mary-Madeleine Gina Riddle) 등 비평가들은 「종탑」의 주제는 국가의 붕괴가 임박했음을 제시하는 것으로 보고 있으며 카처는 이 작품뿐 아니라 「베니토 세레노」와 「엔칸타다스 군도」도 국가의 멸망을 경고한다고 언급한다(110). 이 작품에서 시간을 조작하는 건축가 바나돈나(Bannadonna), 시간을 정지시키는 기계인간 탈루스(Talus) 등의 모습에서 볼 수 있듯이 시간의 중요성이 다뤄지는데 이는 노예제도가 존속할 수 있는 시기가 이제 얼마 남지 않았음을 함축한다(Vernon 268, Riddle 108, 157, 165).

완결된 하나의 작품으로서 단편소설집 첫 부분의 「더 피아자」는 노예제도의 폐해와 인간인식의 한계 등 작품 전체의 주제와 기법을 압축해 보인다. 「더 피아자」에서 이야기가 서술되는 관점을 고려해야 한다는 주장이 반복되는데 관점문제는 이 단편집 소설들의 주제일 뿐만 아니라 기법으로서 멜빌의 현대적인 특성을 보여준다(Fisher 16). 「종탑」 분석에 들어가기 전에 잠시 「더 피아자」 내용을 살펴보면 다음과 같다. 도시에서 이주해 시골 마을에 정착한 화자는 밖의 경치를 조망하기 위해 그레이록 산이 보이는 북쪽에 베란다를 설치하게 된다. 멀리 보이는 산골마을에 대한 환상에 젖어 요정의 나라를 기대하고 화자는 그곳에 가보게 되나 외로운 소녀 매리애나(Marianna)의 궁핍한 상황을 대면하게 된다. 여기서 매리애나는 환상적인 외관과 괴리가 있는 어두운 현실을 의미한다. 그 후 화자는 "그러나 매일 밤 커튼을 내리면 어두운 진실이 드러난다"(12)라는 구절에서 함축되듯이 밝은 외양 이면에 존재하는 어두운 실상을 인식하게 되나 그 이상 더 나아가지는 못한다. 다시 말해 이러한 진실을 전달하고자 하는 갈망과 이를 드러내는 것을 두려워하는 마음 사이에서 갈등하며 결국 어두운 현실에 눈을 감게 된다. 현실과의 직접 대면을 피하기 위한 방편으로 고전, 신화, 성서 인용들을 많이 사용하는데 이는 멜빌 작품 화자들의 공통적인 특성이다. 화자는 매리애나의 경제적인 곤궁함이 대변하는바 빈부의 격차 등 사회실상을 직접 밝히기보다는 나사로(Lazarus), 다이비즈(Dives) 등의 인용들로 상황을 묘사해나간다. 그 결과 문장들은 지나치게 수식적이며 핵심적인 문장 제시는 계속 뒤로 미뤄진다(Kemp 51-52, 60, 63). 『모비딕』의 화자 이스마엘(Ishmael)의 경우도 흰 고래의 실체를 밝히고자하는 그의 탐색과정에서 직접 대면하기보다는 흰 고래에 관한 서적들을 찾아 도서관을 헤매게 된다. 「종탑」의 주인공 바나돈나에 대한 화자의 묘사에 있어서 마찬가지 특성을 볼 수 있다. 이는 그의 실체를 밝히기 꺼리는 화자의 의도 때문이다. 따라서 이러한 신뢰할 수 없는 화자의 분열된 관점과 의식을 파악하고 그 관점에서 벗어나야 작품을 제대로 이해할 수 있음을 알 수 있다. 이들 단편집에서 함축된 작가의 관점이 화자의 내러티브 이면에 담겨 있는 특징은 '은닉의 전략'(policy of concealment)이라고 언급된다(Hinds 4).

『퍼트넘즈』1855년 8월호에 처음 발표되었던「종탑」에 대한 비평가들의 평은 다양하다. 19세기 후반, 멜빌 생존 시에는『비극에 관한 고전작품 소고』(*Little Classics: Tragedy*)와『초기 정착시기부터 현재까지의 미국문학총서』(*A Library of American Literature from the Earliest Settlement to the Present Time*)라는 문학선집들에 수록되었으며 그 당시 멜빌 단편 중 가장 인기가 있고 대중에게 잘 알려진 작품이었다. 20세기에 들어와서는 멜빌 작품 중 최악의 글이라는 루이스 멈퍼드(Lewis Mumford)의 비평 등 작가 고유의 특성을 찾기 어려운 작품이라는 부정적인 평가가 주류를 이뤘다(Allison 9, Newman 84). 작품의 특징인 소설의 거리, 즉 화자와 함축된 작가 사이의 거리를 고려하지 않은 대부분의 비평가들은「종탑」을 에드가 알란 포우(Edgar Allan Poe)나 너새니얼 호손(Nathaniel Hawthorne) 류의 글로 본다. 특히「라파치니 딸」("Rappaccini's Daughter"),「미의 예술가」("The Artist of the Beautiful"),「선천성 반점」("The Birthmark"),「이선 브랜드」("Ethan Brand") 같은 호손 단편들과의 유사성이 거론되는 등 멜빌의 단편들 중 가장 잘못 이해되는 작품이다(Dillingham 210, Newman 81-82). 가령 로랑, 마빈 피셔(Marvin Fisher), 프랭클린, 카처 등도 이 작품을 사회, 정치적인 비판을 담고 있는 알레고리로 파악했다. 그러나「종탑」에는 도덕적 우화 형식이면에 작가의 메시지가 은닉되어 있다. 즉 서술과정이 표면적으로는 호손작품과 유사하나 그 이면에서 이를 패러디 하는 멜빌의 특성을 뚜렷하게 보여주는 작품이다(Dillingham 209). 그의 지적재능과 예술성이 퇴보했다기보다는 의도적으로 이러한 형식을 취한 것이다.「종탑」의 원고를 거절했다가 다음 날 받아들인 『퍼트넘즈』 편집자 조지 윌리엄 커티스(George William Curtis)의 "기법이 너무 인위적이고 자의식적으로 보일 것이다. 그러나 주제에는 아주 적합하다. 천재적인 요소가 엿보이므로 스타일이 문제가 된다 하더라도 이 작품은 받아들여져야 한다"(Howard 222, Fenton 230)라는 언급에서도 볼 수 있듯이 주제와 기법이 상호유기적인 관계를 지닌다.

전체 단편 소설들의 주제와 신뢰할 수 없는 화자의 특성들을 예시하는 첫 번째 단편 「더 피아자」의 시각을 기틀로 하여 「종탑」의 상호 반영적인 특성을 보여주는 세 구조와 복합시점의 서술기법 등을 통해 은폐된 현실 앞에 고뇌하는 19세기 미국 지식인의 딜레마를 살펴본다. 멜빌 작품들에서 화자는 당대 전형적인 예술가 유형으로 진실을 밝히고자 하는 원래 의도와 달리 결국 사회지배 담론을 수용하게 됨으로써 번민한다. 화자의 시각 이면에서 제시되는 함축된 작가의 관점으로 이 단편집의 마지막 작품인 「종탑」에 제시된, 노예제도 논란 등 사회적 긴장이 최고도로 달하던 19세기 중엽을 살아내야 했던 미국 지식인의 고뇌와 저항을 당대 전형적인 예술가인 화자와 저자가 제시하는 이상적인 지식인 바나돈나를 통해 보다 구체적으로 살펴보고자 한다.

2. 르네상스 휴머니스트 바나돈나

이 작품에서는 르네상스 시대 이탈리아 남부지방을 배경으로 관료들의 제안으로 종탑을 고안하고 세우게 되는 당대 최고의 건축가 바나돈나의 삶과 죽음을 다룬 이야기가 주로 3인칭 화자의 관점으로 서술된다. 구조는 서두 에피그램, 본문, 에필로그 등 세 부분으로 이뤄진다. 특히 "흑인들의 경우에서 볼 수 있듯이 이런 권력자들은 음울하게 그들에 대해 완전한 권리를 가지고 있다고 간주한다. 그들 지배자를 주의하며 복종하면서 동시에 몰래 복수를 계획한다 . . . 더 넓은 영역의 자유를 쟁취하고자 시도하지만 단지 필연성이라는 제국을 넓히는 데 불과한 결과를 가져오고 만다"(174)는 서두 에피그램 부분에 함축된 작가가 의도하는바 작품 전체의 주제가 담겨있다. 즉 초인적인 노력으로 사회의 구속에서 벗어나고자하는 이상적인 예술가 바나돈나(Dillingham 222)의 특성을 파악할 수 있는 단서들이 제공된다. 그는 전형적인 르네상스 예술가로서 반항적인 기질을 보여주는 『모비딕』의 아합(Ahab) 선장(Malin 68)과 유사하며 아합, 『마디』(*Mardi*)의 타지(Taji)처럼 초인간적인 완벽함을 추구하다 죽음에 이르게(Miller 164-65) 된다. 그러나 1855년 8월호 『퍼트넘즈 월간지』에 처음 발표할 때 실렸던 에피그램 부분은 이탈리아를 배경으로 하지만 바로 미국에 관한 이야기임을 함축하는 각주와 함께 1856년 출간된 단편집 『피아자 이야기들』에서는 생략된다. 이는 「종탑」 바로 직전에 집필했던 「베니토 세레노」와의 연계성을 통해 독자들이 작가의 메시지를 파악할 수 있고 마지막 단편에 이르러서는 더욱 은닉적인 기법을 사용하고자 하는 목적 때문이다(Riddle 156). 반면 에필로그 부분은 "신원을 알 수 없는 노예가 그보다 더 신원을 알 수 없는 주인에게 복종하게 된다. 그러나 그 과정에서 주인을 살해하게 된다. 창조자는 자신이 만든 창조물에 의해 죽게 되는 것이다. 종은 탑에 설치하기에는 너무 무거웠다. 인부가 흘린 피로 인해 종은 큰 결함을 지니게 된다. 그래서 종탑이 무너지기 전에 오만함이 꺾이게 된다"(186-87)라고 묘사된다. 즉 종을 치도록 자신이 제작한 기계인간 탈루스에 의해 건축가는 죽임을 당하고 제작과정 중에 발생한 인부의 죽음으로 종이 결함을 지니게 되었다는 에필로그 부분은 화자의 이야기 주제가, 그의 교훈이 압축적으로 제시된다. 화자는 자신의 메시지를 전달하기 위해 호손 류의 알레고리 형식을 취하게 된다. 따라서 화자와 상반된 함축된 작가의 메시지를 파악해야만 진정한 작품이해에 이르게 된다.

「종탑」에서는 사건이 일어나는 대로 보고하는 1인칭 화자의 직접적인 관찰자 시각이 없으며 이야기 대부분은 3인칭 화자 시각으로 서술된다. 그러나 바나돈나의 죽음을 다루는 중요한 장면은 사회지배층의 관점으로 설명된다(Dillingham 211). 즉 "타도당한 비극적인 결말에 주의를 기울이기보다는 추측할 것이다"(185)라는 구절에서 볼 수 있듯이 바나돈나 죽음을 둘러싼 상황에 대한 견해들은 대부분 지배계층의 추측에 의한 것이다. 가령 바나돈나가 종치는 사람을 쳐다보다가 이를 기계인간으로 대치하려는 아이디어를 얻었다는 것, 기업가 정신을 지녔다고 보는 것, 그가 '실리적인 물질주의자'였다는 주장, 또한 기계인간 탈루스가 바나돈나의 노예였다는 관점은 모두 그들이 내린 가설이다. 따라서 바나돈나의 실제 모습과 그에 대한 사회의 평가 사이에는 큰 차이가 있다. 바나돈나에 관한 견해 대부분이 일반적인 사회의견만을 반영하기 때문에 그의 동기를 확인하기 어려우며 그의 직접적인 목소리를 들을 수 없다(Dillingham 223-26). 즉 「종탑」에서는 다양한 관점들에 의한 많은 정보들이 제공되나 바나돈나의 관점과 견해는 직접 제시된 적이 없다(Riddle 147). 또한 바나돈나를 "축복받지 못한 업둥이"(unblest foundling)라고 여러 번 언급함에서 함축되듯이 화자는 그의 정체를 직접 규명하는 것을 꺼린다. 바나돈나의 배경에 대한 정보도 거의 제공하지 않으며 그의 개인적인 특성과 종탑 건설 동기와 과정에 대한 추측적인 묘사들과 일련의 모순적인 관찰들이 이어져 불확실성으로 가득하다. 따라서 제라드 M. 스위니(Gerard M. Sweeney)의 지적대로 바나돈나의 의도와 행동들은 모두 가면극 속에 은닉되어 있다(151)고 볼 수 있다.

바나돈나에 대한 공적인 관점들을 제시하고 난 뒤 3인칭 화자는 자신의 관점으로 돌아가 바나돈나의 장례식 장면에서 종이 떨어진 일, 일 년 후 지진으로 탑이 붕괴된 사실 등을 서술한다. 화자의 서술 전반에 걸쳐서 한때는 프레스코 화풍으로 그린 듯 아름다웠던 도시가 이제는 붕괴되어 모든 이의 기억에서 잊혔고 이 도시의 몰락은 종탑의 붕괴와 연관되어 있다는 사실 이외에는 확실하고 분명한 정보를 얻을 수 없다. 화자는 사건의 진상을 밝히고자 하는 갈망과 이를 밝히기 두려워하는 주저함 속에서 분열된 관점을 드러내기 때문이다. 그 결과 대부분의 사건들에 대해 상호 모순된 다양한 관점들이 제시되며 기계인간 탈루스 제작과정, 종탑의 건설과 파괴 등에 관한 정보들은 대부분 신화, 전설, 예측, 풍문들로 제공되므로 이들을 통합해야만 일어난 사건의 전체 윤곽을 잡을 수 있다. 이는 멜빌 작품에서 신뢰할 수 없는 화자들의 서사가 공통적으로 보여주는 특성으로 가령 『모비딕』에서도 아합 선장이 고래에게 다리를 빼앗긴 이전 항해 장면묘사는 생략되고 있으며『빌리 버드』(Billy Budd)에서는 빌리(Billy)가 상관 클래거트(Claggart)를 살해한 장면은 화자의 추측성 발언으로 구성된다.

가장 숭고한 종탑을 건설해줄 것을 요청하는 행정관리들에 대한 공손한 표정이면서 냉소적으로 그들을 경멸하는 바나돈나의 모습에서 함축되듯이 그의 탑 건설 목적은 사회지배계층과 차이난다. 그들 지시에 따라 탑을 세우게 되나 그 이면에서 저항하게 되는 것이다. 관료들은 물질적인 사회발전의 기념비로서 위대한 국가를 상징하는 탑 건설을 통해 그들 공동체사회의 자부심을 표현하고자 한다(Dillingham 213). 종탑건설 과정에 대한 묘사에서 투표, 판결, 국가, 공화국, 선포 같은 법률 용어들이 여러 번 언급됨에서 볼 수 있듯이 이는 국가를 건설하고, 그 토대를 이루는 헌법을 작성하는 것을 상징한다(Riddle 154). 그러나 탑은 위대한 국가를 상징할 뿐 아니라 예술가의 창조성을 대변한다. 즉 종탑을 건설하는 과정에서 바나돈나는 예술가로서의 자부심으로 자신의 철학을 담아낸 최고의 작품을 만들어내고자 하는 포부를 갖게 된다. 멜빌 작품에서 공통적으로 탑은 과학을 통해 자유를 실현하고자 하는 인간의 열망과 자부심을 함축하는 중요한 상징이다 (Vernon 266, Fogle 64). 자신을 '견고한 탑'이라고 언급하는 아합처럼 바나돈나도 자부심으로 가득하며 탑을 건설하는 도중 매일 저녁마다 점점 더 높아져가는 탑 정상에 서 있곤 했다. 시계탑을 겸하는 종탑을 건설하는 그의 독특한 혁명적인 고안에서 함축되듯이 그 시대의 관점을 초월하여 진정한 자유를 희구하고자하는 예술가의 갈망을 담는다.

다시 말해서 바나돈나에게 탑 건설은 시계탑을 겸하는 높은 탑을 세워 자신이 처한 한계를, 즉 기존 사회 이데올로기를 벗어나기 위한 방편이다. 따라서 초인적인 목표를 추진해나가는 이러한 바나돈나의 모습은 아낙(Anak), 타이탄(Titan) 같은 고대 신화의 신이나 성서에 나오는 거인에 비유된다.

「종탑」의 바나돈나는 르네상스 휴머니즘을 실현시키고자 하는, 저자가 제시하는 이상적인 지식인으로 위대한 인본주의자(Dillingham 217)라는 평가를 받는다. 바나돈나를 예술가 유형으로 파악하는 비평가들로 웨인 R. 카임(Wayne R. Kime), 비키 할퍼 리트만(Viki Halper Litman), 조엘 샐즈버그(Joel Salzberg) 등이 있다. 멜빌은 1851년 호손에게 보낸 편지에서 이상적인 지식인은 자신이 "독립적인 특성"을 지니고 있음을 밝히고 자신의 희생을 무릅쓰고 전력을 다해서 모든 사람들이 동등한 대접을 받도록 노력하는(Letters 124) 사람이라고 규정한 바 있다. 따라서 "독립적인 특성"을 지녔다고 묘사되는 바나돈나는 작가가 제시하는 이상적인 예술가 유형임이 함축된다(Puk 14). 또한 그의 이름이 '벨라돈나'(Belladonna)라는 단어, 즉 19세기에 통증 혹은 아픔을 치유하는 약 이름에서 유래된 사실에서도 이런 특성을 볼 수 있다(Colatrella 78). 기존 현실에 저항하는 냉소적인 반항아에 관한 이야기에 초점이 맞춰지는 「종탑」에서 바나돈나는 시대주류에 대항해간 "진정한 예술가"로 그의 예술은 강력하다고 묘사된다. 따라서 그의 도전은 영웅적이고 숭배할 만하며 그는 현상긍정론자들(yea sayers)보다 우월한 인간(Puk 14-15)이다.

모순된 세계에 반항하는 예술가로서 진실추구에 전념하는 바나돈나의 특성은 시스라(Sisera)에 비교되는 모습에서도 볼 수 있다. 즉 종탑 맨 아래 부분에, 우나(Una) 발밑에 피 흘리며 쓰러져 있는 바나돈나의 시신을 지켜보는 탈루스를 야엘(Jael)에 비유한다.

> 소녀들 모습과 화환으로 장식된 종의 아래 부분, 바닥에 바나돈나는 피 흘리며 쓰러져 있다. 그는 우나 발밑에 있다. 바나돈나의 머리는 우나의 왼손과 맞닿아 있고 두아(Dua)가 꽉 붙잡고 있다. 그 위에 드리워진 것은 바로 도미노 얼굴이다. 이는 천막 안에서 못 박힌 채 죽어있는 시스라를 바라보는 야엘과 같은 모습이다. 이제는 더 이상 망토로 가려진 모습이 아니다.(182)

이스라엘 여성 야엘은 잠들어 있는 시스라의 머리 관자놀이 부분에 장막말뚝을 박아 그를 죽인다. 그 결과 유태인들의 자유에의 투쟁이 촉발되었다고 한다.

바나돈나는 그의 시계탑에 숫자판 대신 열두 소녀 모습을 조각해 넣었는데 악에서 선을, 진실을 허위로부터 분리시킴을 축하하기 위해, 특히 우나와 두아가 손을 맞잡은 지점에 탈루스가 타격을 가해 그들을 서로 떼어놓으면서 음악소리가 나도록 1시에 종탑건설 경축행사를 계획한다. 스펜서(Edmund Spencer)의『요정 여왕』(*The Faerie Queene*)에 의하면 우나는 진실, 선을 대변하고 두아는 악의 구현체인 두에사(Duessa)를 뜻한다(Vernon 270, Riddle 149-50, Browne 250). 정의가 지켜지지 못하는 사회는 파멸될 것이라는 메시지를 담고 있는 스펜서의『요정 여왕』은 동일한 주제뿐 아니라 상징을 사용한다는 점에서 「종탑」을 이해하기 위한 중요한 기틀이 되는 작품이다(Dunseath 8, Riddle 149). 열두 소녀들 모습 중 첫 번째 위치한 1시를 가리키는, 즉 진실을 대변하는 우나의 표정이 우울하다며 이를 교정하라는 행정관리의 지적에 바나돈나는 냉소적인 표정을 짓게 된다. 이는 어두운 현실을 은닉하고 오도시키라는 지시이기 때문이다. 화자는 탈루스가 그를 가격했을 때 바나돈나는 바쁘게 우나의 얼굴 표정을 바꿨을 수도 있고 혹은 아닐 수도 있다고 모호하게 묘사하나 여러해 전 그가 바다표범을 조각했던 경우와 비교해봄으로써 그 진상을 파악할 수 있다. 바나돈나는 국가의 요구로 100마리 바다표범을 조각한 바 있는데 동일해 보이는 겉모습과 달리 그 이면에서 세심한 차이를 드러낸 바 있다고 행정관에게 말한다.

> 100마리를 철판 전체에 조각했습니다. 실제로 내 목표는 그 바다표범들 머리 부분을 동일한 모습으로 조각하는 것이었으나, 아마 사람들은 그렇게 보았지만, 철판의 조각을 면밀히 조사해 보면 그 어떤 얼굴들도 나란히 같은 모습으로 발견되지 않을 것입니다.(179-80)

또한 바나돈나는 "우나 얼굴을 훑어보면 얼굴 표정이 다른 소녀들과 다소 차이가 나는 것을 파악할 수 있다. 종에 새겨진 열두 소녀들의 얼굴표정 모두 서로 일치하지 않는다"(179)며 똑같이 만드는 것을 거부하는 것이 바로 자신이 따르는 "예술의 규범"(a law in art)(179)이라고 밝힌 바 있다. 바나돈나는 관리들 지시대로 겉으로는 우나의 표정을 밝은 모습의 다른 소녀들과 같게 하는 듯하나 그 이면에서는 차이나게 하는 과정에 탈루스의 타격에 맞아 죽게 된다. 그는 표정의 강도를 다소 약화시키는 마지막 붓질을 하며 진실을 조작하는 것에 거부하는 자신의 소신을 지키고자 하였다. 사회 지배담론에 무조건 순응하기보다는 진실을 추구하는 예술가 바나돈나의 이러한 특성은 "그의 평민을 위한 예술은 귀족들의 동요되지 않는 높은 지위를 교란시키고자 한다"(178)라고 묘사된다.

완성 1주년 경축행사를 하려던 날에 지진이 일어나 종탑이 완전히 무너지게 되고 이끼와 잡초에 덮여 버리는데 이는 국가 전체의 붕괴를 함축한다. 종탑 붕괴가 의미하는바 국가 전체의 몰락을 가져올 수밖에 없었던 원인에 대해서 함축된 작가와 화자는 시각을 달리한다. 함축된 작가는 그가 고안한 종탑의 종이 울리지 못하고 결국 탑이 붕괴되는 것은 바로 당대 사회체제 탓이라고 본다. 즉 이 도시를 붕괴시켜 폐허 상태가 되도록 한 것에는 법조계, 성직자, 관료, 귀족 등 사회 지배계층 모두의 공통책임이 있다(Fenton 230). 처음에 이들의 적극적인 지시로 종탑 건설이 계획되고 진행됐으며 종을 만들기 위한 금속으로 이용하도록 귀족들은 금식기류, 또한 금도금한 제품들을 자발적으로 기증하는 등 바나돈나에게 경제적 지원을 하게 된다. 또한 그가 완벽한 종을 주조하기 위한 갈망 속에서 인부를 죽이게 되는 잘못을 했음에도 법조계뿐 아니라 성직자들은 제작을 계속해나가도록 격려한다. 즉 그의 작업을 축하해 주기 위해 공휴일을 지정할 뿐 아니라 그를 국가영웅으로 추켜세우는 경축행사들을 개최한다. 따라서 존 버논(John Vernon)은 공동체사회의 참여가 이 작품의 주된 모티브(267)라고 지적한 바 있다.

반면에 화자는 탑의 붕괴는 종탑건설 과정에서 인부를 죽게 하고 기계인간 탈루스를 제작해 노예로 부린 바나돈나의 개인적인 결함 탓이라고 주장한다. 바나돈나는 종을 주조하는 과정에서 끓어오르는 쇳물에 다가서기 두려워하는 인부들을 협박하며 일 진행을 독려하게 된다. 그 과정에서 작업자 한 사람을 희생시킨다. 인부의 죽음이 종에 치명적인 흠집을 남기게 된 결과 바나돈나 장례식 때 계획과 달리 종은 울리지 못한 채 지면에 떨어지고 결국 1년 후 종탑의 붕괴로 이어진다는 것이다. 그러나 바나돈나의 이러한 과실은『모비딕』의 선장 아합의 특성과 연계된다. 아합은 선창을 고치기 위해 고래추격을 잠시 멈추자는 스타벅(Starbuck)에게 총을 들이댔던 것처럼 "양초들"(The Candles) 장에서도 모비딕을 추적하는 과정에서 자신이 희생될 수 있다는 두려움에 압도되어 반란의 움직임을 보이려는 선원들에게 잠시라도 움직이면 불에 담금질한 작살로 찌르겠다는 위협을 한다. 이런 폭력적인 방법은 철저하게 자신의 목표를 실현해나가는 과정에 있어서 아합 선장이 불가피하게 의존해야 했던 방법(김옥례,『익시온의 고뇌』, 100-01)이었으며 바나돈나의 경우도 이를 피할 수 없는 상황이었다.

바나돈나가 주조한, 계속 균열이 생기는 종을 "위대한 국가의 종"(the great state-bell)이라고 언급하는 부분에서 노예제도라는 결함이 있는 미국사회를 대변하는 '자유의 종'(Liberty Bell)과 연관 짓고 바나돈나를 노예제도 지지자로 주장하고자 하는 화자의 의도를 볼 수 있다

(Karcher 155-56, Fisher 102-03). 미국역사상 노예제도 법안작성과 실행에 관여한 존 마샬(John Marshall) 대법원장, 조지 워싱턴(George Washington) 대통령과 관련 있는 행사에서는 자유의 종이 깨지곤 했다고 한다. 그 결과 노예제도라는 결함을 지닌 사회 탓으로 자유의 종이 울리지 못 한다는 주장이 1850년대 미국사회에 널리 퍼지게 되었다(Riddle 152-53). 또한 자신이 주장하는바 바나돈나의 비인간적인 특성을 부각시키기 위해 화자는 성서, 신화적인 인용들을 사용한다. 가령 "그의 고요한 불 카누스(Vulcan) 신과 같은 얼굴은 대장간의 풀무처럼 불타오르는 듯 한 자신의 광채를 가리고 있다"(178)라는 구절의 그가 불카누스 신과 같은 얼굴을 지녔다는 언급에서 그리스의 불을 다루는 대장장이 신으로 알 려져 있는 헤파이스토스(Hephaestus)와 연관 짓고자 하는 화자의 의도 를 볼 수 있다. 이 신은 사람들을 의자에 앉혀 움직이지 못하도록 하 기 위해 보이지 않는 사슬을 지닌 금 왕관을 도안했다고 한다. 이러한 비유를 통해 화자는 바나돈나가 탈루스를 구속하는 의자를 만들어 그 를 자신의 노예로 만들었다는 해석을 전달하고자 하며 더 나아가 바 나돈나의 죽음을 탈루스라는 노예의 반란의 결과로 귀결 짓고자 한다. 또한 화자는 탈루스를 햄(Ham), 하모(Hamo)와 연관되는 하만(Haman)으 로도 바꿔 부르는데 이는 그가 흑인노예 처지에 있음을 주장하기 위 한 것(Fisher 99, Riddle 148, 161, Browne 258, Newman 83-84)이며 그를 "바 나돈나의 기계 노예, 더 나아가 인간의 노예"(184)라고 묘사한다.

바나돈나는 탈루스를 제작하여 그로 하여금 매시간 종을 치도록 설계한다. 탈루스의 가격에 의해 종이 울리는 것은 자유가 실현되는 것을 상징하는데 이러한 자신의 목적을 달성하기 위해 탈루스라는 기계인간을 제작하는 것이다. 화자는 "업둥이의 비밀에 관한 마지막 추측이 그르지 않다고 간주하는 것이 당연하다면 그는 앨버트 매그너스(Albert Magnus)와 코넬리우스 아그리파(Cornelius Agrippa)보다 훨씬 더 그 시대의 가장 비이성적인 괴물 같은 생각에 무력하게 감염되어왔음에 틀림없다. 그러나 반대 상황도 사실이라고 주장되었다"(184)라며 그의 탈루스 제작과정을 앨버트 매그너스, 코넬리우스 아그리파 같은 중세 연금술사의 작업과 연관 짓고자 한다. 그러나 바나돈나는 진정한 휴머니즘을 실현하기 위해 중세 마법이 아닌 기계물질 문명을 이용한다. 따라서 자유를 추구하기 위한 방편으로 과학에 의존하는 바나돈나(Vernon 276, Fogle 68-69)는 오히려 르네상스 시대 저명한 과학자들 경우에 비견된다. 거의 매일 밤을 지새우면서 통계자료와 고래행적에 대한 보고서 등을 통해서 해도를 작성하는 아합 선장의 작업에 대한 묘사부분도 항해, 해류, 위도, 어류의 이동, 수로 등의 과학적인 용어들로 가득 채워져 있다. 즉 아합이 '과학, 지식, 기술, 문명세계의 테크놀로지'를 대변하듯이(James 30) 과학적인 냉철한 이성을 뒷받침으로 종탑을 건설하는 바나돈나의 경우도 기계공으로서 그의 특성이 여러 번 강조된다. 바나돈나가 과학과 테크놀로지의 힘을 빌려 자신의 작업에 전념해나가는 모습은 저녁 늦은 시간까지 타르 칠을 하는 습관이 있고 좀 더 고결한 계획들이 담겨 있는 파일 더미에 파묻혀 지내며 그의 실험실에는 바이스 대와 해머가 갖춰져 있다고 묘사되는 구절들에서 볼 수 있다. 찰스 A. 펜튼(Charles A. Fenton), 티러스 힐웨이(Tyrus Hillway),

버트 C. 바흐(Bert C. Bach), 제임스 E. 밀러(James E. Miller), 멀린 보웬 (Merlin Bowen), 피셔 등의 비평가들은 「종탑」이 현대기술 문명의 위험 성을 비판하는 작품이라고 주장하나 과학에 대한 멜빌의 관점은 이와 상반된다. 그는 인류역사를 긍정적으로 이끌어가는 것으로 보아 과학 의 힘이 뒷받침해주는 문명사회의 가치를 수긍한다. 송은주에 의하면 19세기 미국인들은 과학과 기술의 발전이 약속하는 밝은 미래는 젊은 공화국인 미국이 지향하는 물질적으로 풍요롭고 도덕적으로 진보한 사회의 이상과 잘 맞았으므로 과학과 기술을 새로운 공화국의 상징으 로 자연스럽게 받아들였다고 한다(348).

시계탑을 겸한 종탑의 완공을 자축하는 날 오후 1시에 예정된 음 악소리가 들리지 않자 탑 위로 올라간 관료들은 바나돈나의 처절한 모습을 목격하게 된다. 관리들이 올라갔을 때 바나돈나는 피를 흘리며 쓰러져 있고 가면을 벗은 채 그 모습을 드러낸 기계인간 탈루스가 다 시 한 번 그를 가격하려는 듯 곤봉을 들고 있었다. 이는 바나돈나와 그가 제작해낸 탈루스의 정체를 파악할 수 있는 주요장면이나 화자는 행정관리들이 탈루스와 개를 그날 밤 비밀리 바다에 수장시켰다는 말 로 서둘러 이 장면을 봉합하고 그에 대한 상세한 설명을 삼간다. 이 죽음 장면은 작가의 함축된 메시지를 파악할 수 있는 주요한 부분이 다. 따라서 이 장면묘사에서 드러나는 상징의 의미를 파악하고 멜빌의 다른 작품들과 비교분석함으로써 해석의 단서를 찾을 수 있다.

화자의 논리에서 벗어나기 위해서는 우선 「종탑」 직전에 창작되었 던 「베니토 세레노」와의 비교분석이 필요하다. 두 작품의 유사성에 대해 니콜, 카플란, 갤러웨이, 로랑, 딜링햄, 카처, 피셔 등 많은 비평가들이 지적한 바 있다. 특히 카처는 「종탑」을 「베니토 세레노」의 속편(157)이라고 평하며 피셔의 경우도 두 이야기의 공통점으로 탐정물의 정교한 수수께끼들 같은 고딕소설적인 요소를 들고 있고(22, 95) 두 작품의 주제가 아주 유사함은 특히 「종탑」 첫 부분의 인용구에서 분명하게 제시된다고 리 버탄 보자르 뉴먼(Lea Bertan Vozar Newman)은 지적한다(85).

바나돈나의 죽음 장면 부분은 「베니토 세레노」의 바아버 장면과 겹쳐지면서 노예상태에 있으면서도 진리를 위해 저항해 나갔던, 예술가이면서도 개혁자인 바나돈나의 모습(Litman 637)이 에피파니, 순간적인 계시로 드러난다. 즉 "그것은(탈루스는) 수갑이 채워져 있었고 이미 가격을 당한 희생자를 수갑으로 다시 한 번 세게 치려는 듯, 둔기를 든 팔을 치켜들고 있었다. 앞으로 내민 발은 시체를 걷어차려는 듯 그 아래로 밀어 넣어졌다"(182)라고 묘사되는 바나돈나의 죽음 장면은 「베니토 세레노」의 백인 선장 들라노 발에 밟힌 흑인노예 바아버의 모습을 묘사하는 "이 중대한 순간에 들라노 선장이 왼손으로는 기절한 채 말도 못하고 있는 돈 베니토의 상태를 개의치 않고 반쯤 쓰러져 있는 그를 다시 꽉 붙들고 반면에 오른 발로는 땅위에 내동댕이쳐진 흑인을 짓밟는다"(98-99)는 장면과 겹쳐진다. 따라서 탈루스의 가격에 맞아 바닥에 엎드린 채 그의 발에 밟혀 죽은 바나돈나의 장면은 작품해석에 있어서 중요한 부분이며 이 장면에서 함축된 작가의 메시지는 상징을 통해 제시된다.

「베니토 세레노」 서두, 산도미닉 호 선체의 인물들이 서로 싸우는 그림 장면에 대한 "가면을 쓴 검은 사티로스(satyr)가 마찬가지로 가면을 쓴, 고통으로 온 몸을 뒤틀며 땅 위에 내동댕이쳐진 인물의 목 부분을 밟고 있다"(49)라는 구절은 작품의 주제와 기법을 파악하는데 중요한 부분이다. 즉 가면을 쓴 사티로스 상징은 군림하는 자와 지배를 받는 희생자라는 두 권력구조가 사회근간을 이루고 있다는 주제(Martin 87)와 아이러니로 점철되어 있는 복합적인 층을 이룬 서술구조 이면은 그 가면을 뚫고 들어가야 실상을 파악할 수 있다는 기법적인 특성을 함축하며(김옥례, 「멜빌과 베니토 세레노」, 130) 이는 「종탑」의 특성이기도 하다. 여기서 가면을 쓴 채 폭력적으로 희생자를 복종시키는 반인반수의 사티로스 상징은 바로 흑인들에 대한 친절하고 인자한 동정적인 겉모습 이면에 내재해 있는 백인 선장 들라노의 악한 특성을 인식하도록 하는 단서가 된다(Riddle 155). 이는 더 나아가 「종탑」에서의 탈루스와 연결된다. 바나돈나가 자신의 노예처럼 탈루스를 수갑에 채웠다는 것은 화자의 설명일 뿐이며 바나돈나를 죽이기 전까지 탈루스의 모습은 덮개에 가리어져 있고 그의 본성은 가면으로 숨겨져 있다. 「베니토 세레노」에서 순간적으로 제시되는 충격적인 진실은 바아버의 노예반란 사건의 실상이 드러나는 바로 그 순간 들라노가 바아버를 제압하는 모습에서 찾을 수 있다. 즉 선장은 가면을 쓴 사티로스처럼 자신이 쓰러뜨린 바아버를 발로 짓밟는 모습을 보여준다. 마찬가지로 기계인간 탈루스의 발에 짓밟혀 죽은, 바닥에 엎어져 몸을 가누지 못하는 모습으로 그려지는 바나돈나는 탈루스의 희생양임이 드러난다. 그가 탈루스의 발에 밟혀 피 흘리며 죽은 모습이 들라노 선장의 발에 밟힌 바아버 장면과 연관됨으로써 화자의 관점에서 벗어나 바나돈나를 달리 해석할 수 있는 여지를 준다. 즉 노예상태에 있는 것은 탈루스가 아니라 바로 바나돈나임이 드러난다.

이 작품의 모호한 특성은 다양한 관점들로 인한 탈루스의 불분명한 정체성에서 기인되는데(Fogle 70) 탈루스의 정체를 옳게 파악하기 위해 『모비딕』과 비교분석하는 것이 필요하다(Sweeney 155). 『모비딕』 서두 "발췌록"(Extracts) 부분의 탈루스가 고래에 비유되는 "최신식 도리깨로 무장한 스펜서의 철인 탈루스처럼, 고래는 크고 무거운 꼬리로 파멸시키겠다고 위협한다"(4)라는 구절에서 우선 해석의 단서를 찾을 수 있다. 탈루스는 단순한 기계 인간이 아니라 바다동물처럼 수장되며 돌고래의 민첩성을 지니는 등 고래와 연관된다. 더 나아가 탈루스는 흰 고래 골격을 공리주의 철학자 벤담의 그것과 비교하는 『모비딕』의 "제레미 벤담의 해골은 그의 유언 집행인의 서재에서 촛대로 쓰이고 있는데 제레미의 다른 주된 개인적인 특징들과 함께 널찍한 이마를 가졌던 옛 공리주의자 신사의 견해를 정확히 전달해준다"(228)라는 구절이 함축하듯이 흰 고래와 마찬가지로 공리주의 철학을 근간으로 하는 당대 사회의 객관적 상관물 역할을 하고 있음을 볼 수 있다.[1]

탈루스는 휴머니즘을 표방하나 그 실상은 괴물과도 같은 당대 어두운 사회현실과 이를 뒷받침하는 기존 법을 대변한다(Hamilton 532).

---

[1] 흰 고래의 상징성은 다양하게 해석되고 있다. 즉 형이상학적인 선과 악의 개념, 모호한 상징으로 평가해온 바 있으며 『익시온의 고뇌』에서는 19세기 미국사회의 실상을 제시하는 상징물로 파악(63-65)한다.

따라서 탈루스의 쇠망치에 머리를 세게 맞아 죽은 바나돈나 장면에서 공리주의 사회의 희생양으로서 그의 모습이 드러난다. 진리를 추구하는 진정한 예술가로서 바나돈나는 기계적인 시간을 정확하게 지키는 공리주의 사회의 대변자인 탈루스에 희생되는 것이다. 화자는 바나돈나가 공리주의적인 야심을 지녔다고 주장하나 그의 죽음은 오히려 탈루스가 함축하는바 당대 기계적인 완벽함을 추구하는 관념적인 이상주의, 즉 공리주의 사회에 희생된 것이다(Fogle 66). 작품 전반에 걸쳐 이 기계인간의 원래 예정된 탈루스라는 이름보다 주인과 가면을 의미하는 도미노(Domino)라는 이름이 훨씬 더 많이 쓰이는데(Franklin 147) 여기서 노예가 아니라 노예주로서 탈루스의 은닉된 특성을 알 수 있다. 또한 시계탑 파수꾼 역할을 했던 그리스 신화의 탈루스에서 그의 이름이 유래되었음(Fisher 100)에서도 함축하듯이 기계인간은 바나돈나의 노예가 아니라 감시자로 그를 죽인 것이다. 따라서 탈루스에 의한 바나돈나의 죽음은 바로 흰 고래에 의해 희생되는 아합의 경우와 같다고 볼 수 있다.

　　화자의 주장과 마찬가지로 대부분 비평가들은 바나돈나의 지나친 자부심과 광적인 행동이 자신의 죽음을 초래했을 뿐 아니라 사회전체를 붕괴시켰다고 분석한다. 그러나 화자의 술책에 넘어가서는 안 된다는, 즉 은닉되어 있는 작가의 메시지를 파악하기 위해서는 신뢰할 수 없는 화자의 서술관점을 인식하는 것이 중요하다는 서두 「더 피아자」의 경고를 환기한다면 화자와 다른 해석이 나온다. 사악한 남부 노예주 유형이라기보다는 오히려 휴머니즘을 추구하는 과정에서, 다시 말해 노예제도

지지론자가 아니라 노예제도라는 오류를 교정하는 과정에서 바나돈나가 살해된 것이다.

3. 지식인들의 소명의식

바나돈나의 죽음을 통해 진실을 탐구하는 예술가의 모든 갈망과 노력이 결국은 실현되기 힘들다는 비관적인 비전이 제시되나 관리들의 탈루스 처리에서 긍정적인 메시지를 찾을 수 있다. 우나와 두아 사이에 끼어 있는 채 죽어 있는 바나돈나의 모습에서 제시되듯이 진리를 구현하고자 하는 그의 시도는 실패한 것이었으나 탈루스의 비밀 수장에서 궁극적으로는 성공에 이를 것이라는 메시지가 함축된다. 즉 화자의 이야기 대부분이 모호하지만 "같은 날 밤 비밀리에 지상으로 내리고 해변으로 밀반입해 바다 멀리 끌고 가 바닷물 속에 침몰시켰다"(182)라는 구절에서 볼 수 있듯이 탈루스를 바다에 수장시킨 것은 확실한 사실이다. 관리들은 순응하지 않는 개인을 희생시키는 지배 이데올로기의 참혹한 실상을 파악하고 그 주요 작동 요인이었던 탈루스를 비밀리에 수장시키는 것이다. 또한 작품 서두 "두 번째 대홍수 이후 대지를 소생시킨 이 엄숙한 시간에 바벨탑처럼 탑의 토대가 구축되었다. 중세 암흑시대 바닷물들이 말라버리고 난 뒤 다시 한 번 녹지가 나타난 시기였다"(174)라는 구절의 중세 암흑시기 이후 초록빛 신세계(Fogle 64)가 반짝 나타날 수 있었다는 묘사에서도 바나돈나의 삶에 대한 저자의 긍정적인 입장을 볼 수 있다.

멜빌의 단편집 『더 피아자 이야기들』은 조이스의 단편집 『더블린 사람들』처럼 유기적인 구성으로 그 시대의 사회적, 지적, 그리고 정신적인 위기들을 탐색해 나간다(Fisher xi). 특히 마지막 이야기인 「종탑」에 이르러서 19세기 미국사회의 안정을 뒤흔들던 근본적인 원인이 되는 것은 흑인들의 노예반란이라기보다는 유색인종을 억압하던 노예제도 자체라는 메시지, 이를 해결하지 못하면 국가는 전쟁으로 치달을 수밖에 없다는 경고를 다층의 서술구조와 복합시점을 통해 효과적으로 제시한다. 「종탑」은 「베니토 세레노」의 속편이라고 간주되기도 하는데 「베니토 세레노」 마지막 장면의 흑인노예 바아버가 노예제도를, 즉 인간이 다른 인간을 자신의 수단으로 삼는 비인간적인 현실을 옹호하는 사회지배집단을 대변하는 교회를 날카롭게 응시하던 모습에서 한걸음 더 나아가 이를 시정하지 않으면, 즉 이상과 괴리가 있는 어두운 현실을 직시하지 못하면 종탑이 상징하는바 국가 전체가 붕괴할 수 있음을 강력하게 경고한다.

작가는 「종탑」 서두부터 황무지와 같은 암담한 상황을 부각시킴으로써 자신의 희생을 무릅쓰고 대의를 실현하고자 이에 전념해나가는 바나돈나가 대변하는바 이상적인 예술가의 사명이 더욱 요구됨을 제시한다. 다시 말해서 「더 피아자」의 화자 경우처럼 베란다에서 이런 암담한 현실을 인식하고 관찰하는데 머문 채 밖으로 나가 직접 그 해결책을 강구하지 못한다면 이러한 종말은 불가피할 수밖에 없으며 따라서 지식인들이 소명의식을 지녀야 한다는 것이다.

■ 이 글은 『영어영문학 연구』 제60권 2호(2018)에 게재된 논문을 수정·보완한 것이다.

제3장

허구 만들기로서의 미국독립혁명 신화
멜빌의 『이스라엘 포터』를 중심으로

1. 멜빌의 역사소설: 잊힌 영웅에 대한 헌사

멜빌의 역사소설 『이스라엘 포터: 50년간의 추방』(*Israel Potter: His Fifty Years of Exile*)은 잊힌 영웅의 관점에서 독립혁명 이야기를 재구성한다. 벙커힐(Bunker Hill) 전투와 영국전함 세라피스(Serapis)호와의 해전 등 독립전쟁에 참전해서 용감하게 싸웠으나 아무런 보답도 받지 못한 평범한 군인 이스라엘 포터를 주인공으로 하여 미국독립 기념일과 독립전쟁을 기리는 기념탑의 의미를 해체하고 더 나아가 기념비적 역사 기록의 허구성을 제시한다. 1850년대 초반 재레드 스팍스(Jared Sparks), 조지 밴크로프트(George Bancroft)같은 역사가들은 적극적으로 대중적인 영웅을 주인공으로 한 기존의 독립혁명신화를 유지하고 촉진시키고자 하였다(Samson 75). 반면에 멜빌은 역사에서 흔적을 찾아볼 수는 없지만 역사 그 자체가 된 무명의 또는 익명의 존재를 주인공으로 설정하여 이들이 혁명의 성공으로부터 얻은 것은 끝없이 계속되는 노동, 점점 더 심해지는 빈곤상태, 감금, 잊혀짐으로 가득한 미래일 뿐이라는 사실을 제시한다(Franklin 62). 다시 말해 민주주의 국가를 수립하고자 영국의 독재에 맞서서 싸웠던 독립혁명 정신이 대중의 삶과는 거리가 먼 추상적인 이상에 불과할 뿐이었음을 드러낸다.

멜빌은 『레드번』(*Redburn*) 리뷰를 검토하고, 『화잇재킷』(*White-Jacket*) 원고 출판을 위해 런던에 머물던 중 서점에서 18세기 런던 지도를 구입하며 이를 '가난한 자의 독립혁명 이야기'(The Revolutionary narrative of the beggar)를 집필할 때 이용하겠다고 말한바 있다(Bezanson 174). 여기서 멜빌의 관심은 바로 독립혁명을 통해 자유를 얻고자 했으나 극단적인 빈곤상태로 끝나고 마는 주인공의 생애를 그리는데 있음을 보여준다. 유명한 독립전쟁들에 참전했던 이스라엘의 영웅적인 행동들과 그가 기여한 역사적으로 기록될 만한 사건들은 결국 그가 대변하는바 평범한 계층의 자유로운 삶에 기여하지 않는다(Karcher 102). 다시 말해서 미국독립혁명에 있어서 가장 중요한 아이러니는 가난한 사람들의 삶에 있어서는 어떠한 혁명도 전혀 일어나지 않았다(Adler 86)는 사실이다. 『이스라엘 포터』는 벙커힐 전투 기념탑에 대한 헌정사로 시작되는데 이 기념탑은 미국 민주주의를 확립하기 위해 영국 군주제 통치의 독재에 대항한 독립혁명전쟁들에서 전사한 평범한 미국 군인들의 영웅적인 행동에 대한 기억을 되새기기 위해 세운 것이다. 그러나 국가적인 우월함과 문화적인 결속을 이루는 주된 수단(Maloney 278)이 되었으며 주인공 이스라엘 포터의 삶은 상징적으로 벙커힐 전투 기념탑에 안치되어 있는 것으로 규정된다. 여기서 작가는 피라미드 모형의 기념탑(Hay 192)이라는 상징을 통해 개인을 구속하고 희생시키는 통제적인 사회 속에서 여전히 살아가야만 하는 현실에 처한 대중의 암담한 상황을 제시한다. 멜빌은 『모비딕』(Moby-Dick)에서도 개인의 자유가 침범당하는 19세기 미국사회의 특성을 피라미드 사회, 즉 죽음과 같은 사회라고 보았다. 이는 바로 공리주의 철학자 벤담이 보여주는, 현실과 연결고리를 맺지 않는 유토피아적인 이상에서 기인한 것으로 파악했다(김옥례, 『익시온의 고뇌』 65).

19세기 중엽 미국사회는 자본주의 시장경제 시대로 들어서며 경쟁적인 개인주의 신념이 지배하게 된다. 그 결과 초래하는 물질만능주의, 천박함, 탐욕들을 극복하기 위한 방안으로 국수주의와 초절주의가 대두된다. 특히 영국과의 1812년 전쟁에서 승리한 이후 미국국가의 신성한 기원을 다루는 섭리론적인 역사기록물들, 미국영웅들에 대한 대중적인 글들이 출간되며(Temple, "Fluid Identity" 452) 1850년경에 이르러서는 독립전쟁 시기에 배경을 둔 소설이 100개 이상이 되었다고 한다(Kammen 154). 『이스라엘 포터』 원전도 19세기 전반기 전 국가를 휩쓸었던 애국적인 열정에 부응하여 생겨난 많은 독립전쟁 참전용사 이야기들 중 하나이다(Temple, "Sketch Patriotism" 6). 『이스라엘 포터』는 1854년 7월에서 1855년 3월 사이 『퍼트넘즈 월간지』(Putnam's Monthly Magazine)에

9회 연재한 것을 모아 1855년 3월에 출간한 작품이다. 당대 인기 있었던 전기 작가인 헨리 트럼블(Henry Trumbull)이 1824년에 출판한『미국 독립전쟁 군인, 이스라엘 포터의 생애와 놀라운 모험들』(*The Life and Remarkable Adventures of Israel R. Potter, Who was a Soldier in the American Revolution*)을 원전으로 하고 있다. 또한 상업자본주의 체제 속에서 무력해진 개인, 그 결과 비롯된 좌절감의 해결책으로 자신에 대한 신뢰, 미래에 대한 희망, 대령(Oversoul) 더 나아가 자신의 진실된 자아에 대한 복종을 강조하는 초절주의가 대두된다. 그러나 멜빌은 특히『이스라엘 포터』와『컨피던스 맨』(*The Confidence Man*) 두 작품에서 애국심이나 초절주의가 당대를 휩쓸었던 시장자본주의의 해결방안이 된다는 19세기 일반적인 견해를 날카롭게 비판한다. 가령 애국심은 '시장이 중재한 잡동사니'(market-mediated patchwork), '여러 스타일을 혼합한 스케치들'(a pastiche of sketches)에 불과하고 평범한 시민들보다는 경제주체인 국가에 유익한 이상이라는 사실을 제시한다(Temple, "Fluid Identity" 452-53).

일반적으로 비평가들은『이스라엘 포터』가 독자들의 무관심뿐 아니라 비평계의 혹독한 비판으로 인한『피에르』(*Pierre*)의 완전한 실패 이후에 경제적인 수입을 얻고자 신속하게 집필한 것으로 평가절하 해왔다. 멜빌 리바이벌 붐이 일어났던 20세기 초 비평가들은 보통 이 작품을 작가가 정신적으로나 신체적으로 쇠약해진 증거로 파악하는 F. O. 매씨슨(F. O. Matthiessen)의 비판적 관점을 취했다(Temple, "Sketch Patriotism" 3). 가령 존 번스타인(John Bernstein)은 재미있긴 하나 하찮은 역사소설에 불과하다(147)며 묵살한다. 뉴턴 아빈(Newton Arvin)은 스케치들 더미에 불과하며 그 자체의 통일성이나 진지한 내적 일관성이 없다고 비판한다(244-45). 반면에 이 작품이 발표된 19세기 중엽 당대에는 비판적인 논평이 거의 없었으며 그의 남태평양 모험담들보다 훨씬 더 재미있고 인기 있다는 평을 받기도 했다. 일반적으로 20세기 중엽 이후 이 작품은 비평가들의 주목을 받게 되는데 가령 윌리엄 엘러리 세즈윅(William Ellery Sedgwick)은 "아주 뛰어난 역사소설"(180)이라는 의견을 제시한다. 빌 크리스토퍼슨(Bill Chistopherson), 크리스 래키(Kris Lackey), 다니엘 레이건(Daniel Reagan), 피터 J. 벨리스(Peter J. Bellis) 등의 최근 비평가들은 미국역사 기록학의 기존 주장들을 전복시키고 있는 작품의 특성을 강조하면서 소설에 내포되어 있는 다양한 층위의 사회비판들에, 영웅숭배 문화 속에 처한 평범한 애국자의 불행한 운명이라는 주제에 초점을 맞춘다. 즉 이 작품은 역사기록과 전기의 객관성에 대한 작가의 회의를 대변하며 그 아이러니 대상은 기념비 역사(monumental history)라고 주장한다(Tendler 29-30, 47).

　『이스라엘 포터』는 작가의 날카로운 사회비판의식뿐 아니라 높은 예술성을 보여주는 아이러니의 걸작으로 「바틀비」("Bartleby, the Scrivener"), 『컨피던스 맨』과 더불어 아이러닉한 비판과 실험적인 형식의 특징을 보여준다(Rosenberg 175). 또한 자본주의, 산업화, 도시화같은 역사적인 세력들이 개인을 폄하하거나 파괴하는 방식에 주제의 초점을 맞추며 멜빌의 가장 생산적인 창작기간인, 단편소설 집필 시기에 나왔다. 『이스라엘 포터』는 1855년 같은 해 출간된 「베니토 세레노」

("Benito Cereno")와도 공통점이 많은데 두 작품 모두 미국의 국가적인 특성이 생겨난 기원과 그 전개과정에 관심을 기울인다(Lee 150).

멜빌 소설에서는 유명한 역사적 사건들에 대한 광범위한 설명들과 잘 알려진 역사적 인물들에 대한 상세한 묘사들을 트럼블의 원전에 덧붙인다. 가령 스팍스가 편집한 『벤자민 프랭클린 선집 2권』(*The Works of Benjamin Franklin, 2 vols*), 로버트 샌즈(Robert Sands)의 『존 폴 존스의 생애와 서신』(*Life and Correspondence of John Paul Jones*), 존 헨리 셔어번(John Henry Sherburne)의 『존 폴 존스의 생애와 성격』(*Life and Character of John Paul Jones*), 제임스 페니모어 쿠퍼(James Fenimore Cooper)의 『미국해군 역사』(*History of the Navy of the United States of America*), 이선 알렌(*Ethan Allen*)과 프랭클린의 자서전 내용들을 참조했다. 그 결과 작품의 전체 2/3 가량(McCutcheon 163), 혹은 3/4은 거의 작가 자신이 창작한 내용이라고 한다(Lebowitz 174). 원전에서는 런던에서 이스라엘이 겪은 극단적인 고통과 궁핍들이 강조되어 책의 거의 절반을 차지한다. 그러나 멜빌은 원전에서 벗어나 소설 대부분을 런던에 오기 이전 이스라엘의 생활을 상세하게 제시하는데 할애했으며 런던에서의 삶을 극화시켜 소설 마지막 부분에 한 장으로 압축한다. 즉 이스라엘의 런던에서의 40여년의 고난에 찬 삶을 25장에 집약하여 제시함으로써 이스라엘이 런던 피라미드가 아니라 독립혁명이라는 무덤에서 생매장 당하는 것이라는 메시지를 전달한다(Rogin 228). 또한 원전의 1인칭 이야기를 저자와 거리가 있는 3인칭 화자 이야기로 바꿈으로써 멜빌의 풍자작가로서의 면모를 보여준다.

멜빌 작품 해석에 있어서 함축적으로 제시되고 있는 작가의 사회 비판을 통찰할 수 있는 지적인 독자들의 역할이 중요하다. 멜빌은 작가에게 중요한 것은 다층의 텍스트에 내재되어 있는 복잡한 메시지를 파악할 수 있는 훈련된 독자들을 포함한 문학전문가들의 올바른 평가라고 밝힌 바 있다(길모 87). 『이스라엘 포터』에서 저자의 메시지를 파악하기 위해서는 저자의 시각과 괴리가 있는, 당대 지배적인 관점을 대변하게 되는 화자의 특성을 염두에 두어야 한다. 멜빌 작품에서 화자들의 공통적인 특징은 진실을 전달하고자 하는 갈망과 이를 두려워하는 마음 사이에서 갈등하며 결국 어두운 현실에 눈을 감게 된다는 점이다. 따라서 신뢰할 수 없는 화자의 분열된 관점과 의식을 파악하고 그 관점에서 벗어나야 작품을 제대로 이해할 수 있다(김옥례, 「멜빌 단편소설」 23-24). 모순적인 화자의 견해와 관점들은 독자에게 많은 부담을 주는데 조미정(2013)에 의하면 독자에게 서술을 요구하는 수사학은 더욱 깊숙이 글쓰기 작업에 참여를 유도해 앞으로 전개될 이야기에 책임을 회피할 수 없도록 만드는 일종의 거래와 같다(315-16).

멜빌 작품들에서 서문과 본문 사이의 관계를 파악하는 것이 함축된 작가의 메시지를 찾는데 긴요하다. 가령 『모비딕』(Moby-Dick)의 경우 서문격인 "어원"(Etymology)과 "발췌록"(Extracts) 부분에서 화자 이스마엘(Ishmael) 유형의 인물과 그의 서사구조의 특징을 찾아볼 수 있다. 『이스라엘 포터』에서도 헌정사 부분은 전체 이야기 해석의 단서를 제공한다. 즉 원전의 독립 전쟁 영웅 주인공을 역사로부터 소외된, 반 영웅적인 인물로 바꾸는 이 책의 서술방식을 이해하는데 있어 중요한 것은 아이러닉한 헌정사이다. 『퍼트넘즈 월간지』에 연재될 때는 "7월 4일의 이야기"라는 부제목이 붙어 있었으며 소설 서두 헌정사 부분은 "벙커힐 전투 기념탑 폐하에게"라는 구절로 시작된다. 벙커힐 전투 기념탑을 "위대한 전기 작가, 단단한 화강암 바위 외에 다른 보상을 결코 받지 못한, 1775년 6월 17일에 참전한 익명의 병사에 대한 국가적인 축하자"(vi)로 부른다. 즉 독립전쟁에서 싸우다가 죽은 개인들의 잊힌, 익명의 삶에 대한 권위 있는 국가적인 축하자로서 벙커힐 기념탑을 아이러닉하게 의인화했음을 보여준다. 소설의 헌정사 부분은 이스라엘의 운명과 비교하여 보았을 때 미국 민주주의의 공허한 약속들의 실상을 아이러닉하게 제시한다. 즉 해전과 벙커힐 전투 등 독립전쟁에 적극 가담한 이스라엘 포터는 일생 내내 여러 종류의 감옥을 드나들다가 지하의 더 깊은 사적인 공간으로 승진됨으로써 마침내 그의 충실한 봉사가 보상을 받게 된다고 한다. 헌정사 끝 부분에서 화자는 자신을 편집자라고 서명함으로써 앞으로 나올 이야기가 사실임을 주장하고 아울러서 서술자로서의 책임감을 회피하고자 한다.

멜빌은 헌정사를 바친 날짜를 이스라엘이 직접 참전했으며 작품과 1825년과 1843년 다니엘 웹스터(Daniel Webster)의 기념탑 연설들에서 중요하게 다뤄지는 '벙커힐 전투' 기념일인 1854년 6월 17일로 밝힌다. 그 결과 이 헌정사는 소설을 일련의 역사적인 사건들 속에, 즉 벙커힐 전쟁날짜인 1775년 6월 17일, 기념탑 봉헌식 날짜인 1843년 6월 17일, 그리고 『이스라엘 포터』 헌정사 날짜인 1854년 6월 17일에 위치하게 한다(Spanos 96, Bellis 611). 헌정사 부분에서 작가는 웹스터의 유명한 연설들을 함축적으로 언급함으로써 웹스터가 기념탑을 미국제국이 영원히 확대될 것임을 합리화하기 위한 수단으로 이용했음을(Ryan McWilliams 47), 독립전쟁에 적극 참여한 평범한 군인의 애국심을 기념탑 축하식에서 은닉했음을, 또한 미국공식 문화에서 진정한 애국자의 존재를 망각했음을 제시하고자 한다. 이는 더 나아가 미국독립전쟁 역사가 서술되어온 방식을 비난하는 것인데 공식적인 미국역사의 관점은, 또한 이를 대변하는 기념비 역사가로서 화자의 시각은 이스라엘 포터 같은 평범한 영웅의 실재를 부인하는 과정, 즉 그의 존재를 유령 같은 존재로 축소시키는 과정(Spanos 68)이기 때문이다.

많은 성서적인 암시들에서 섭리론적인 서술구조를 예측할 수 있으며 또한 책의 지배적인 화자의 서술 목소리와 저자가 아이러닉한 거리를 유지하고 있음이 드러난다(Dryden 143). 화자는 시적 정의(poetical justice)를 예술적으로 재현해 보일 뿐 이를 섭리에 의한 것이라고 주장하지 않겠다(vi)고 하나 이것이 바로 그가 한 바이다. 즉 주인공 경험들을 일련의 성서적인 인물들 이야기에 비유하는 유형학적인 연결들(typological associations)을 볼 수 있고(Samson 203) 독립혁명에서의 서로 관련 없는 사건들을 섭리론적인 플롯의 일부가 되게 만든다(Peter 198). 가령 주인공 이스라엘은 사자가 사는 굴속의 다니엘(Daniel)처럼 지하방에 감금되고 안개로 가득한 런던 사막에서 체류하는 모습은 '방랑하는 유대인'으로 묘사된다. 또한 그는 회개한 탕자이며 고래 뱃속의 요나(Jonah), 예수처럼 십자가를 지고 고통 받는 사람으로 제시된다. 이스라엘의 사막과 같은 불모지, 런던에서의 40여 년의 삶은 "추방된 히

브리인들이 모세의 인도로 황야에서 40년 동안 방랑하는 것을 능가한다"(161)고 묘사된다. 이스라엘 민족이 이집트의 황야에 유폐되어 노예처럼 방랑생활을 한 것처럼 이스라엘 포터도 고통의 땅인 영국에서 탈주반란자로서 죄수와 거지처럼 방랑생활을 한다는 것이다. 이렇게 실제 이야기와 관계없는 성서적인 언급들을 겹쳐놓는 것은 신화적인 추방의 전형, 예언으로서 이스라엘의 삶을 특징짓기 위한 화자의 의도 때문이다(Reagan 265). 설교문의 특성을 보여주고 이스라엘의 생애에 대해 알레고리적인 해석을 하는 화자의 내러티브(Broncano 499)에서 화자의 대표적인 개입은 이스라엘의 동기에 대한 추측들, 다가올 고난에 관한 반복적인 예시들, 프랭클린이나 존스의 특성에 대한 가설들, 헌정사, 벽돌공장, 런던 브리지에 대한 수사학적인 명상, 약속의 땅으로의 항해에 대한 설명에서 볼 수 있다(Bezanson 188).

반면에 함축된 작가는 퓨리턴 성서주해의 전형적인 약속/성취의 서술구조를 조롱한다. 뉴잉글랜드 퓨리턴 유산을 상속받은 18세기 미국인 이스라엘 포터의 오랜 고통스러운 추방은 섭리론적으로 결정된 약속의 땅, 새로운 예루살렘으로의 귀환이 아니라 빈곤한 사람들을 위한 공동묘지로 흔적도 없이 사라지게 되는 것으로 끝나게 됨을 보여준다(Spanos 69-70). 즉 독립전쟁 영웅으로서 이스라엘의 가치와 그의 생애 비참한 말로 사이의 괴리를 강조함으로써 아이러닉한 어조를 유지한다. 화자의 경우도 자신의 주장과 모순되게 결국 신의 섭리나 개인의 의지력이 아니라 우연, 자연, 개인이 이해하거나 통제할 수 없는 다른 힘들이 이스라엘의 행로를 좌우하는 것으로 제시(Samson 205)함으로써 논리적인 오류를 보여준다.

첫 장에서 앞으로 나올 이야기들을 함축적으로 제시한다. 뉴잉글랜드 지방의 엷은 안개는 영국의 많은 산업시설의 짙은 먹구름을, 음울한 버크셔 지역 풍경은 벽돌공장과 런던이라는 지옥의 도시(City of Dis)에 관한 장들을 예견하게 한다. 이스라엘 포터가 버크셔의 돌담, 묘석, 돌산들로 에워싸인 모습은 우드콕 지주(Squire Woodcock)의 집에서 감금당할 뿐 아니라 벽돌공장의 구덩이, 그리고 런던의 하수관에 파묻히게 되는 모습을 예시한다. 여기서 고립, 감금, 구속 등의 주제는 연기, 안개, 돌, 진흙, 높은 지역, 땅속 깊은 곳 등의 상징적인 이미지들로 제시된다(Frederick 272, Bezanson 230). 가령 한 쌍을 이루는 새들백(Saddleback)산 정상은 버크셔의 꼭대기가 높고 뾰족한 두 개의 자연발생적인 성당과 같다고 묘사되는데 이는 관념적인 이상과 어긋나게 개인을 희생양으로 내몰게 되는 종교적인 이상주의와 초절주의 특성을 함축한다(Hiltner 45).

본론에서는 미국독립전쟁에 참전한 애국자, 이스라엘 포터가 당대 시장자본주의 논리를 대변하는 대중적인 영웅 벤자민 프랭클린에 의해 이용당하는 실상을 제시하고 이스라엘의 관점에서 미국 독립 혁명 이야기를 재구성해보며 아울러 존스 장군과 함께 참전한 해상전투에서의 이스라엘의 적극적인 역할을 살펴보겠다. 당대 지배논리를 대변하는 화자의 시각에서 벗어나 국가 공식기록에서 잊힌 진정한 애국자를 복원시키는 함축된 작가의 관점, 즉 화자의 내러티브 이면에 은닉되어 있는 함축된 작가의 관점에 입각해 분석해나가도록 하겠다.

2. 허구 만들기로서의 미국독립혁명신화

2.1. 독립혁명 지배 원리: 벤자민 프랭클린으로 대변되는 상업자본주의

원전에서는 프랭클린이 잠시 언급될 뿐 이스라엘과 프랭클린의 만남이 거의 제시되지 않았으나 멜빌은 이를 주된 사건으로 확대한다 (Peter 213). 프랭클린은 인색하고 세속적이며 전적으로 영혼이 없는 미국인의 초상(Rampersad 94, Dillingham 261)으로 그려지고 미국의 정치, 사회, 종교적인 이상 실현에 방해가 되는 인물이며 물질만능주의 가치관을 구현한다(Adler 81). 프랭클린은 "자신 국가의 전형이며 천재"(48)라는 구절에서 볼 수 있듯이 미국문명의 전형으로 더 나아가 미국운명을 형성하는 사람으로 제시된다(Peter 215). 독립혁명으로 만인이 평등한 자유민주주의 국가를 이룩했다는 미국의 실상은 술수가 뛰어나고 교활한 프랭클린과 같은 특성을 지닌 국가에 불과하다는 것이다.

프랭클린에 관한 장들은 이스라엘의 고단한 삶의 원인에 대해 중요한 통찰을 제공한다(Keyssar 24). 즉 독립혁명을 지배하는 전형적인 물질만능주의적 사고방식을 지닌 프랭클린에 의해 그의 꼭두각시처럼 조정되어서 결국 이스라엘은 영국에서 망명자 처지로, 그의 삶 대부분을 죄수나 극빈자로 살아가게 된다. 자격이 있음에도 그에 상응하는 대접을 받지 못하는 이스라엘의 영웅적인 행동은 프랭클린이 대변하는바 증대되고 있던 상업계층의 권력을 굳히는데 기여한다(Karcher 102). 이스라엘 포터와 존 폴 존스의 독립전쟁에서의 용감한 공적들로부터 가장 많은 이익을 취하는 사람은 바로 프랭클린이라는 사실이(Grenberg 179) 함축적으로 제시되며 프랭클린과 이스라엘은 독재적인 지배자와 착취당하는 자의 관계를 대변한다(Reising 150). 가령 역사적으로 독립 전쟁 당시 뛰어난 외교관으로 알려진 것은 프랭클린이나 그의 명성에 중요한, 양국을 오가며 위험한 업무들을 수행한 것은 바로 이스라엘이다. 이스라엘은 영국 내 비밀 반체제활동원인 우드콕 대지주가 부탁한 외교전령 문서를 특별히 제작한 부츠의 뒤꿈치에 숨겨서 프랑스에 거주하고 있던 프랭클린에게 전달한다. 이스라엘이 프랭클린에게 가져온 편지에서는 그를 미국으로 돌아가게 도와줄 것을 요청했을 뿐 아니라 미국의 신조를 돕기 위한 연락체계를 구축하고자 한다(Cohen 297). 그러나 프랭클린은 이스라엘이 영국에서 도피해 고국으로 가는 것이 매우 힘들다는 것을 알면서도 그를 영국으로 보내 우드콕 지주의 성안에 있는 지하 감옥에 갇히게 하고 결국 런던에서 추방자로서의 비참한 상황에 빠지게 한다. 프랭클린은 영국과 프랑스 사이의 사건들을 조종하기 위해 이스라엘을 이용하나 그가 이 업무를 수행한 대가는 오히려 감금당하는 일이다.

최근 비평가들은 프랭클린의 정직하지 못하며 기만적이고 비열한 특성을 강조한다. 가령 존 삼손(John Samson)은 가난하고 억압받는 자들에 대한 프랭클린의 무심한 태도를 비판(Samson 187)하며 마이클 폴 로긴(Michael Paul Rogin)은 이스라엘의 생득권을 부인하는 위선자(Rogin 226)라고 평한다. 이스라엘이 저녁에 와인을 요청하자 와인 마시는 것은 시간과 돈 낭비라는 잔소리를 길게 하면서 정작 프랭클린 자신은 이스라엘의 코냑을 좀도둑질한다. 이렇게 가난한 처지의 이스라엘의 소유물들을 강탈하는 장면들은 프랭클린이 18세기 필라델피아에서 노예문제에 있어서 취한 모순적인 태도를 함축한다. 프랭클린은 1740년대 최초로 노예제도에 반대하는 글들을 집필했고 반노예제도 운동에 큰 관심을 기울였으나 자신 소유의 노예가 있었고 노예 선박들에도 투자했다(Shurr 447). 이스라엘의 설탕부터 프랑스 하녀까지 모든 것을 착복하면서 이를 합리화하는 프랭클린의 철학은 1850년대 미국이 텍사스 지역을 점령하면서 이를 이타주의에 의한 것이라고 합리화하는 모습을 함축한다(Samson 187).

프랭클린은 이스라엘에게 자신의 저서, 『가난한 리처드 달력』(*Poor Richard's Almanac*)에 나오는 "하늘은 스스로 돕는 자를 돕는다"(God helps them that help themselves)는 격언을 가장 근본적인 진리라고 가르친다. 그러나 이는 실용적이고 타산적인 관점을 보여주고 사익에 기반한 행동규범들을 제시한다(Farnsworth 129). 프랭클린은 자수성가한 대표적인 인물로 대중에게 각인되며 특히 『가난한 리처드 달력』의 격언으로 자신처럼 근면하면 언젠가 반드시 성공하게 될 것이라는 믿음, 동시에 지금 잘 살고 있는 사람은 모두 그에 합당한 이유가 있는 것이라는 믿음을 내세운다. 일반 시민들도 프랭클린이 성취한 부와 명예를 추구하도록 격려 받았으나 여기서 그려지는 프랭클린은 시장친화적인 신화에 불과하기 때문에 현실적으로 프랭클린의 위치에 도달할 수 있을 것이라는 견해는 허구에 불과하다(Temple, "Sketch Patriotism" 11). 부자가 되는 방법으로 근면을 강조하고 밑바닥에 있는 누구든 근면하게 일하고 절약하는 생활을 통해서 똑같은 성공의 기회를 얻을 수 있는 것처럼 이야기하나 프랭클린은 자수성가한 것이 아니라, 연줄, 즉 영향력 있는 후견인들 덕분에 성공했다(아이젠버그 143). 진정한 의미를 파악하기 힘든 이 격언은 절묘하게 시민들이 처한 가난과 불평등이 자신들 잘못 때문이라고 믿게끔 조장한다. 즉 인내, 자아부정, 절약이라는 중산층 이상들이 가난한 사람들을 희생양으로 삼아서 부유한 이들에게 혜택을 주는 실상을 밝히기보다는 이상적인 시민이 되기 위해 필요한 전제조건이라고 주장함으로써 기존 사회위계질서를 유지하는데 기여한다(Temple, "Fluid Identity" 456).

그의 공리주의적 낙관주의가 제안하는 지혜는 실천하기 힘들다는 사실을 제시함으로써 멜빌이 풍자하는 것은 바로 프랭클린의 격언이 함축하는바, 노동에의 헌신, 검약, 노동성과를 올릴 것을 강조하는 19세기 미국 자본주의 사회의 윤리적 노동관이다(Spanos 77). 프랭클린이 그에게 가르치려한 부자가 되는 길이 그릇된 것임은 이스라엘 포터의 삶 자체에서 입증된다. 이스라엘은 모든 힘을 다해 노력했으나 신으로부터 도움을 받기보다는 오히려 십자가를 지게 된다. 즉 벙커힐 전투와 서레피스 호와의 전투 등 미국의 독립전쟁들에 적극 참전했으나 그에게 주어진 것은 고단한 삶의 연속이다. 따라서 『이스라엘 포터』는 끊임없이 노력한다면 가난한 사람도 성공할 수 있다는 프랭클린의 자서전을 패러디하고 있는 것으로 볼 수 있다(Temple, "Fluid Identity" 454).

프랭클린이 『가난한 리처드 달력』에 나오는 격언들을 가르치고 그에게 부자가 되는 방법을 지도하고자 할 때 이스라엘은 자신이 감금당하는 듯한 느낌을 받으며 그 결과 프랭클린 철학에 혐오감을 갖게 된다. 이스라엘은 소책자, 즉 『가난한 리처드 달력』의 서문, '부자가 되는 길'을 펼치고 "더 나은 시기가 되길 바라고 희망하는 것은 무엇을 의미하는 것인가? 우리 자신들이 분발한다면 더 좋은 시기를 만들 수 있을 것이다 . . . 고생이 없으면 얻는 것도 없다"(53-54)라는 구절을 크게 읽는다. 특히 "고생이 없으면 얻는 것도 없다"라는 내용에 모멸감을 느끼고 화가 나서 책을 던져 버린다. 개인이 자신에 대한 신뢰를 바탕으로 자력으로 성공할 수 있다는 자본주의 사회의 지배적인 노동관이 함축하는바 이러한 낙관주의에 대해 그는 "이 망할 지혜라니! 나 같은 사람에게 이런 지혜를 말하는 것은 모욕이다"(54)라며 "값싼 것은 지혜이고 값비싼 것은 운이다"(54)라는 결론을 내린다. 즉 프랭클린은 다양하게 이스라엘을 이용하면서 동시에 그에게 자신의 자아를 거부하도록 충고하기 때문에 『가난한 리처드 달력』의 격언은 이스라엘 자신의 행복을 위해서는 값싸고 모욕적인 것임을 인지하게 된다. 그는 프랭클린의 교활함에 대해 깊이 생각하며 "이 노신사는 놀라울 정도로 교활한 모습을 지녔다. 그의 가르침은 교활함의 일종이다 . . . 확실히 그는 교활하고 교활하다"(54)라고 주장한다. 프랭클린이 자신에게 미친 영향을 평가하며 그가 선물을 주는 것 같았으나 결국 자신의 것을 늘 도둑질해갔음을, 즉 그의 이중성을 인식하게 된다. 그 결과 자비를 베푼다는 프랭클린의 생색내는 듯한 태도 이면에 무심한, 냉혹한 실용주의가 놓여 있어서 이스라엘 자신은 그로부터 아무런 혜택을 얻을 수 없다고 결론 내린다. 프랭클린의 가르침에 대해 이스라엘이 느끼는 불만은 시장경제 역학관계 속에서 시민들이 느끼는 좌절감을 전형적으로 대변한다(Temple, "Fluid Identity" 455).

프랭클린은 군주론 옹호자, 마키아벨리(Machiavelli)로 묘사되며 또한 "역사는 야곱(Jacob), 홉스(Hobbes), 프랭클린보다 더 유사한 3인조를 보여주지 못한다. 셋은 미로같이 복잡한 마음을 지녔으나 평범하게 말하는 퀘이커 교도들이고 정치가이며 동시에 철학자들이다"(46)라는 구절에서 알 수 있듯이 홉스, 야곱과 프랭클린의 유사성이 제시된다. 즉 형제의 생득권을 취해 이스라엘 민족의 조상이 된 야곱의 간교한 속임수와 파리에 감금된 이스라엘을 이용하는 프랭클린 사이에는 뚜렷한 공통점이 있다. 또한 홉스도 프랭클린처럼 자신의 저서 『리바이어던』에서 사리사욕을 추구하는 철학을 발전시켜 나갔다. 프랭클린에 대한 "목가적 이상향의 꾸밈없는 태도 이면에서 이탈리아인의 능숙한 솜씨가 어슴푸레 빛난다"(46)라는 구절에서도 단순함이라는 가면 뒤에 그의 교묘함을 숨기는 특성이 제시된다. 따라서 자신의 꾸밈없음을 강조할수록 그의 미로같이 복잡한 마음자세가 더욱 드러나는 프랭클린을 사기꾼, 협잡꾼으로 볼 수 있다.

> 세상을 세심하게 저울질하며 그는 무슨 역할도 할 수 있다 . . .
> 때때로 다른 사람들에 대해서는 진지하게—극도로 진지하게—
> 생각하나 자신에 대해서는 결코 그런 적이 없다. 자신에게는
> 평안하게 대한다. 거침없이 다양한 분야에 종사함에서 침착할
> 정도로 냉정한 경솔함이 보인다. 인쇄업자, 우체국장, 연감제
> 작자, 수필가, 화학자, 연설가, 땜장이, 정치인, 유머 작가, 철학
> 자, 호텔 팔러 맨, 정치 경제학자, 가사 전문가, 외교관, 기획자,
> 격언 애호가, 한의사, 재치 있는 사람:—만물박사이고 각 분야

의 대가이며 누구에게도 지배받지 않는-자신 국가의 전형적
인 인물이며 천재이다. 프랭클린은 시인을 제외한 모든 재능을
가졌다.(48)

　멜빌은 프랭클린의 공적인 모습과 실제 행동 사이의 차이를 그의
옷차림으로도 제시한다. 공적으로 그는 단정하며 아무것도 결핍되지
않고 과장된 것도 없는 옷을 입는다. 사석에서 마법사의 옷처럼 숫자,
도형들로 장식된 잠옷 가운을 입고 블랙 새틴 모자를 쓰고 있는 프랭
클린의 모습은 신비주의자의 자수로 장식한 옷을 입은 중세 연금술사
파라켈수스(Paracelsus) 같다고 묘사된다. 즉 그가 입고 있는 이상한 잠
옷 가운으로 점성술사, 주술사의 특성을 지니고 있음을 함축함으로써
프랭클린 자신이 구축하고자 하는 고도로 이성적이고 실용적인 이미
지와 반목된다(Samson 181). 프랭클린의 결함은 그가 인간관계에 유용
한 지침을 고안해내고 자신의 경제력을 높이는데 전념한 결과 아이러
닉하게도 개인과 개인들의 관심에 대한 통찰력을 잃었다는 사실에 있
다. 다시 말해서 프랭클린은 개인에 대해서는 거의 관심이 없으며 신
중하게 고려한 추상적인 미덕들에 헌신함으로써(Bach 44) 실질적으로
마법사가 된다. 그가 이스라엘에게 주는 충고와 그의 영향력으로 평가
해 볼 때 프랭클린은 "*주요한 우연에 대한 예리한 관찰자, 신중한 조
신, 면모교직물을 입은 실제적인 마법사*"(46-47)에 불과함을 알 수 있
다. 프랭클린을 다른 사람을 조종하는데 능숙한 주술사로 강조하게 됨
은 그가 사기꾼의 특성을 지녔음을 내포한다. 그는 대부분의 시간을
사람들에게 충고하고 그들이 자신의 바람대로 행동하게끔 하는데 보

내며 그의 말은 매우 설득력이 있어서 사기꾼의 선구자(Rosenberry 157, Jackson 198)라고 언급되기도 한다.

2.2. 잊힌 영웅, 이스라엘 포터 중심으로 독립혁명 다시 읽기

책의 주요부분은 이스라엘이 독립전쟁에 지원하면서 시작된다. 소설에 등장하는 3명의 전설적인 독립전쟁 영웅의 특성을 이스라엘은 공통적으로 지니고 있다. 이스라엘은 알렌처럼 독립전쟁에 참여하는 과정에서 영국인들에게 포로로 붙잡혔으며 존스처럼 젊은 시절 해전에 참전해 적의 선박을 공격하고 적들에 혼자서 대항했다. 또한 프랭클린처럼 일종의 비밀 외교사절로 봉사했으며 책도 집필했다(Christopherson 26).

아버지의 "불합리하고 억압적인"(8) 독재에 반발하여 7월의 어느 날 밤에 집을 떠나게 되는 이스라엘의 모습은 영국의 독재에 대한 미국식민지의 저항을 대변(Samson 192, Peter 210)한다. 비평가 찰스 N. 왓슨(Charles N. Watson)의 지적대로 여기서 아버지의 권위는 왕, 국가의 권력을 의미하기 때문이다(563). 이스라엘이 "왕의 구속을 떨치고자 방랑의 길을 떠났다"(7)는 구절에서도 드러나듯이 독립을 열망하고 독재를 혐오하는 마음으로 그는 고향을 떠나게 된다. 따라서 그는 독립혁명정신의 화신, 전형이라고 간주할 수 있다(Baker 17).

이스라엘의 근면과 독립심을 볼 수 있는, 즉 황야에서 모험을 찾아다니는 그의 삶은 두려움 없는 자립심이 싹틀 수 있는 토대로 언급된다. 이스라엘은 결혼을 반대하는 아버지에 반발하고 이로 인한 절망에서 벗어나기 위해 집을 떠나 측량조수, 사냥꾼, 농장주, 무역상 등의 일을 성공적으로 해낸다. 화자는 그의 이러한 사업적인 능력에 대해 "이러한 방식으로 생겨난 두려움 없는 자기 신뢰와 독립심이 우리 선조들로 하여금 자유로운 국가를 이루게끔 하였다"(9)라고 설명함으로써 프랭클린과 랠프 왈도 에머슨(Ralph Waldo Emerson)을 모델로 삼아 그가 미국의 꿈을 실현했다는 견해를 함축한다. 가령 멍에를 메운 황소로 쟁기질을 하는 이스라엘의 모습은 바로 자력으로 이 세상에서 성공할 수 있다는, "신은 스스로 돕는 자를 돕는다"는 프랭클린 격언의 생생한 예가 된다(Peter 211). 그러나 그의 자립심, 독립심, 충성심, 애국심에 대한 돈호법은 이스라엘의 실제 삶과 비교해 보았을 때는 아이러닉한 의미를 지닌다(Grenebrg 178). 사업적인 성공을 거둔 뒤 3년 만에 고향으로 돌아가나 아버지는 여전히 '자유로운 삶에의 열망'을 상징하는(Baker 18) 그의 결혼을 반대한다. 다시 바다로 떠나 상선과 군함, 포경선 생활을 하다가 고향으로 돌아가지만 사랑하는 사람은 이미 다른 사람과 결혼한 뒤였다. 즉 개인적인 차원의 자립과 독립심만으로는 문제 해결이 되지 않는 것인데 이는 암묵적으로 프랭클린의 공리주의적 낙관주의와 에머슨의 이상주의적인 초절주의 시각(Reising 132, 153-54)의 한계를 드러낸다. 그 후 이스라엘은 근원적인 해결을 위해, 다시 말해서 독립혁명정신인 자유민주주의 국가 수립을 실현하기 위해서 독립전쟁에 참전해서 영웅적으로 싸운다. 그는 1775년 벙커힐 전투에 참전하고 그 뒤 해군에 지원하여 영국해군과 전투를 벌이지만 전쟁포로로 잡혀서 영국군함에 압송되고 런던에서 추방자로서의 삶을 살게 된다.

원전보다 이스라엘을 더 순수하게, 그리고 더 애국적인 인물로 제시하는 것은 그의 희생에 대해 부당하다는 생각과 연민을 자아내는 힘, 둘 다를 강조하기 위한 목적(John P. McWilliams 189, Hiltner 43)이다. 알렌은 이스라엘의 애국적인 특성을 돋보이게 하기 위해 소설 거의 마지막 부분에 등장한다. 둘 다 전쟁포로이나 알렌과 달리 이스라엘은 영국에서 40년 이상 극빈자로서 살게 된다. 프랭클린의 실용주의에 기반을 둔 (Samson 185) 알렌의 경우는 수단방법을 가리지 않고 자신의 이득을 추구하는 계산적인 행동으로 영국인의 학대에서 벗어나 미국으로 송환된다. 반면에 영국 왕 조지 3세(George the Third)의 정원에서 일하던 당시 이스라엘은 왕이 영국 군인이 될 것을 권유하나 안락한 삶을 택하기보다는 모국에 대한 애국심을 지키려한다. 이와 같이 이스라엘의 애국심은 오히려 그로 하여금 가난의 길로 계속 빠져들게 한다(Dillingham 252).

이스라엘의 관점에서 보았을 때 미국독립혁명 이야기는 개인에게 자유를 주기보다는 오히려 노예상태로 구속시키는 것으로 전도된다 (Rogin 228). 그는 독립전쟁에 참전했으나 그 결과는 강제 징집된 선원, 전쟁포로, 산업노동자로서 자신이 노예상태에 처해있음을 깨닫게 된다. 다시 말해 혁명정신은 흑인노예뿐 아니라 이스라엘 같은 백인 노동계층의 운명을 개선하는데도 실패했음을 보여준다. 일련의 불행한 경험들, 즉 감금, 강요된 노동, 극단적인 가난, 추방의 삶 등을 겪는 주인공 이스라엘은 미국흑인과 백인노예들의 경우 둘 다를 대변한다 (Karcher 107). 런던으로 가는 길에 그는 벽돌공장일자리를 발견하게 되는데 매우 음울한 그곳은 디즈멀 습지(Dismal Swamp)에 비교된다. 여기서 이스라엘은 디즈멀 습지로 도피한 것으로 알려진 미국흑인노예들의 처지도 대변하고 있음을 볼 수 있다. 애국적인 젊은이 이스라엘에게는 늘 소멸, 감금, 투옥 등의 이미지가 뒤따르며(Hiltner 42) 사실상 모든 페이지에서 문자 그대로, 혹은 상징적으로 다양하게 감금되는 경우들이 제시된다. 그는 영국 소형 군축함에서 수갑 채워져 있었으며 고래 뱃속에 있는 요나처럼 햇빛이 안 드는 감옥선 밑바닥에서 한 달 동안 감금된다. 또한 프랭클린에 의해 프랑스 호텔 방에 갇히게 된다. 더 극적으로는 우드콕 지주에 의해 굴뚝 뒤 작은 비밀공간에, 즉 관 같은 밀실에 감금된다. 여기서 이스라엘은 자신이 감각이 없고 마비된 것 같다고 말하는데 이러한 완전한 마비의 순간은 이스라엘의 상황이 감금된 인간의 극단적인 상황임을 제시한다(Lebowitz 182).

화자는 이스라엘을 우연히 추방당해서 정처 없이 방랑하게 되는 운이 없는 모험자이고 광기 있게 자신의 목적에 돌진해나가기도 하지만 그의 행로는 대부분 운에 맡겨진다고 묘사한다. 뉴턴 아빈(Newton Arvin), 알프레드 카진(Alfred Kazin), 월터 베잔슨(Walter Bezanson)같은 비평가들은 거의 특색이 없는, 경험에 순응하는 사람, 희생자, 방랑자라며 주인공의 수동적인 특성을 비판했다. 즉 이스라엘은 이야기 많은 부분에서 적극적으로 사회현실에 참여하는 모습을 보여줬으나 소설 후반부에 이르러서 거의 보이지 않는 인물로써 자신의 의지보다는 다른 사람들의 의향과 상황들에 지배를 받는 모습으로 그려진다. 존스 선장과 함께 미국으로 항해해 가다가 영국선박과 교전하는 동안 이스라엘이 예기치 않게 영국 배에 승선하게 되는 장면이 그 변화의 전환점이 된다. 이는 적극적인 전쟁영웅에서 수동적이며 잊힌 추방자 이야기로의 변모일 뿐 아니라 대니얼 디포(Daniel Defoe) 스타일의 일련의 모험담에서 절망으로 가득한 연대기로의 변화이다(Baker 8). 영국 선박에서 자신의 정체에 대한 많은 질문을 받자 그는 이름 부를 수 없음을, 혹은 이스라엘 스스로 칭하듯이 "피터 퍼킨즈"(Peter Perkins)(137)가 됨으로써 겨우 살아남을 수 있게 된다. 즉 선임 위병하사의 "너는 도대체 누구냐?"(137)라는 추궁에 다른 사람의 정체성을 취할 필요성이 있었다는 것은 이스라엘이 추방되었음을, 그의 소외된 상황을 함축한다. 선임위병하사관은 그를 "나의 유령"(139)이라고 부르기조차 한다. 반복해서 이스라엘은 쫓기는 망명자, 혹은 방랑자로 묘사된다. 또한 미국 병사라는 자신의 신분을 감추기 위하여 다른 사람의 옷들을 바꿔 입는 추방자 신분은 그가 유령, 혹은 환영 같은 존재임을 함축한다. 그러나 유령 이미지를 갖게 되고 하찮은 존재로 그려지는 이스라엘이 독자들 의식 속에서는 프랭클린의 주변부적인 위상과는 상반되게 중심무대를 차지하게 된다(Spanos 80).

전부 화자의 설명으로 구성되는 23장에서 "영국 이집트에 사는 노예"(157)라며 이스라엘의 고통스런 삶을 강조한다. 이스라엘 민족이 이집트에서 벽돌을 구우며 비참한 삶을 살았던 것처럼 이스라엘 포터는 '영국 이집트'의 '지옥의 도시' 런던에서 똑같이 거대한 벽돌공장에 취직하여 벽돌을 구우며 비참한 생활을 하게 된다는 것이다. 구덩이, 무덤, 지하 감옥 같은 매장 비유들로 가득한 이 장에서 벽돌공으로서 이스라엘의 노예 처지가 강조된다. 그는 영국의 노예로서 압제자의 벽을 만들 벽돌들을 세우기 위해 런던 근교 음침한 무덤 같은 벽돌공장 땅구덩이를 판다. 결국 이스라엘은 벽돌건축물, 즉 이집트 피라미드 모형의 기념탑이 의미하는바 죽음과 같은 사회를 건설하기 위한 기틀을 세우는 일에 동원되게 되는데(Rogin 229, Maloney 307) 이로써 자신의 무덤을 파게 된다(Hiltner 44, Peter 226).

산업자본주의가 비인간화를 가져오는 상황은 이스라엘이 벽돌공장에서 작업할 때 가장 명확하게 드러난다. 이스라엘은 벽돌공장의 가난한 근로자들 일원으로 일하게 되는데 이들의 작업은 전도된 창조과정이다(Colatrella 203). 그들은 자신들의 주관적인 특성은 모두 비운 채 벽돌반죽으로 사각형의 거푸집을 만든다(Tendler 38). 통속의 진흙을 휘저어 섞는 작업과정에서 벽돌공들의 "철썩 때려라"(155)는 후렴구는 『모비딕』에서 피쿼드(Pequod)호 선원들이 경랍 통에서 손가락으로 액체를 짜내는, 고된 작업을 하는 자신들을 스스로 달래면서 "짜내라"(348)고 반복해서 말하는 것과 정반대의 상황이다(Baker 19). 이스마엘은 경랍을 리드미컬하게 짜내는 과정에서 동료선원들과 충일한 동지애를 느끼게 된다. 반면에 이스라엘이 동료들과 벽돌반죽을 계속 손바닥으로 철썩 때려 사각형 틀을 만드는 작업은 그들을 비인간적으로 만들고 서로 고립시킨다(Cohen 303, Baker 19). 이 작업의 가장 치명적인 결과는 벽돌공들로 하여금 자신들의 운명을 무의미한 것으로 간주하게 한다는 점에 있다. 이는 이스라엘이 벽돌공장 철학자로서 얻게 되었다는 이해, 즉 우리가 누구이고 어디에 있으며 무엇을 하든 "보잘 것 없는 사람이 아닌 자가 누구냐!"(157)라는 깨달음에서 드러난다. 모든 것이 무의미하고 모두 다 찰흙에 불과한 것으로 인간과 벽돌은 똑같이 진흙으로 만들어졌다는 것이다. 이스라엘은 단지 벽돌공으로 일하는 것이 아니라 벽을 구성하는 벽돌이 된다. 화자는 "벽돌로 벽을 만드는 것처럼 인간은 공동체사회에 짜 넣어지는 것이 아닌가?"(156)라고 말하고 에덴동산은 벽돌공장에 불과하다며 이를 합리화한다. 이스라엘은 약속의 땅으로의 귀환이라는 그 약속이 단지 성취되지 않는 것에서 끝나는 것이 아니라 완전히 반대가 되는 상황에 봉착하게 된다(Spanos 93). 미국군인, 선원으로서 영국을 불태우고 파괴하기 위해 합류했던 자신이 이제는 영국 이집트의 노예 신세가 되었음에 그는 절망하게 된다.

> 그가 고국을 사랑하는 마음으로 적들을 증오하게 되었는데 . . .
> 그는 마침내 노예로서 바로 그 적국의 국민들을 위해 일하면
> 서 적의 선박을 불태우기보다는 그들의 벽돌을 성공적으로 만
> 들어내고 있는 것이다. 온 힘을 다해 억압자의 도시 테베의 벽
> 을 더 길게 만들기 위해서 도와야만 한다는 사실이 그를 반미
> 치광이 상태로 만들었다.(157)

기념비적인 건축물이 국가를 대변하는 기념탑 국가(monumental nation)를 건설하기 위해서는 국민 자체가 우선 벽돌역할을 해야 하는데 문자 그대로 이러한 일이 일어나는 것이다. 생산품과 생산자를, 즉 벽돌과 벽돌공을 구분하기 힘들게 하는 국가를 창출해내는 것은 기념탑 국가의 토대가 되는 구성요소이다(Tendler 31, 38). 다시 말해 이 지옥의 도시는 기념탑 국가라는 이상 아래 국가를 피라미드 모형의 기념탑으로, 시민

을 벽돌로 만드는 것이다. 그러나 존 퀸시 애덤스(John Quincy Adams) 대통령이 언급했듯이 진정한 민주주의 국가에서는 이러한 기념탑을 세우지 않는다(Tendler 29). 기념물 숭배는 인습적인 영웅, 사건, 장면을 찬미하는 반면 기존질서에 도전하는 개인의 역사들이나 구체적인 인물들은 은닉하기 때문이다. 결국 이 지옥의 도시는 기념탑을 세우게 됨으로써 역사에서 소외된, 잊힌 자들을 기념하는 기억(monumentalizing memory)을 배회하는 유령으로 변형시키게 된다(Spanos 70).

이스라엘의 이러한 운명이 다른 평범한 사람들과 공유된다는 사실이, 즉 그가 런던의 음울한, 엄청나게 많은 군중들과 하나가 된다는 사실이 책 마지막 장들의 주제이다. 다시 말해 이집트 벽돌 건축물이라는 지옥은 런던과 그 주민들까지 포함시키게 된다. 모두 다 유령들이며 벽 속의 벽돌들, 도시로 끊임없이 쏟아져 들어가는 청어 떼 들인 셈이다. 즉 "인간만류들"(gulf-stream of humanity)(158)이 지하세계로 들어가는 악몽같이 끔찍한 좁은 길인 런던 브리지로 쏟아지며(Baker 20, Keyssar 50) 사람들 행렬이 런던 브리지를 건너서 '에레보스'(Eerebus)(이승과 저승 사이의 암흑계)로 향한다. 그곳은 나룻배를 기다리는 영구차처럼 보이고 모든 것이 캄캄하고 안개 낀 상태이며 판석포장도로는 이끼도 없는, 즉 봉헌이 없는 묘비를 닮았다. 런던은 "일식이나 월식에서처럼 태양은 숨겨져 있고 대기는 캄캄하며 . . . 어떠한 대리석도, 육신도, 인간의 슬픈 영혼조차 이 석탄 재투성이 지옥의 도시에는 머무르지 않는다"(159-60)고 묘사되듯이 지옥처럼 불과 어둠이 혼재한 세계이며 나무도 없고 초록색의 작은 반점조차 보이지 않는 워킹데드들이 사는 곳이다.

이스라엘이 런던에 도착한 날은 가이포크 체포기념일(Guy Fawkes' Day, 11월 5일)인데 이는 영국정부에 대항한 독립혁명이 실패했음을 기념하는 날이므로 상징적으로 그의 장례식이 거행되는 셈이다(Dillingham 293).

영국에서 미국고향으로의 마지막 도피는 이스라엘에게 가장 절망적인 상황이었으나 그는 결국 자신 고국에 대한 환상에서 벗어나게 된다. 이스라엘은 런던에서 고통스럽고 굴욕적인 삶을 견디어내고 전쟁포로로서의 위험하고 힘든 도피 여정 속에서 자유롭고 독립적인 국가, 미국이라는 약속의 땅에 도달하는 꿈을 버리지 않는다. 그러나 여기서 그려지는 고향은 기념탑 국가개념의 산물로 실제 모습이라기보다는 향수를 불러일으키는 판타지에 불과하다(Tendler 37). 다시 말해 이는 기념탑 국가라는 웹스터의 개념을 수용해서 버크셔 산악지대 고향을 자유로운 행운의 지역이라며 이상화시킨 과거로 돌아가고자 하는 이스라엘의 갈망이다(Tendler 32). 이스라엘이 독립전쟁에 참전할 때는 "고향으로 돌아가고자 하는 이전의 바람을 모두 잊고 선장의 호출 명령에 따르며 생기 넘치게 된다"(58)라는 구절에서 볼 수 있듯이 이런 환상에서 벗어날 수 있었다. 그는 아들과 함께 고국에 돌아오는데 아들 이름이 벤자민으로 소개되는 것은 프랭클린이 대변하는바 국가 지배이데올로기를 수용해서 이런 현실과 괴리가 있는 환상을 갖게 된다는 작가의 비판을 담고 있다.

80세 노인으로 귀향하게 된 이스라엘은 자신이 소년이었을 때 쟁기질 했던 바로 그 밭을 경작하는 농부를 만나게 된다. 농부의 쟁기질은 이스라엘이 꿈꿔왔던 고향의 반쯤 파묻힌 벽난로 바닥 돌에 의해 여러

해 동안 중단되어 왔었다. 그의 "쟁기질을 하세요"(169)라는 충고대로 밭을 갈고 있던 사람이 포터 가문의 낡은 주택의 마지막 흔적을 갈아엎게, 즉 이스라엘 아버지가 설치했던 벽난로 바닥 돌을 세게 침으로써 허물어져 가던 굴뚝을 완전히 붕괴시키게 된다. 우드콕 지주의 굴뚝 뒤 관 같은 방에 갇히는 장면에서도 굴뚝이 무덤처럼 묘사된 바 있으며 "생매장 당하는 것이 아닐까"(68)라고 이스라엘이 두려움을 토로했듯이 여기서 굴뚝은 피라미드 모양의 기념탑이 함축하는바 평범한 개인들을 희생양으로 삼는 사회의 특성을 압축하는 상징이다(Hay 205-07). 소설 첫 장에서도 그의 고향 버크셔 산악지역의 가장 뚜렷한 특징은 연한 잿빛 돌로 만든 거대한 굴뚝에서 볼 수 있는데 이는 지붕 가운데를 뚫고 나온 탑과 같다고 묘사된 바 있다. 이런 억압적인 현실을 타파하고자 그는 독립전쟁에 참전하게 되었던 것이며 결국은 굴뚝이, 더 나아가 기념탑이 의미하는바 죽음과 같은 사회에 저항하고 이를 무너뜨리게 된다.

2.3. 해상전투: 독립전쟁 영웅으로서 이스라엘 포터와 폴 존스의 활동

존스 장군 밑에서 이스라엘이 해전에 참전하는 장면들 제목에 3인칭 복수가 쓰이는데 이는 두 인물의 인격이 합쳐진 것을 함축하며(Cohen 286) 여기서 이스라엘 포터의 더블로서의 폴 존스 역할을 짐작할 수 있다. 존스는 자신에 대해 습관적으로 3인칭으로 말하는데 이렇게 자신의 시각을 제3자의 것처럼 객관화시킴에서도 존스는 이스라엘의 더블임이 함축된다. 즉『모비딕』의 아합(Ahab) 선장과 벌킹턴(Bulkington)의 관계처럼 화자는 애국적인 전사 이스라엘의 긍정적인 특성을 은닉하고자 독립전쟁 영웅 존스를 그의 더블로 설정한 것으로 볼 수 있다. 그들이 해전에서 승리를 거둔 직후 존스는 작품에서 사라지며 이스라엘도 그와 분리되어 다시 익명으로 돌아가게 되고 특색이 없어지게 된다(Hiltner 47).

이스라엘은 영국군함에 징발되었다가 존스 장군에게 구조되는데 이 두 사람이 서로에게 즉각적으로 이끌리게 되는 것은 일종의 동지애, 연대감이다(Watson 567). 레인저(Ranger) 호에서 이스라엘이 키, 나침반, 신호, 조종 장치, 점화 따위의 책임을 지는 조타수라는 중요한 직책을 부여받아 자신과 업무적으로 아주 가까이 있게 되었을 때 방을 같이 쓰자고 존스는 제안한다. 이스라엘은 존스의 고향 화이트해븐(Whitehaven) 공격과 존스가 이끄는 본 옴므 리처드(Bon Homme Richard) 호의 영국 세라피스 호와의 해상전투에 참전한다.

존스 장군은 미국독립전쟁의 전설적인 해전 영웅으로서 멜빌의 전형적인 영웅들의 특성을 지니며(Lebowitz 176) 프랭클린과 대조된다(Spanos 80). 그의 기존 인습에 대한 도전과 반항심, 즉 타이타니즘(Titanism)은 프랭클린의 계산적이고 신중한 사리사욕과 상반된다(Farnswoth 132). 처음부터 존스는 프랭클린의 신중한 특성과의 어떤 연관성도 거부하며 "신중함이라 불리는 이 미적거리는 겁 많음을 통해 모든 것을 잃게 된다"(57)고 말한다. 즉 그는 대부분의 사람들은 사리사욕추구보다 더 고상한 원칙으로 행동하지 않는다며 프랭클린이 대변하는바 당대 시장자본주의 체제를 공격한다. 존스는 물질적인 이득을 추구하지 않으며 자신이 미국 국기를 처음으로 일으켜 세워 꽂았음에 자부심을 갖는 등 자유국가를 건설하는데 자신의 운명을 바치고자 한다. 프랭클린이 기존에 설정된 지배계층 위주의 미국국가 정체성 논리를 대변한다면 독재와 불의를 혐오하는 존스는 이러한 논리가 억압하고 있는 점을 드러내며(Spanos 81) 이를 해결하고자 한다.

존스의 특성을 드러내는 가장 강력한 이미지는 그의 문신 새긴 팔에서 볼 수 있다(Christophersen 25). 멜빌 작품에서 공통적으로 문신이 상징하는바 진실을 추구하는 예술가로서 존스의 모습은 밤늦게 방안을 걸어 다니며 자신 팔에 새긴 문신을 자랑스럽게 바라볼 뿐 아니라 해전에서 자신의 문신 새긴 팔을 들어 올리는 강렬한 제스처로 선원들을 결집시킴에서 볼 수 있다. 그는 "서양 옷을 입은, 권리를 박탈당한 인디언 추장 같은 모습의 작고 쾌활하며 피부가 가무잡잡한 사람이었다 . . . 그에게는 무법자일 뿐 아니라 시인 같은 속성이 약간 있었다 . . . 과거뿐 아니라 앞으로도 누구의 부하가 될 수 없을 것처럼 보였다"(56)라고 묘사되는 구절에서 알 수 있듯이 "시인을 제외한 모든 재능을 가진"(48) 프랭클린과 달리 시인과 같은 면모를 지녔음을 보여준다. 반면에 화자는 팔에 문신을 새긴 야만인이라며 존스의 문신은 악마의 매혹적인 규범을 대변하는 것이고 나중에 달빛에 비추어 봤을 때는 불가사의하게 두려운 것으로 변모하게 된다고 비판한다.

존스는 모든 형태의 독재에 대항한 민주적인 미국인을 대변하는 아합의 시각을 갖고 있으며 영국이라는 흰 고래를 미친 듯이 추적한다(Zaller 610, Lebowitz 174, Bach 45, Davis 52). 그는 개혁 운동가로서 자유를 실현하기 위해 미국에 고통을 가한 영국의 부당한 행위들을 처벌하고자 한다. 다른 한편으로는 국가가 자신에게 준 모욕들, 즉 자신이 태형을 가해 선원을 죽였다는 거짓혐의를 제기한 영국에 복수를 꾀했으므로 그의 화이트해븐 공격에는 정치적이고 사적인 이유가 합쳐지게 된다(Watson 566-67). 따라서 그는 자신의 다리를 앗아간 고래에 복수하고자 하는 개인적인 이유뿐 아니라 흰 고래가 의미하는바 악의 세력을 물리치고자 고래를 추적하는 아합과 유사하게 그려진다. 존스는 일종의 인간 화염방사기이며 화상을 입은 모습으로 묘사되는 등 반복해서 불과 연관 지어지는 프로메테우스적인 영웅의 특성을 지니는 점(Dillingham 272, Lebowitz 177, 181, 184)에서도 아합과 유사하다. 이스마엘이 갖게 되는 아합에 대한 강력한 첫인상은 벼락을 맞아 생긴 것처럼 보이는 그의 목과 얼굴뿐 아니라 온 몸을 가로 지르는 흉터이다. 이스라엘의 경우도 처음 만났을 때 존스의 횃불과 같은 모습을 주목한다. 그의 황갈색 뺨은 열대지방의 태양에 그을린 것임을 말해주고 그의 화산과 같은 기백은 거친 계획들로 불타오른다고 한다. 그들이 만난 날 밤 이스라엘 방에서 불에 비친 존스의 모습은 활활 타오르는 땔감용 나무 단들을 떠오르게 한다고도 묘사된다.

인디언과 비교되는 점에서도 존스는 아합과 비슷하다. 아합 선장은 인디언 추장 로건(Logan)에, 그의 선원들은 이로쿼이(Iroquois) 인디언에 비교된다. 그가 이끄는 포경선 이름은 피쿼드(Pequod) 호로 17세기 퓨리턴들에 의해 희생당했던 코네티컷 인디언들인 피쿗(Pequot) 부족의 이름으로 명명되었다. 이스라엘도 피쿗 부족에 비유됨으로써 아합 선장과 공통성을 보인다. 존스는 자신이 상속권을 박탈당한 인디언 추장이라며 프랭클린이 영향력을 발휘해서 자신에게 인디앤(Indien) 선박 지휘 권한을 회복해줄 것을 요구한다. 인디앤 전함의 지휘권을 계속 요구하는 존스에게서 소외된 계층인 인디언의 이익을 대변하고자 하는 의도를 볼 수 있다. 인디앤보다 더 작은 배를 지휘하면 미국의 이익에 도움이 될 것이라는 프랭클린의 타협적인 제안에 존스는 격노해서 "내가 좀 더 명예롭고 영광스러운 일을 하게 해줘라. 명성이 있는 일을 하게끔 내게 인디언 선박을 줘라"(57)라고 반박한다. 존스는 인디언 명상에 몰두하며 미래를 감지하는 예언자 같은 모습이고 이로 쿼이 인디언처럼 의자에 허리를 꼿꼿이 세워 앉는다고 묘사된다. 또한 이스라엘과 첫 대화를 나눌 때 그의 모습은 수우(Sioux)족 같아 보인다고 한다. 프랭클린이 인디앤 선박으로 무엇을 할 것이냐고 묻자 존스는 자신은 한 국가, 혹은 모국에 대해서조차 호전적인 애국심으로 충성하는 것을 거부한다며 "폴 존스는 영국에서 태어났지만 영국 왕의 신하가 아니라 자유로운 우주의 시민이며 선원"(56)이라고 말한다. 즉 그는 성별, 인종, 국가의 경계들을 없애는 범 세계주의자로서 국가의 경계를 뛰어넘는 시각을 보여준다(Peter 219). 이는 국가나 혁명의 이데올로기를 따르지 않고 기계적으로 싸우는 인물에 불과하다며 존스를 비난하는 화자의 시각과 대조되며 19세기 전반기를 휩쓸었던 미국 국수주의의 편협한 시각을 비판하는 저자 멜빌의 인식을 대변한다. 멜빌이 백인과 인디언이 평화롭게 공존하는 삶이 미국사회가 헤쳐 나갈 지향점임을 『모비딕』에서 제시한 바와 같이 현대 아메리칸 인디언 소설가 알렉시(Sherman Alexie)의 경우도 인류애에 입각한 다양한 문화권과 인종들이 공존하는 삶이 진정한 생존의 길임을 『플라이트』(*Flight*)에서 밝힌 바 있다(김옥례, 「초국가적 정체성 추구」 14).

화자는 "악당이거나 영웅, 혹은 둘 다이다 . . . 어떠한 추상적인 논의도 받아들이지 않는다"(96)라며 존스에 대해 숭배하는 견해와 비판적인 관점 둘 다를 취해 문명화된 야만인이라는 모순적인 특성을 지닌 인물로 제시한다. 또한 "행운이 폴의 행로에, 그의 생애 위대한 행동들에 덤으로 주어졌다"(119)며 불굴의 용기를 지닌 그가 명성을 얻게 된 것에는 운이 큰 역할을 했다고 주장한다. 아울러 영웅적인 애국심을 발휘하는 존스의 행동에 대한 묘사에서, 그의 이기주의나 야만성을 강조함으로써 그 의미를 전도시키고자 한다. 존스가 해상전투에서 야만적으로 폭력을 행사한 것은 사실이나 이러한 결점들은 전쟁을 승리로 이끌기 위해서 불가피하게 필요한 특성이다(Farnsworth 131). 『모비딕』에서도 멜빌은 폭력을 사용하는 아합의 입장에 전적으로 동의하지는 않으나 문제해결을 위해서는 불가피하다는 입장을 취한다. 또한 『빌리 버드』(*Billy Budd*) 서문에서 멜빌은 대반란 사건은 궁극적으로 영국해군 역사상 가장 중요한 개혁들을 유발시켰다며 폭력적인 해결방법을 제한된 범위에서 받아들인다(김옥례, 『익시온의 고뇌』 100-01).

화자는 해전에 참전한 이스라엘에 대한 묘사에서도 그가 배에 승선해서 큰 돛대의 장루에 있게 되기를 갈망했고 작은 망원경을 쓰고 리처드 전함의 기울은 피사의 탑 같은 곳에 걸터앉아 있는 그의 모습은 바다 물결보다는 산에서 달을 탐구하는 천문학자처럼 보이게 했다며 상황을 왜곡 설명한다. 또한 이스라엘의 용맹성을 은닉하기 위해 그를 존스 선장의 하수인처럼 제시한다. 이스라엘은 선장의 전염되는 정신을 연료로 하여 불붙게 되었으며, 그와 유사한 애국적인 열정을 갖게 되었다는 것이다. 존스의 야만적인 목소리가 이스라엘로 하여금 영국 선박에 승선해서 선원들을 죽이도록 부추기는 신비한 힘을 갖게 한다고도 묘사한다. 즉 전쟁에 가담하고자 하는 마음이 존스에 의해 주입되고 그로부터 이스라엘은 적에 대한 무자비한 증오심뿐 아니라 사나운 전사의 에너지와 대담성을 받아들이게 되어 선장의 명령에 따라 세라피스 호에서 수십 명의 사상자를 낳게 했다는 것이다.

화자의 주장과 대조적으로 존스와 이스라엘이 함께 참전한 해전에서 이스라엘의 적극적인 역할을, 전쟁영웅으로서의 특성을 볼 수 있다. 소설 중간 부분인 14장에서 19장의 해전장면, 특히 이스라엘의 용감한 행동을 다루는 18, 19장에서 이스라엘은 올림포스 산의 신들과 같은 당당함과 위엄을 보여준다(Samson 188, Reagan 264). 애처로운 도망자, 투덜거리는 사람으로 묘사됐던 이스라엘은 자신이 죄수로 있던 배를 혼자 함락시킬 뿐 아니라 선장을 빠른 속도로 지나쳐가자 존스는 오히려 위험하다며 그에게 돌아오라고 외친다. 세라피스 호와의 치열한 전투에서 승리를 거둘 수 있었던 결정적인 이유는 이스라엘이 수류탄을 정확하게 던졌기 때문이다. 또한 불을 가져오는 등 존스가 명성을 얻게 된 사건들의 직접적인 계기는 이스라엘에 의한 것이다. 선장은 화이트헤븐의 모든 부락을 불타게 할 불을 가져옴으로써 그의 역량을 입증해 보이라고 요청했으며 석탄 바지선을 불태우기 위해 필요한 점화물을 구하기 위해 시내로 간 사람은 바로 이스라엘이다. 이스라엘은 이러한 사명을 완수해냄으로써 프로메테우스 같은 역할을 한다(Lebowitz 180). 존스 부하들이 마지막 배를 불태우자 성난 적의 무리가 교각 부근에 모이기 시작하는데 여기서 "이스라엘이 머리에 아무것도 쓰지 않은 채 미친 사람처럼 그 무리로 돌진해나가자 그들 사이에 극심한 공포감이 퍼져나간다. 그 무리들은 폴의 피스톨보다 무장하지 않은 이스라엘로부터 훨씬 더 멀리 달아난다"(104)라는 구절에서도 제시되듯이 이스라엘이 선장보다 뛰어난 역량을 보인다.

전쟁은 리처드 호에 유리하게 진행되었으나 화자의 세라피스 호 항복에 관한 묘사에는 누가 진정한 승자인지에 대한 의문을 담고 있다. 해상 전쟁에 대한 결론에서 세라피스 호를 그 자체의 패배에 의해 이미 파괴된 소돔(Sodom)에 비교하고 리처드 호를 고모라(Gomorrah)에 비유함으로써 존스와 이스라엘이 이뤄낸 승리의 의미와 그 중요성에 대한 평가를 깎아내리는데 이는 싸움의 실상을 은폐하기 위한 의도 때문이다. 즉 화자는 미국의 이상을 대변하는 리처드 호가 늦은 저녁에 게걸스럽게 대량학살을 함으로써 고모라처럼 서서히 침몰해 사라졌다고 묘사한다. 이는 도덕적인 퇴폐로 인해 유황불 심판을 받았음을 함축한다. 그러나 존스와 이스라엘이 이끄는 리처드 호는 많은 종류의 군함 무기들을 갖췄으며 여러 인종이 뒤섞인 선원들이 배치되어 있고 다양한 특성의 군인 무리들을 나르고 있었는데 이는 『모비딕』에서의 미국민주주의를 실현하기 위한 피쿼드 호 항해를 상기시킨다(Farnsworth 130). 즉 여러 인종으로 구성된 피쿼드 호 일행이 프랑스 혁명당시 세계도처의 폭군들에 대항하기 위해 전 인류를 연합해 거대한 민주적 공동체를 이룩하고자 하였던 "아나카르시스 클로츠"(Anacharsis Clootz)

대표단에(James 19) 비교됨에서 알 수 있듯이 피쿼드 호는 진정한 인류애를 실현하고자 했다(김옥례, 『익시온의 고뇌』 100).

화이트헤븐 공격에서처럼 세라피스 호와의 전쟁 클라이맥스는 밤에 이뤄지는데 불길, 안개, 연기로 가득차서 아군과 적군을 구분할 수 없을 지경이었다고 한다. 화자는 아합의 민주주의를 성취하기 위한 고래추적과정에 버금가는 장엄한 해전(Lebowitz 80)을 "낯선 사람들 사이의 전투라기보다는 내전이다 . . . 둘 사이의 관계는 샴쌍둥이를 동여매는 유대이다"(125)라며 상대를 줄곧 바꾸는, 스텝이 복잡한 댄스를 추는 파트너로 시작해서 샴쌍둥이의 관계로 끝나는 것으로 묘사한다. 자신들이 형제임을 의식하지 못하는, 이 부자연스러운 전쟁에 오히려 화를 내야만 하는 샴쌍둥이 사이의 충돌이라는 것이다. 또한 리처드 호와 세라피스 호사이의 해전을 19세기 중엽 미국사회에 임박한 내전의 유형과 예언으로 설명해 나간다. 교전중인 리처드 호와 세라피스 호를 두 가족, 즉 아래층에 거주하는 구엘프 가족(the Guelphs)과 위층에 거주하는 기벨린 가족(the Ghibellins)의 경우로 비교한다. 이는 링컨 대통령의 '분열된 일가'(House Divided)라는 비유와 연합주의자들과 분리주의자들은 단지 '구엘프 가족'과 '기벨린 가족'이 아닌가 라는 언급을 예견하게 한다(Karcher 105). 더 나아가 해전을 묘사하는 과정에서 화자는 "달나라 사람(Man-in-the-Moon)은 상황을 잘 파악하기 위해 더 높은 위치로 오른다"(124)라며 장면 묘사의 초점을 자연에 맞춘다. 해전의 실상을 은닉하고자 해상전쟁을 이끄는 주도자, 목격자로 달을 등장(Peter 207)시키는 것이다.

정보를 제대로 밝히지 않는 화자의 태도는 독립전쟁 서술방식에서도 뚜렷하게 드러난다. 가령 벙커힐 전투의 실상을 밝히지 않는 이유를 잘 알려졌을 뿐 아니라 한창 전쟁 중일 때는 그 역사적인 의미를 찾기가 힘들기 때문이라며 합리화 한다. 벙커힐에서의 소규모 접전을 소개하고 난 뒤에도 화자는 "그 전쟁에 대해 모두 다 알고 있다. 이스라엘이 적의 감시를 약 올리게 한 명사수 중 하나라고 퍼트넘(Putnam) 장군이 장광설을 늘어놓았다고 말하는 것으로 충분하다"(13)라며 전투에 대한 상세한 묘사를 회피한다. 세라피스 호와의 전쟁에 대한 "여기보다는 다른 곳에서 독자는 누가 전쟁에 대해 상세한 견해를 얻고자하는지, 혹은 사리에 맞는 해설을 많이 하는지 찾아봐야만 한다"(120)라는 설명에서도 볼 수 있듯이 상황에 대한 객관적인 기술을 회피한다. 화자의 진실성이 결여된, 즉 상상에 입각한 사건 파악은 오히려 그로 하여금 상황을 생생하게 묘사하게 한다. 그 결과 대부분의 독자들은 소설 내내 그러했던 것처럼 화자가 사건들에 대한 역사적, 심리적, 신학적인 토대들을 애매하게 제시하는 것을 알아차리기가 힘들다(Samson 208). 따라서 신뢰할 수 없는 화자의 특성에 대한 함축된 작가의 아이러닉한 시선들을 염두에 두는 것이 국가공식기록에 담겨 있지 않은 잊힌 영웅에 대한 역사소설이라는 작품의 특성을 이해하는데 중요하다.

3. 새로운 시대로의 발돋움

멜빌의 역사소설 『이스라엘 포터』는 미국독립혁명의 실상, 즉 그들이 독재에 대항하여 민주주의 국가를 건설하고자 했던 이상과 달리

현실은 여전히 피라미드 모형의 기념탑이 함축하듯이 평범한 개인들을 구속하는 감옥과도 같은 사회라는 메시지를 제시한다. 즉 독립전쟁에 적극 가담했으나 혁명의 혜택으로부터 소외될 뿐 아니라 자신의 국가에서 여전히 추방되고 있는 평범한 애국자가 처한 현실을 드러낸다. 이로써 작가는 잊힌 독립전쟁 군인의 업적과 영웅적인 행동을 미국역사 이야기에 다시 도입하며 독립혁명의 이념과 그 업적이 무엇인가에 대한 의문을 제기한다.

소설 마지막 부분에서 독립전쟁 유공자로서 국가 연금을 받고자 하는 이스라엘의 노력은 거부당했으며 그의 흉터가 유일한 훈장임이 입증되었다고 묘사된다. 그가 벙커힐 전투에서 입은 부상으로 인해 갖게 된 가슴 위 상처자국은 나중에 해전에서 활약하던 중 얻은 부상자국과 교차되어 십자가 같은 흉터를 갖게 된다. 여기서 흉터라는 상징을 통해 사회 희생자로서 그의 모습이 부각된다. 고향 버크셔의 돌담에서뿐만 아니라 우드콕 지주의 지하방에 감금되며 런던 벽돌공장에서의 음울한 노동, 결국 가라앉은 벽난로와 허물어져가는 굴뚝이 대변하는바 버려진 고향집에 돌아올 때까지 독립혁명전쟁은 전쟁의 승리를 가져온 영웅, 이스라엘 포터에게 돌무덤을 지어줬을 뿐인 것이다 (Rogin 223). 이스라엘에 비유되는 성서의 인물들과 대조적으로 그의 육체적인 아픔과 고통은 부활을 이루기 위한 과정이 아니었으며 이스라엘에 대한 유일한 보상은 공동묘지에서 안식을 취하게 하는 것이었다.

잊힌 영웅 이스라엘의 고단한 삶은 미국예외주의라는 신화적인 건축물이 근거하고 있는 윤리적이고 정치적인 토대들의 부끄러운 민낯을 드러낸다. 이는 미국 소수집단에 행사하는 폭력뿐 아니라 아메리칸 인디언들과의 협약을 파기했던 일을 함축한다(Reising 175). 이스라엘의 죽음에 대해 "고향 언덕의 가장 오래된 오크나무가 바람에 넘어진 날에 죽었다"(169)라는 화자의 마지막 문장에서 공식적인 미국역사 기술의 관점을 볼 수 있다. 즉 인간의 희생과 비극을 나무가 쓰러지고 그 흔적들이 서서히 사라지는 자연적인 과정으로 전가함으로써 지배계층 위주의 역사에 내재하는 평범한 인물을 희생시키는 폭력뿐 아니라 과거를 역사적으로 재현하는데 뒤따르는 폭력을 은닉하고자 하는 의도를 볼 수 있다(Reising 177-78).

이스라엘의 이야기는 퓨리턴들이나 히브리인들의 이야기처럼 다시 원점으로 돌아온다(Spanos 95). 그러나 성서의 이스라엘과 다르게 그는 고향에서조차 자신의 추방이 계속되는 것을 깨닫게 된다. 독립전쟁 기념일에 그는 귀향하게 되며 벙커힐 전투 영웅을 기리는 행사의 행진 차에 치여 죽을 뻔한 에피소드가 함축하듯이 공식적인 국가 기록에서 잊힌 존재로서 그를 알아보는 사람이 없다. 결국 이스라엘은 불에 그을린 석조 무더기들과 반쯤 매몰된 오래된 벽난로 바닥 돌, 이끼 낀 석조 문설주 이외에 남아 있는 것이 없는 아버지의 농장주택으로 돌아온다. 특히 움푹 들어간 벽난로의 바닥 돌은 묘비처럼 오랜 세월 방치되어서 넘어져 있는데 이는 소멸된 과거와 희망이 없는 미래의 전형적인 표본이 되는 상징이다(Watson 567). 작품 초반 버크셔 산악지역 여행자가 조심하며 걷다가 위협적인 장면, 즉 안개 속의 어렴풋이 보이는 유령 같은 물체 때문에 마음이 불안해지는데 이는 오, 육십 년 전에 나무 썰매가 뒤집혀 농부가 비명횡사한 장소를 표시하는 투박한 흰색 석조라고 묘사된 바 있다. 또한 버크셔 지역의 가장 특징적인 것은 버려진 농가들을 굽어보는 엷은 회색 빛 돌로 만들어진 거대한 굴뚝인데 이는 벙커힐 전투를 기념하는 차가운 회색 빛, 피라미드 모양의 기념탑에 대응되는 무덤의 묘석(Watson 564)이다. 이스라엘 삶의 특성을 함축하는 중심상징은 허물어뜨린 굴뚝, 심하게 파괴되고 그을린 석조 더미들이다(Cohen 290, Watson 564). 즉 밭을 갈고 있던 농부가 이스라엘의 쟁기질 하라는 충고대로 포터 가문의 낡은 주택의 마지막 흔적을 갈아엎게, 즉 허물어져 가던 굴뚝을 완전히 붕괴시키게 된다. 이는 평범한 개인들을 희생양으로 삼는 피라미드 모형의 기념탑이 의미하는바 죽음과 같은 사회에 저항하며 결국 이를 거부하게 됨을 보여준다. 이로써 작가는 암묵적으로 부패한 이상, 제도 등이 새롭게 바뀔 것임을, 즉 옛 체제를 파괴하고 변형시킴으로써 정치적인 갱신을 위한 터전을 이룰 것임을 제시한다(Ryan McWilliams 45-46).

이 책은 절망으로 끝나지 않는다. 우선 이스라엘이 아들을 남겨두고 죽었다는 사실에서 희망을 찾을 수 있다. 또한 "이스라엘 포터는 헌사를 받을 자격이 있다 . . . 매년 봄마다 늘 새로운 이끼와 풀밭이 그에게 주어진다"(v)라는 구절에서 볼 수 있듯이 무너진 집의 폐허 속의 이끼 낀 돌기둥과 이끼로 뒤덮인 이스라엘 무덤은 매년 부활을 상징하는 새로운 이끼들을 봉헌 받는다(Cohen 300).

멜빌의『이스라엘 포터』는 개인을 매장시키는 벙커힐 전투 기념탑이라는 단단한 바위 이외에 다른 보상을 전혀 받지 못한 미국사회 익명의 전사들에게 경의를 바치는 헌사이다. 독립전쟁에서 활약한 잊힌 평범한 군인의 업적과 영웅적인 행동을 재현함으로써 진정한 애국자와 대중적인 영웅을 구분하지 못하는 기념비적 역사기록의 허구성을 제시한다. 또한 지배이데올로기를 유지하기 위해 힘없는 개인을 희생양으로 삼는 미국의 어두운 현실을, 기념탑 국가 역사가에 의해 진정한 애국자 이스라엘이 공식적인 역사기록에서 잊혀 유령과 같은 존재로 규정되는 실상을 드러낸다. 다시 말해 멜빌은 피라미드 모형의 기념탑이 함축하듯이 독립혁명의 이상과 달리 익명의 애국자들을 위시한 평범한 개인들을 구속하는 감옥과도 같은 사회를 고발하는 것이다.

■ 이 글은 『영어영문학 연구』 제62권 1호(2020)에 게재된 논문을 수정·보완한 것이다.

제4장

아메리칸 인디언 여성 자서전 문학
린다 호건의『파워』

1. 열린 세계: 인디언 여성 자서전 문학

인디언들은 미국이라는 국가의 탄생과 그 성장에 많은 기여를 했음에도 불구하고 오히려 백인들의 정착과정에 있어서 장애가 되는 존재로 왜곡되어왔다. 아메리칸 인디언 여성 자서전 문학은 백인들이 인디언에 대한 편견에서 벗어나 부족사회의 실상을 객관적으로 파악할 수 있도록 도와준다(Sands 288). 가령 레슬리 실코(Leslie Silko), 린다 호건(Linda Hogan), 폴라 알렌(Paula Gunn Allen) 등의 자서전 문학에서 인디언들은 전쟁을 원하는 잔인한 야만인이 아니라 평화주의자임이 부각된다(Allen 265). 인디언 추장 포우하탄(Powhatan)이 영국의 식민지를 건설하기 위해 북아메리카에 온 존 스미스(John Smith)에게 제기한 "사랑으로 조용히 가질 수도 있는 것을 왜 힘으로 얻으려 하는가? 전쟁으로 무엇을 얻을 수 있단 말인가? . . . 총과 칼을 거두지 않으면 당신들도 모두 똑같은 방법으로 죽게 될 것이다"(하워드 진 37-38)라는 항의에서도 평화를 사랑하는 그들의 특성이 뚜렷이 제시된다. 또한 사회에서 중심적 역할을 담당하고 있는 여성들의 면모가 인디언 여성 자서전 문학에서 주요 주제로 다뤄진다(Allen 264). 전통적인 인디언 부족사회는 남성과 여성이 권력을 공유하며 함께 협력해나가는 평등한 사회였고 여성들은 사회의 대변자로 영향력을 행사했다. 인디언 여성 문학 장르는 그동안 관련 전공학자들의 주목을 받지 못했다. 주된 이유 중 하나는 이들 작품에서 아메리칸 인디언 여성에 대한 묘사가 '사악하고 저속한 인디언 여성'과 '선량하고 모성적인 인디언 공주'라는 정형화된 이미지에서 벗어났기 때문이다(Sands 270). 초기 작가들의 경우 가능한 백인독자들의 반발을 사지 않는 범위에서 전통적인 인디언사회의 실상을 알리는데 주력했다. 가령 작가 자신이 직접 영어로 집필하여 출판한 사라 위네뮤카 홉킨스(Sarah Winnemucca Hopkins)의 경우 『파이우트 사람들의 삶』(*Life among the Piutes*)(1883)에서 자신이 인디언 남성 전사나 백인 남성 전사 이상으로 용감한 영웅이라고 주장하면서도 때로는 자신을 평범한 인디언 공주에 불과하다고 묘사한다.

전통적인 인디언 문학은 개인보다 공동체사회에 가치를 부여하고 구전양식의 특성을 보여주며 신화, 이야기, 노래로 구성된다(Sands 270). 개성과 자아를 중시하는 백인사회의 전통과 이렇듯 공동체를 중시하는 인디언 부족사회의 전통이 결합되어 발전한 현대의 인디언 여성 자서전 문학에서도 구전양식은 중요한 특성이다. 독자를 의식하며 이야기를 서술하고 극적인 대사를 사용하며 비연대기적 서술방식을 취하는 특성은 인디언 구전문학의 전통에 따르는 예로 들 수 있다. 현대 인디언 여성 자서전 문학은 인습적인 자서전 양식을 탈피한 새로운 형식의 담론으로, 단지 사실을 보고하려는 것이 아니라 진실을 드러내고자 하는 목적을 지닌다. 예컨대 실코의『스토리텔러』(*Storyteller*)는 전통적 이야기, 단편, 시, 사진 등으로 구성된 새로운 유형의 텍스트로 자서전 문학의 영역을 넓혔다(Sands 283). 알렌의 경우도 연대기적 서술에서 벗어나며 신화와 역사, 나와 다른 이, 시간 사이의 경계를 무너뜨린다(Sands 286). 1988년에 출간된 호건의 대표적인 자서전 문학 작품인『파워』(*Power*)에서도 오미슈토(Omishto)라는 주인공의 성장사를 다룬 이야기에 아메리칸 인디언 부족 고유의 신화, 민담이 짜여 들어가 있다. 이로써 이야기에 박진감을 주고 인디언들의 순환적인 세계관을 작품 속에 담을 수 있게 된다.

호건은 치카소(Chickasaw) 부족 출신으로 미네소타 대학과 콜로라도 대학교수를 역임했으며, 소설『비천한 영혼』(*Mean Spirit*)으로 오클라호마 북 어워드(Oklahoma Book Award)를 수상했다. 폴라 알렌, N. 스콧 모머디(N. Scott Momaday), 사이먼 오리츠(Simon Oritz), 마지 피어시(Marge Piercy) 등은 인터뷰와 그들의 저서를 통해 호건을 높게 평가한 바 있다(Wilson 449).『파워』에서는 상충하는 두 세계관, 즉 인디언 부족사회와 백인사회 속에서 자신의 길을 정립해나가는 아메리칸 인디언 소녀의 성장과정이 시적인 언어로 섬세하게 구사된다. 호건은 자서전 문학 작품을 쓰게 된 동기를 "부족 여성들은 보통 자신의 이야기를 거의 하지 않는데 보호구역 젊은이들이 내가 어떻게 생존해왔는지 알고 싶어 했기 때문이다"(Hogan, *The Woman* 14)라고 밝혔다. 오미슈토가 영어 수업 시간에 쓴 자전전인 에세이는 자서전 문학 장르로서의 이 작품의 전체 특성을 압축하는 '이야기 속의 이야기' 역할을 한다. 『파워』는 오미슈토라는 화자의 자서전 형식을 취하고 있으나 이는 바로 작가인 호건 자신의 경험을 다룬 것임은 그녀의 저서, 『세상을 지켜보는 여자』(*The Woman Who Watches Over the World*)의 제목뿐 아니라 그 안에 담긴 여러 자전적인 기록에서도 입증된다. 가령 남자 형제와의 돈독한 유대, 아버지에 대한 따뜻한 시선, 어머니와의 심리적인 괴리감, 신분상승에의 열망이 강했던 언니와의 불편한 관계 등을 그 구체적인 예로 들 수 있다. 또한 '관찰하다'는 의미의 오미슈토라는 이름을 지닌 화자가 바로 작가를 대변하고 있음은 호건의 저서, 『거처』(*Dwellings*)의 "나는 아웃사이더다. 나는 단지 관찰만 한다"(157)는 구절에도 뚜렷하게 드러난다. 오미슈토의 삶은 단적으로 말해 두 문화권 사이에서의 갈등으로 요약되는데 작가 자신도 "나는 두 세계 사이에 살고 있다. 문화적, 인종적인 면에서 중간지점에 위치해 있을 뿐 아니라 소녀에서 여성으로 성숙해가는 중간 과정에, 즉 나는 변모되어 가는 바다 속에 있다"(Hogan, *The Woman* 34)라고 토로한 적 있다.

2. 오미슈토의 성장 서사

『파워』를 통해서 자신에게 규정된 경계를 뛰어넘는 주인공들의 시도를 담고 있는 인디언 여성 자서전 문학의 특징을 짚어보도록 하겠다. 호건은 계층 간의 단절이 심각한 현대사회의 문제를 논하면서, 성별, 인종, 빈부차이 등으로 인해 그 속에서 무수히 이루어지는 경계선 긋기는 사회 지배계층이 물리적인 힘으로 약자들을 침묵하게 하고 그들의 패배를 합리화시키기 위한 목적 때문이라는 사실을 자신의 문학에서 밝히고자 한다(Ackerberg 13)고 말한 바 있다. 따라서 그녀는 참다운 삶을 이루어가기 위한 경계 넘기의 필요성을 주장하는데 이는 인디언 여성 자서전 문학에서 공통적으로 다루는 주제이다. 다시 말해이들 작품은 사람들 사이의 관계뿐 아니라 인간과 자연의 조화로운 관계를 유지하게 하는 사랑의 힘을 강조한다.

열여섯 살 어린 나이의 아메리칸 인디언 소녀인 오미슈토의 정신적 성장에 있어서 주도적인 역할을 하는 인물은 대리 어머니인 주술사 아마(Ama)이다. 아마는 작품의 초반부에서 '관찰하다'라는 의미의 이름에 걸맞게 백인사회와 인디언 부족사회, 두 세계를 바라보기만 하던 오미슈토를 후반부에서 인디언 부족의 영혼의 세계로 이끈다. 아마는 절망적인 상황에 빠져 있는 타이가(Taiga) 부족을 살리기 위해 그들의 토템 동물인 표범을 죽이게 되며, 부족을 새롭게 이끌어나갈 후계자로 오미슈토를 지목해 교육하게 된다. 인디언들은 절망적인 현 상황을 타파하고 새로운 세계를 창조해나가는 과정에서 토템동물이 그 희생양으로 이용된다고 믿는다. 작품에서 아마는 타이가 부족사회의 치유사 애니

하이드(Annie Hide)와 부족의 우두머리인 제니 소토(Janie Soto)의 역할을 모두 아우르는 주술사로서의 면모를 함축적으로 보여준다. 저명한 주술사인 피트 캐치스(Pete Catches)의 경험담에 의하면, 그는 꿈을 꾸고 난 뒤 모든 이를 치유할 수 있는 영적인 비전을 지니게 되었다(Catches 42)고 한다. 호건은 인디언사회에서는 꿈을 통해 미래를 볼 수 있는 능력, 즉 예지능력을 지녔던 위대한 지도자가 늘 있었다고(Hogan, *The Woman* 34) 밝힌 바 있는데 『파워』에서는 아마가 이런 역할을 담당한다. 주술사는 어떤 사회조직에도 가담하지 않아야 하는 고독한 삶을 살아야 하는데 아마의 경우도 타이가 부족사람들과 함께 살지 않고 대신 백인 문화권과 인디언 문화권 사이의 경계지역에 거주한다.

아마는 표범이 자신을 이끈다고 생각하는데 오미슈토가 영어 시간에 쓴 에세이에서도 사람들이 진정한 삶을 다시 살 수 있게 하기 위해 표범이 표범 여성에게 자신을 죽이도록 요청했다는 이야기가 담겨 있다. 폭풍이 불던 날 표범을 추적하던 아마는 표범처럼 자신의 몸을 웅크림으로써 마치 동물처럼 보인다. 또한 "표범의 위치에 그녀가 있어야 할 것처럼 표범은 그녀를 꽉 붙잡는다"(67)같은 구절과, 아마가 열두 살 때 마을에서 사라진 뒤 몇 주 후에 돌아왔을 때 표범과 같은 동물이 되어 강인해졌다는 사람들의 추측 등에서 알 수 있듯이 표범은 아마의 더블(double) 역할을 한다. 따라서 오미슈토의 에세이에 등장하는 표범 여성은 바로 아마를 의미한다. 아마는 "우리는 해야만 해. 지금 죽어가고 있는 것을 죽게 내버려두는 것은 더 나빠 . . . 이 길을 따르는 것이 바로 신의 의도야"(62)라며 표범을 죽여야 문제가 해결된다는 꿈의 계시를 믿고 이를 실현한다. 이러한 주술사로서 아마의 역할은 결국 오미슈토에게 계승된다. 오미슈토는 아마의 생활 방식을 따르고자 열망하며 자신이 부름을 받아 아마의 집에 간다고 느낀다. 따라서 오미슈토는 "마치 그녀를 떠날 수 없듯이 그녀의 그림자인 것처럼 나는 그녀를 따라간다"(52), "마치 내가 아마의 꿈을 꾸고 그녀의 눈으로 보며 그녀가 아는 것을 내가 아는 거 같다"(188)라며 아마의 후계자로서 자신의 역할을 인식하게 된다. 결국 오미슈토는 아마, 소토, 하이드, 어머니, 언니 등 다른 사람들의 생각뿐 아니라 동물들의 생각까지도 읽을 수 있게 되며, 아울러 꿈을 통해 미래를 예측할 수 있는 능력을 지니게 된다.

오미슈토는 어린 시절 아버지의 폭력을 피해 어머니, 언니와 함께 타이가 부족의 집단거주지인 킬리(Kili) 습지 부근에서 부족사람들의 보호를 받으며 산 경험이 있다. 그녀의 어머니는 부족사람들의 만류가 있었지만 기독교로 개종하고 도시로 떠난다. 그리고 험(Hem)이라는 남자와 재혼하고 두 딸을 백인이 운영하는 학교에 보내 서구식 교육을 받게 하며 그 자신도 타이가 부족으로서의 정체성과 전통 부족 신앙을 버리고 백인사회에 편입되고자 애쓴다. 어머니처럼 서구문화를 별 이의 없이 받아들이는 언니 도나(Donna)는 학교생활에도 잘 적응하고 외모 가꾸기에 신경을 쓰며 백인 남자친구를 사귄다. 반면에 오미슈토는 의붓아버지의 폭력을 피하기 위한 도피처로 읍내에서 벗어나 있는, 어머니의 친척뻘 되는 아마 아주머니 집을 자주 찾게 된다. 폭풍이 몰아치던 어느 날 그녀는 아마 아주머니의 표범 사냥에 동행한다. 표범은 "꼭 그녀 같다 . . . 표범은 어떤 삶을 살 것인가 고민하며 계부 험에게서 벗어나려고 애쓰는 나와도 같다. 그것은 또한 상처를 입은 땅과 같다. 나는 이것이 바로 우리가 처해 있는 상황을 보여준다고 생각한다. 우리는 작아졌고 위태로운 상태에 놓여있다"(69)라는 구절에 함축되어 있듯이 현대 인디언 부족사회가 처한 절망적인 상황을 대변하는 객관적인 상관물의 역할을 한다.

폭풍이 지나가고 난 뒤 오미슈토는 자신이 누구이며 어디에 있는지 아는 것조차 불가능해진다. 호건의 "지상에는 인간답게 살 만한 장소가 없으므로 더 나은 세계로 나아가게 하는 하강이 그 유일한 해결책이다"(Hogan, *The Woman* 34)라는 말은 기존 세계를 전도시키고 난 뒤 새로운 세계를 창조하는 것이 필요하다는 주장이다. 폭풍이 불어와서 기존의 공간이 완전히 파괴되는 것은 "창조가 이루어지기 전에 거대한 폭풍이 있어"(15), "우리는 함께 폭풍에 날려서 창조가 이루어진 첫 장소로 옮겨졌다"(42-43)라는 구절에서 볼 수 있듯이 결국 새로운 세계를 창조하기 위한 불가피한 과정이다. 따라서 오미슈토는 폭풍이 불던 날 표범을 죽인 아마에 대해 "아마가 했던 일은 잘못이었어요. 나는 알아요. 그러나 나는 이해해요"(212)라고 말한다. 아마는 세상을 다시 올바르게 만들기 위해서는 스스로 죽을 수 있는 사람, 즉 기꺼이 표범과 자신을 희생양으로 바칠 수 있는 사람이라는 사실을 깨닫게 되는 것이다. 아마가 표범을 죽인 장소는 "신의 등뼈", "타이가 부족의 출생지", "두 번째 창조가 이루어진 장소", "생명력의 근원지" 등으로 묘사됨으로써 새로운 세계가 시작되는 성스러운 공간이기도 하다는 사실이 부각된다. 인디언 창조설화에 의하면 그들은 성스러운 장소에서 다시 태어나 영적인 파워를 지니게 된다고 한다. 가령 나바호(Navajo) 부족의 경우 지하층에서 솟아오른 것으로 믿는 산이 있는데 이 산을 성역으로 간주한다(Deloria 120-21). 인디언들은 장소에 중요한 의미를 부여하며 이러한 공간중심적인 사고는 그들로 하여금 현실세계와 자연세계에 밀착된 윤리관을 갖게 한다(Deloria 72).

오미슈토는 어머니 권유로 서구세계의 교육을 받고 그곳의 기대주로 촉망받게 된다. 그러나 아마가 표범을 죽이는 현장에 동행하게 됨으로써 아마에 대한 백인사회와 인디언 부족사회의 재판에 증인으로 서야 하는, 십대 소녀로서는 당혹스러울 정도로 혹독한 경험을 하게 된다. 두 사회의 재판을 주도하는 것은 재판관이 아니라 아마 자신이다. 마치 계획이라도 한 것처럼 그녀는 표범을 사냥했으며 그 결과 자신이 체포될 것을 미리 알았다. 예컨대 아마는 표범을 추적하기 전에 자신의 물건을 모두 정리해두었으며, 생물학자들이 이동 경로를 추적하려고 표범 목에 걸어두었던 목걸이를 일부러 집에 가지고 가서 경찰이 사건을 빨리 알아차리도록 했다. 또한 오미슈토를 법정에 증인으로 서게 할 것도 예견했다. 아마가 타이가 부족의 수호신인 표범을 죽인 사건은 1983년 제임스 E. 빌리(James E. Billie) 재판을 모델로 삼은 것이다. 빌리는 세미놀(Seminole) 인디언 보호구역에서 플로리다 표범을 죽임으로써 '멸종 위기에 처한 종을 보호하기 위한 법령'을 위반해 재판을 받았다. 인디언들이 특정동물을 사냥하는 것은 종교의식을 수행하는데 있어서 불가피한 과정이므로 빌리는 인디언에게 종교의 자유를 허용한 법령에 따라 자신은 무죄라고 주장했다(Manning 4).

오미슈토는 아마가 타이가 부족의 신성한 조상인 표범을 죽이는 장면을 목격하고 난 뒤 고민하게 된다. 즉 인디언 부족 고유의 관습을 거부하는 서구화된 어머니의 세계관과, 영혼의 세계를 대변하는 전통적인 부족사람들과 아마 아주머니의 세계관 사이에서 갈등한다. 그 과정에서 그녀는 내적으로 성숙해진다. 작품에서 학교와 주정부 법정, 교회는 백인들의 세계관과 지배 이데올로기를 생성하고 실행해나가는 영향력 있는 체제를 대변한다. 오미슈토는 학교교육에 환멸을 느끼게 된다. 자연이 지닌 본원적인 힘, 즉 생명을 창조하는 사랑의 힘을 중시하는 부족사회와 대조적으로 학교는 물리적인 힘 싸움에 불과한 전쟁과 삶을 파괴하는 사람들에 관해 배우는 곳임을 깨닫게 된다. 따라서 그녀는 이전에는 크게 느껴졌던 학교라는 공간이 엄마의 집처럼 작아졌다고 인식하게 된다. 또한 인종을 기준으로 사람들을 분리시키는 방편으로 이용되는 기독교(Catches 22)를 거부하게 된다. 1854년 백인관리가 인디언을 강제로 보호구역 안으로 밀어 넣으려 했을 때 시애틀(Seattle) 추장이 말한 "당신들의 신은 우리의 신이 아니다. 당신들만을 사랑하고 우리는 미워한다"(류시화 18)라는 유명한 연설 구절도 바로 이러한 오도된 기독교 특성을 비난하고 있는 것이다. 부족 신앙 대신 백인들이 편파적으로 해석한 기독교를 신봉했던 오미슈토의 어머니는 자신들보다 강력하고 옳은 사람들에게 자신들이 파괴당하는 것이 바로 인디언의 운명이라고 믿는다. 따라서 오미슈토는 "엄마의 신은 우리를 삼켜버린다"(40)라며 왜곡된 백인들의 기독교를 비판한다.

그녀는 결국 인디언들의 희생을 기정사실로 받아들이는 기독교 신앙에서 벗어나게 되고 읍내에 있는 어머니 집을 떠나는 등 "동물들의 싸움터"에 불과한 서구화된 체제를 거부하는 결정을 스스로 내린다. 대신 아마 아주머니의 세계관에 동조해나가게 된다. 이는 작품에서 오미슈토가 폭풍으로 입고 있던 옷이 날아가 버려 자신의 몸에는 큰 아마 아주머니의 옷으로 갈아입게 되는 행동으로 묘사된다. 또한 자신이 새로운 자아로 태어나게 되었음을 인식하는 오미슈토의 모습은 "새로 태어난 아기", "성장할 준비가 되어 있는 초승달", "새 피부가 돋아나는 도마뱀" 등에 비유된다.

아마가 오미슈토를 본격적으로 교육하게 된 데는 이 사건에 대한 백인사회와 인디언 부족사회의 재판과정에 그녀를 증인으로 서게 한 일이 중요한 계기가 되었다. 주정부 법정과 부족사회의 재판은 오미슈토가 두 사회의 특성과 이에 대한 아마의 가르침을 깨달을 수 있는 중요한 학습 경험의 장이기 때문이다.

먼저 작품에서 많은 비중을 차지하는 백인사회의 재판을 살펴보도록 하자. 이 법정은 냉혹한 '파워'가 지배하고 있으며 인디언에 대한 백인의 도둑질을 합법화시키는 잘못된 인식으로 인해 둘로 나뉘어 있다. 아마에 대한 법정의 반응은 "다른 세계, 다른 시간대에 살고 있기 때문에 자신들과 같지 않은 여자를 세심히 관찰한다. 그들은 아마를 동물로 간주한다"(136)라고 묘사된다. 이는 백인들이 유색인종인 아마를 자신들 세계에서 냉혹하게 배제하고 있음을 보여준다. 주정부 법정에서 아마는 이러한 백인중심의 파워 구조에서 반발함으로써 법정을 당혹하게 하는 대담한 모습을 보인다. 예를 들면 그녀는 재판관의 질문에 답변하기보다는 재판받는 상황을 갑자기 끝내려는 듯이 "내가 표범을 죽였어요. 내가 죽였다고요"(135)라고 말한다. 그리고 자신의 죄를 면죄받기 위해 인디언들이 지닌 종교의 자유와 수렵의 권리 등의 명분에 호소하는 것도 거부한다. 또한 그녀는 자신의 죄를 고백하고 시인하지만 죄를 저지른 동기는 밝히지 않기 때문에 백인 법 체제의 핵심인 논리적인 법률담론으로 그녀의 증언을 파악하는 것이 불가능해진다. 따라서 『파워』는 죄를 저지른 동기가 명확히 밝혀지지 않은 수수께끼 같은 이야기라는 평을 받기도 한다.

결국 재판관과 변호사 모두 표범을 죽인 사건의 정황을 정확하게 파악하지 못하게 된다. 변호사는 인디언을 연구한 인류학자와 의논하고 난 뒤 아마가 표범을 죽임으로써 사회질서를 회복하고, 우주의 균형을 이루고자 했다고 사건의 동기를 설명한다. 제럴드 비즈너(Gerald Vizenor)에 따르면, 인디언의 신념체계를 인류학적인 관점으로 설명하는 것은 인디언이 멸종되어야 할 인종이라는 주장을 반복적으로 열거하는 일에 불과할 뿐이다(Manning 12 재인용). 즉, 호건은 변호사의 논리를 예로 들어 과학도 종교 못지않게 백인의 지배 이데올로기를 돕는 방편으로 이용되고 있는 현실을 비판하는 것이다. 아마의 진술은 백인중심의 사법제도가 지니고 있는 파워를 부인하는 선언으로서의 의미가 크며 이는 자크 데리다(Jacques Derrida)의 용어로 '위협적인 기괴함'(terrifying form of monstrosity)이라고 설명될 수 있다. 즉, 기이한 타자인 그녀를 파악하기 어렵다는 사실로 인해 백인 법정에서 그녀는 위협적인 존재가 된다(Manning 7-8). 재판관과 변호사는 범죄동기를 밝히지 않은 채 자신의 죄를 고백하기만 하는 아마를 정신이상자로 간주하고 사면하는 결정을 내리며 서둘러 재판을 종결한다. 결국 그들은 아마의 파워에 굴복하게 되는 것이다.

그 뒤 이어지는 인디언 부족의 재판과정에서 부족사회의 전통적인 가치관을 존속시키고자 자신이 표범을 죽인 이유를 밝히지 않는 아마에게서 오미슈토는 부족에 대한 진실한 사랑과 희생정신을 배운다. 부족재판에서 아마는 그들의 성스러운 선조로 숭앙받는 토템 동물인 표범을 죽이고도 이를 부족사람들에게 통고하지 않았다는 비판을 받는다. 즉, 그녀가 대지에 어긋나는 죄를, 동맹자이자 조상인 동물을 적대시하는 죄를 지었다는 것이다. 아마가 병약하고 굶주렸던 표범의 모습을, 다시 말해 이러한 그들 사회의 실상을 부족재판에서 밝히지 않도록 오미슈토에게 미리 당부한 바 있다. 아마가 표범을 죽인 이유를 알게 되면 부족사람들은 깊은 절망감에서 벗어나기 힘들 것이기 때문이다. 결국 아마는 자신만을 위한 파워를 원했다며 사회에서 추방당하는 선고를 받게 된다. 아마의 희생을 대가로 부족사람들은 희망을 잃지 않고 표범을 성스럽게 보는 그들의 믿음을 유지할 수 있게 된다. 주정부 법정에서의 "표범고기를 먹으면 파워를 갖게 된다는 것을 당신은, 그리고 타이가 부족사람들은 믿습니까"(132)라는 변호사의 질문에서도 그는 아마가 자신을 위해 표범을 죽였으리라고 잘못 추측하고 있음을 알 수 있다. 결국 부족재판에서도 아마가 표범을 죽인 이유에 대해 이기적인 목적 때문이었다는 동일한 결론을 내리고 아마를 추방하는 선고를 내리게 되는 것이다. 인디언사회에서 추방당하는 것은 가장 심한 처벌이다. 인디언들에게 있어서 그들이 자신의 부족을, 자신이 사랑하는 삶의 터전을 떠나는 것은 바로 죽음과도 같은 일이기 때문이다.

이 작품에 반복적으로 등장하는 네 명의 인디언 부족 여자들의 상징성을 파악하는 것은 부족 재판에 참석한 이후 성장하게 된 오미슈토의 특성을 이해하는데 중요하다. 폭풍이 다가오기 전 길을 따라 걸어 내려오던 네 명의 인디언 여자들은 인디언 부족의 전통적인 종교의식을 거행할 때 네 방향에서 여자들이 등장하는 장면을 상징한다. "우리의 그림자는 아직 형태가 만들어지지 않는 쌍둥이처럼 벽을 따라 움직인다. 이것을 보고 나는 하루 전쯤 길을 따라 내려오던 네 명의 여자들처럼 우리 넷이 있다고 생각하게 된다"(49), "우리가 실재 인물이 아닌 듯, 땅 위를 떠다니는 비현실적인 여자 넷 중 두 사람인 듯, 뱀은 우리를 바라본다"(31)같은 구절들에서 함축되어 있듯이 이 네 명의 인디언 여자들은 바로 아마와 오미슈토의 더블 역할을 한다. 인디언들은 보통 종교의식에 참여하기전에 자신을 정화하기 위해서 스웨트 로지(sweat lodge)에 들어가야 하는데(Fergusson 201), 이 의식에 늘 네 명의 여성이 참석한다. 타이가 부족재판에 오미슈토가 참석하는 것은, "그처럼 더운 날에도 불을 지펴놓았다. 가는 깃발 같은 연기가 솟아오른다 . . . 아마 아주머니는 여기, 지펴놓은 불에서 나오는 엷은 연기 뒤쪽에 있다 . . . 소토가 불을 휘젓는다. 딱 하는 소리가 난다. 나는 나무 연기와 송진 냄새를 맡는다"(155-56)라는 구절에서 알 수 있듯이 인디언들의 스웨트 로지 의식에 참여하는 것에 비견될 수 있다. 스웨트 로지는 반구형의 공간으로 그 안에 새빨갛게 달구어진 돌을 놓는다. 탄생의 어머니인 지구의 자궁을 상징하는 스웨트 로지 안은 이생과 전생, 내생이 뒤섞인 시간이 없는 세계이다. 스웨트 로지의 문이 열리고 현실로 돌아올 때 사람은 다시 태어나게 된다(에리코 로 133). 의식이 끝나면 사람의 피부에 대지, 동물, 선조, 새들이 스며들게 된다. 자신을 정화시키는 이러한 의식, 즉 부족재판에 참석한 이후 오미슈토는 성숙해진다. 그녀는 동물과 혼연일체가 될 정도의 조화로운 관계를 이루게 됨으로써 "나는 아직도 표범냄새를 맡을 수 있다. 그 냄새, 축축한 털, 칼에 베인 살갗과 피 냄새를 맡을 수 있다. 모든 것이 내 살갗이 된 것처럼 여전히 나와 함께 있다"(94)고 토로한다.

오미슈토는 자신의 부족이 처한 상황을 역사적인 시각으로 인식하게 되는 등 아마가 표범을 죽인 사건의 의미를 깊이 통찰하게 된다. 아마는 표범을 죽인 직후 표범이 제물이라며 오미슈토에게 "역사를 바라봐. 그리고 나서 표범을 죽인 것이 잔학한 일인지 죽음과 같은 일인지 말해. 전해 내려오는 부족의 이야기에서 말하고 있듯이 토템 동물을 죽이는 일이 현 세계에 중요한 결과를 가져오기 때문이야"(72)라고 가르친 바 있다. 따라서 오미슈토는 인디언들을 내쫓고 그들 삶의 터전이었던 습지 등을 메꿔서 농토로 개간하고 마을을 세운 백인들의 행적을 대변하는 "사탕수수, 소, 흰색 집들"이 진짜 표범에게 폭행을 가한 자들이라고 주장하게 된다. 다시 말해 그녀는 아마가 표범을 죽인 사건의 발단은 바로 인디언에 대한 백인들의 비인간적인 행위 때문에 비롯된 것임을 직시한다. 반면에 허위의식에서 벗어나지 못하고 있는 대다수 백인들은 다른 사람들을 죽임으로써 생존할 수 있었던 이들의 자손인데도 자신들의 역사를, 그 실상을 제대로 모른다는 것이다. 예를 들어 그들은 인디언들이 지상에서 이미 사멸된 존재라고 하며 인디언의 무덤에서 해골을 도굴해 역사적 유물로 박물관에 전시하거나 집안에서 재떨이 등의 장식품으로 사용하기도 했다(Deloria 25, Hogan, *The Woman* 62). 『파워』에서도 백인 의사가 인디언 추장 오세올라(Osceola)의 잘린 머리를 구입해 자기 아이들을 훈육할 목적으로 사용했다는 일화가 하이드의 이야기로 제시된다.

아마가 표범을 죽인 사건은 결국 백인의 폭력과 편견으로 절망적인 상황에 처한 인디언 부족사회를 구하고자 하는 목적으로 이루어진 것이다. 부족사회를 구원한 아마의 이렇듯 중요한 역할은 자신의 다리를 기꺼이 희생한 소토의 이야기로 다시 한 번 강조된다. 소토는 젊은 시절에 남자들이 거북이 알을 가지려고 알을 잡아 비틀어 떼는 등 거북이를 죽이려는 행동을 목격하고 충격을 받는다. 그 뒤 거북이의 생명을 지키기 위해 자신을 바친다며 운하 속에서 날카로운 칼로 자신의 다리를 잘라낸다. 이 상징적인 일화가 의미하는 것은 그녀의 희생으로 거북이를 토템 동물로 받들고 있는 인디언 부족(Wilson 450)이 생존할 수 있게 되었다는 것이다. 아마의 경우도 타이가 부족사람들이 계속 존속해나갈 수 있도록 부족의 토템 동물이며 동시에 자신의 더블인 표범을 죽였을 뿐 아니라 이로 인해 자신도 추방당하는 희생을 기꺼이 감수하게 된다.

아마가 부족사회에서 추방당하고 난 뒤 그녀의 빈집을 지키던 오미슈토에게 백인문화권으로 되돌아오라는 압력이 어머니, 의붓아버지, 언니, 보안관 등으로부터 반복적으로 가해진다. 그러나 오미슈토는 끝내 이를 거부하고 자신의 종착지를 킬리의 타이가 부족사회로 정하게 된다. 오미슈토는 "전쟁과 두려움을 떠난다. 성공과 실패, 소유한 것들, 라디오, 이 세계의 풍습들을 떠난다"(232)라고 하며 지금까지 자신이 편협한 삶을, 자신이 아닌 다른 사람의 삶을 살아왔다며 이러한 세계를 떠날 결심을 한다. 그러나 막상 결정을 내린 후에도 오미슈토는 "우리 타이가 인디언이 살아남을 수 있는지의 여부는 내가 누구이며 어떤 사람이 되느냐에 달려 있는데 이런 모든 상황이 내가 감당하기에는 너무 벅차 도망치고 싶다"(161)라며 순간순간 결심한 바를 실행해 나가는 것을 주저한다. 사춘기 소녀로서 그녀는 코카콜라와 영화를 즐길 수 있는 서구 세계에 대한 미련을 떨치기가 어렵다고 고백한다. 또한 자신이 부족사회에서 잘 적응할 만큼 충분한 교육을 받은 것도 아니라며 순간적으로 킬리 지역에 가지 않겠다는 결심을 하기도 한다. 그러나 곧 뒤이어 "내 안에 있는 여자, 그녀를, 즉 내가 되어가고 있는 사람을 배반할 수 있겠는가?"(217)라며 이러한 결심을 번복하게 된다. 결국 오미슈토는 "이 순간에 나 이상의 존재가 된다. 나는 그들이다. 나는 늙은 부족사람들이다. 나는 대지다. 나는 아마와 표범이다. 이것들이 모두 나다"(173)라고 밝히고 있듯이 타이가 부족사회로 들어가 그들의 정신을 계승한다. 그녀는 궁극적으로 자연에서 볼 수 있는 본질적인 힘의 원리가 지배하는 부족사회를 선택하게 되는 것이다.

인디언의 종교관과 창조관에 의하면, 세계는 파괴와 창조의 과정이 반복되는 순환적인 특성을 가지고 있으며 새로운 세계를 창조하기 위한 목적으로 기존세계를 멸망시키는 과정에서 그 토템동물이 희생양으로 이용된다. 『파워』에서도 인간을 구원하는 존재로서 동물이 담당하고 있는 이러한 희생적 역할은 여러 번 강조된다. 예컨대 길짐승들과 새들은 인간에게 자비를 베푸는 존재로 언급되고 있다. 재혼한 남편에 의해 숲속에 버려졌던 오미슈토의 어머니를 구해줬던 것도 붉은 늑대였다고 한다. 또한 표범은 타이가 부족의 선조들에게 백인 침입자들의 공격으로부터 생존할 수 있는 방법을, 즉 어두운 안개 낀 밤에 물을 따라 조용히 이동하는 방법을 가르쳐 주었다. 타이가 인디언 부족사회에서는 세상이 절망적인 상황에 빠져 있을 때뿐만 아니라 개인이 아플 때도 표범이 치유사 역할을 해왔다고 한다. 하이드도 과거에 표범 발톱이 아픈 사람을 치유하는데 사용되었던 사실을 기억한다. 인디언 부족들이 지니고 있던 이러한 공통된 가치관을 수우(Sioux) 부족의 경우에서도 찾아볼 수 있다. 즉, 그들은 버펄로가 자신들의 세계를 보호해준다고 믿는다. 그들의 부족설화에 의하면 버펄로는 우주의 서쪽 문을 지키며 주기적으로 세상을 범람시키는 홍수를 막는 역할을 한다. 그러나 버펄로가 매해 조금씩 손상되어가던 자신의 다리를 결국 모두 잃게 되어 더 이상 물의 범람을 막지 못하게 되면 홍수가 일어나서 세계가 멸망하게 되며 그 뒤 새로운 세계가 창조된다고 그들은 믿는다. 수우 부족은 그동안 세 번의 멸망과 창조의 과정을 거쳐 현 세계는 네 번째 창조된 것이라고 간주한다(Deloira 101).

아마의 희생적인 행동과 오미슈토의 중심적인 역할로 새로운 세계가 시작될 것임이 작품의 마지막 부분에 나오는 종교의식 장면을 통해 상징적으로 제시된다. 인디언들은 구세계가 멸망할 때마다 새로운 세계에서 생존해나갈 수 있는 방법에 대해 특별한 가르침을 얻는데, 새롭게 그들에게 마련되는 노래와 의식들이 그 구체적인 예이다. 예컨대 춤을 추는 의식은 그들이 인간과 동물이 행복하게 공존했던, 원래의 균형 잡힌 세계로 돌아가는 것을 상징한다(Fergusson xxii). 그동안 인디언들의 미래를 이끌어갈 것이라는 기대를 받아왔던 오미슈토는 현실과 거리를 두고 관찰만 하던 입장에서 벗어나 부족의 우두머리인 소토로부터 새로 만든 백조 날개를 받아들고 춤을 추는 의식에 참여하게 된다. 작품의 마지막 부분에 나오는 "나는 춤을 춘다. 숲 속에서 바람이 불기 시작하자 누군가가 세계가 계속 존속해나갈 것이라는 노래를 부른다"(235)라는 구절이 함축하듯이 오미슈토는 그 사회를 다시 일으킬 핵심적인 역할을 맡게 되는 것이다. 타이가 부족사회에서 중심적인 역할을 하게 될 오미슈토의 위상은 "그들은 모두 내게로 온다. 꿈들뿐 아니라 사람들도 역시 내게로 온다"(197)라고 묘사되는 구절에서도 볼 수 있다.

3. 진실한 이야기의 힘

인디언 여성 자서전 문학에서는 공통적으로 인디언의 정체성을 긍정하면서 작품이 마무리 된다. 개인적인 일상사를 역사의 소용돌이와 대조시킴으로써 백인들이 끊임없이 인디언을 멸종시키려 했음에도 자신들이 생존할 수 있었던 상황을 다시 검토해보는 것이 최근 인디언 여성 자서전 작품이 다루는 주된 주제이다. 이들 작가는 역사를 끊임없이 흐르는 세력으로 파악하며 작품 속에서 역사를 다시 회상해봄으로써 자신들이 처한 현실을 수정할 수 있다고 믿는다(Sands 287). 따라서 인디언 여성 자서전 문학의 주인공들은 역경을 가까스로 극복해낸 뒤 자신의 삶을 성찰하고 회고하기 위해 자신의 경험을 예술적으로 형상화하게 된다. 주인공들은 자신의 경험을 기록해나가는 과정에서 진실을 드러낼 수 있으며, 창작하는 작업 자체가 자신을 변화시킨다고 생각한다.

호건도 인디언 부족의 전통적인 삶의 모습을 보여주고 이를 현대 사회에서 복원하는데 있어 문학이 담당해야할 역할을 강조한다. 호건은 침묵의 세대였던 선조들과 달리 우리는 기억하고 회고하기를 원하는 열린 세대로서 "이야기를 잘한다면 어두운 미로를 꿰뚫고 빛과 완전함에 이를 수 있다"(Hogan, *The Woman* 20)라며 우리가 진정으로 희구하는 것은 치유하는 언어, 창조의 언어라고 주장한다. 『파워』의 오미슈토도 "내 말이 그들에게 중요할 것이다 . . . 그들이 나를 여기로 부른 것은 말할 수 없는 이야기를 하도록 하기 위해서이다"(160), "다시 한 번 모든 것이 내 말에 의존하게 된다"(227)라며 자신의 이야기가 중요한 역할을 한다는 것을 인식한다. 그러나 "모두들 그들 나름대로의 이론이 있다. 이것은 단지 그들의 이야기이다. 사실이 아닐지라도 그들은 지어낸 이야기가 필요하다 . . . 누군가 실제로 아마가 어디 있는지 알게 되면 입을 다문다"(227)라는 구절에서 제시되고 있듯이 삶의 힘이 되어 주는 이야기보다는 실상과 괴리된 이야기만이 만연해 있는 것이 현실이다. 기존의 가치관이 무너지고 새로운 삶의 양식이 대두되는 전환기에 처한 사회에서 사람들은 이야기를 통해 자신의 존재를 확인하고자 한다. 그런데 유포되어 있는 이야기는 많지만 정작 삶에 의미를 부여하고 자신의 존재를 확인하게 하는 '내 이야기'가 없다는 것이 문제점이다. 백인과 인디언, 두 문화권의 영향력 아래 살던 대부분의 인디언들도 백인들이 만들어내는 이야기에 제대로 대응하는 방법을 몰랐으며 그 진위를 구분하지도 못했다. 따라서 호건은『세상을 지켜보는 여자』에서 인디언에 관한 진실한 이야기는 아직도 역사 기록물에서 빠져 있으므로 이를 보충할 새로운 담론이 필요하다(Hogan, The Woman 60)고 역설한다. 『파워』에서 오미슈토는 바로 이러한 이야기를 성공적으로 해낸 것이다. 인디언 문학의 중요한 역할은 인디언 부족사회의 가치관을 담고 있는 진실한 이야기를 하는데 있으며, 오미슈토가 학교에서 쓴 자전적 에세이, 즉 작품의 '이야기 속의 이야기'에서 이러한 메시지가 함축적으로 제시된다.

인간의 삶을 나아가게 할 참된 힘의 의미를 규명하는『파워』에서 저자인 호건이 바라는 이상적인 삶은 오미슈토를 통해 그려진다. 호건은 생명력 있는 전통적인 삶의 복원을 주장하며 두 가지 유형의 힘을 제시한다. 서구화된 현대사회의 중심 가치관은 자신의 이익을 위해 타인의 희생은 아랑곳하지 않는 물리적인 힘으로 이루어졌다. 따라서 인종, 성별, 계층 사이에 무수한 경계선이 그어지게 되며 이로 인해 지배계층인 백인들 이외의 소외계층은 무력해지고 절망에서 헤어 나오기 힘들게 된다. 반면에 자연에서 볼 수 있는 본질적인 힘은 생명을 창조하는 사랑의 힘이다. 이는 또한 인간과 인간, 인간과 자연 사이에 참된 공존을 이룩하는데 이바지한다. 인디언 부족사회의 전통적인 가치관은 바로 이러한 사랑의 힘의 중요성을 강조한다는 것이 호건의 주장이다. 현대사회에서 이루어나가야 할 진정한 경계 넘기는 인디언사회 고유의 가치 규범을 따름으로써 이루어질 수 있다는 이야기이다. 다시 말해서 우주를 이루는 기본 물질은 물, 흙, 바람, 빛이지만 이들의 기본적인 토대가 되는 것은 사랑이며 사랑에서 창조의 빛이 출발했다는 사실을 깨달아야 한다는 뜻이다.

호건은 대지에서 배운 교훈을 담고 있는 자신의 작품이 자연의 순리에 따르며 사는 인디언들의 세계관을 널리 퍼뜨리는데 기여하기를 바란다고 밝힌다. 그리고 자신은 자연에 대한 경외심에서 작품을 집필하게 되며, 인류는 자연의 일원이라는 깨달음을 늘 잊지 않는다(Hogan, *Dwellings* 12)고 말한다. 또한 우리 삶을 구원해주는 것은 강력한 사랑의 힘이며 자신은 고통에 관한 주제로 집필을 시작하지만 늘 사랑에 관해 말하는 것으로 결론짓게 된다(Hogan, *The Woman* 16)고 이야기한다. 오늘날 현대인들은 삶의 이정표를 바로 아메리칸 인디언의 전통문화와 그 가치관에서 찾을 수 있음을 인디언 여성 자서전 문학인 『파워』에서 확인할 수 있다.

■ 이 글은 「벽과 울타리를 넘어서: 아메리칸 인디언 여성 자서전 문학으로서의 『파워』」라는 제목으로 『미국소설』 제15권 2호(2008)에 게재된 논문을 수정·보완한 것이다.

제5장
───

고통과 치유의 문학

린다 호건의『고래 족』을 중심으로

1. 문학의 정치적인 힘

현대 아메리칸 인디언 작가 린다 호건(Linda Hogan)은 소설가, 시인, 대학교수, 극작가일 뿐 아니라 자연보호주의자, 환경운동가 및 이론가로서 활발한 사회활동을 해오고 있다. 경제적으로 어려운 가정환경에서 성장하게 된 호건은 웨이트리스, 간호보조원 등 다양한 직업을 갖게 되는데 특히 20대 후반 장애학교 보조교사를 하던 시절 우연히 창작에의 길에 들어서게 된다. 그녀는 혼혈 인디언으로서 두 사회 속에서 겪은 갈등, 그로 인한 자아 분열이 자신의 창작 계기가 되었다(Hogan, "The Interview" 114)고 밝힌다. 또한 어린 시절 아버지, 삼촌으로부터 들었던 인디언 역사와 사회문제 등에 관한 이야기들이 자신의 문학을 풍요롭게 하는 자원들이라고 말한다. 문학의 정치적인 힘을 늘 강조하는 호건에게 있어서 창작은 정의와 생존을 요구하는 저항의 행위이다. 그녀는 독자들에게 역사적인 사실을 대면하게 하고 그들을 변화시키고자(Hogan, "The Interview" 117)한다.

호건은 자전적인 기록물인 저서 『세상을 관찰하는 여자』(*The Woman Who Watches Over The World*)에서 자신은 고통에 관한 책을 집필하려고 했으나 그 대신 치유, 역사, 생존에 관해 쓰게 되었다(16)고 밝힌 바 있다. 이는 그녀의 모든 작품에서 볼 수 있는 특성이다. 즉 모든 관계가 깨어지고 병들어 있는 현대사회를 치유하는 것이 창작의 주된 목적(Hogan, *Dwellings* 11-12, 40)이다. 호건은 치유의 방편으로 인간사회에 존재하는 인종, 성별, 빈부, 언어차이뿐 아니라 인간과 자연, 생물과 무생물 등의 경계를 넘어서 모든 대상과 공존하는 삶, 즉 지구공동체사회의 일원으로 살아가는 전통적인 삶의 방식을 제안한다.

본 논문에서 다루고자 하는『고래 족』(*People of the Whale*)은 2008년에 발표된 소설이며 1990년대 마카(Makah) 부족의 포경재개를 둘러싼 논쟁들을 인터뷰하고 이를 신문에 기고하는 등 작가자신의 경험을 바탕으로 집필된 작품이다. 호건의 소설들은 공통적으로 그 당대 일어났던 역사적인 사실들을 소재로 삼는다. 가령『파워』(*Power*)에서는 1983년 세미놀(Seminole) 인디언 보호구역에서 플로리다 표범을 죽인 제임스 E. 빌리(James E. Billie) 재판을 모델로 삼은 적 있다.

작품의 소재가 된 마카부족의 포경재개에 관한 논란들을 잠시 살펴보도록 하겠다. 19세기 중엽 이후 백인들의 상업적인 포경활동 결과로 고래 수가 급감하게 되자 1915년 마카부족은 스스로 포경활동을 중단하기로 결정한다. 그 뒤 1937년 정부는 쇠고래(gray whale) 포획을 허락하지 않고 1969년 이를 멸종위기 동물 목록에 포함시킨다. 더 나아가 1971년에는 모든 포경활동을 금지한다. 1994년 보호동물 명단에서 빠지게 되자 마카부족은 포경을 재개할 권리를 정부에 요구한다(Peterson 16). 이는 고래를 중심으로 한 부족의 정체성을 재정립하기 위한 목적이라고 그들은 주장한다. 또한 토지를 양도하는 대가로 포경 등 어획권을 보장받은 1855년의 연방조약(Treaty of Neah Bay)을 근거로 자신들의 권리를 주장한다. 그 과정에서 환경운동가, 동물권익 보호주의자 등의 거센 반발이 있게 된다. 이 문제는 국내뿐 아니라 국제적인 이슈가 되며 마카족 내부의 갈등으로 더욱 복잡해진다. 전통문화를 활성화시킨다는 주장 이면에서 실은 상업적인 포경활동을 하려는 부족회의 남성들과 이에 저항하는 부족원로여성들 사이에서 빚어지는 갈등이다. 특히 앨버타 톰슨(Alberta Thompson)과 도티 챔블린(Dottie Chamblin) 등은 일본과의 뒷거래로 소수집단의 이익을 취하려는 이들 남성들의 왜곡된 포경활동은 오히려 인디언 고유 전통문화와 가치관을 파괴하게 되는 것이라며 반대한다. 또한 부족을 분열시키고 부족정신을 약화시키며 후손의 미래에 악영향을 미칠 것을 염려한다(Peterson 127). 더 나아가 이들의 상업적인 포경활동이 전 세계적으로 확산되는 것을 우려한다. 이를 저지하기 위해 1996년 스코틀랜드에서 열린 국제회의에 참석해 그 반대의사를 분명히 밝히게 된다(Peterson 125). 결국 젊은 엘리트 남성들이 주축이 된 부족회의 요구대로 1998년부터 2002년까지 한 해 5마리 포획을 넘지 않는다는 조건으로 1997년 10월 정부의 포경 허락을 받게 된다. 그러나 1999년 고래를 포획한 이후 부족원로여성들의 우려대로 전 세계 언론들과 각 단체들이 마카부족을 성토하게 되고 다른 인디언 부족들도 그들과의 교류를 꺼리는 등 부족은 어려운 상황에 처하게 된다.

호건은 마카부족의 포경재개 문제에 있어 중립적인 위치를 지키며 자신 부족뿐 아니라 모든 인종들, 생명체들, 더 나아가 자연계 전체의 평안을 가져오고자 하는 마카부족원로여성들의 노력을 긍정적으로 평가한다. 즉 이들은 진정으로 고래의 안위를 염려하며 부족사회와 백인 사회의 가교역할을 한다고 본다. 또한 호건은 시애틀 타임스 기고문에서 국제포경위원회(International Whaling Commission)의 허락을 일단 받고 난 뒤 부족 스스로 포경활동을 중단하는 결정을 내릴 것을 권한다. 이는 생명체를 존중하며 자연과의 생태학적인 균형을 유지하는, 즉 문화적으로 강한 부족임을 입증하는 길이 될 것이라고 호건은 주장한다 (Hogan, "Silencing" B9). 다시 말해 포경재개 논쟁에 있어서 마카부족과 백인, 마카부족과 다른 인디언 부족들, 더 나아가 인간과 다른 생명체들 각각의 입장을 고려한 합리적인 해결책을 찾아야 한다는 것이다. 이는 혼혈 인디언으로서 변방의 삶을 살아야 했던 작가의 개인적인 체험에서 터득한 교훈이기도 하다. 호건은 자전적인 기록물에서 자신은 "두 세계 사이에 살고 있다 . . . 변모되어가는 바다 속에 있다"(Hogan, *The Woman* 34)라고 밝힌 바 있다.

여성 자서전 소설양식의 『태양폭풍』(*Solar Storms*), 『파워』(*Power*) 등 이전 소설들과 달리 호건은 『고래 족』에서 처음으로 토마스 위트카 저스트(Thomas Witka Just)라는 남성인물을 주인공으로 내세운다. 호건의 작품에서 억압적이고 폭력적인 사회현실에 고뇌하는 주인공들은 결국 전통부족사회로 이동해나간다. 즉 그들은 부족사회의 가치관을 궁극적으로 수용하게 됨으로써 자신을 치유하게 된다. 『고래 족』에서는 토마스의 자아 탐구과정을 통해 제시된다. 그뿐 아니라 모든 생명체를 존경하며 그들과 조화로운 관계를 유지하는 생태학적인 정의를 구현하고 척박한 현실 속에서 생존해나가기 위해 투쟁하는 부족공동체사회(Erickson 16, Cook 44)의 모습은 부족의 대변자 역할을 하는 루스 스몰(Ruth Small)을 통해 다뤄진다.

『고래 족』의 중심주제는 다음과 같이 요약할 수 있다. 왜곡된 이데올로기에 의한 폭력과 억압으로 얼룩져 있는 현대사회에서 모든 생명체와 공존하는 자연의 흐름을 따르는 것이 개인이 겪은 역사적인 상처와 고통의 해결책이며 그 치유방안이 된다는 것이다. 이러한 작가의 메시지를 본론에서 두 주인공, 부족지도자로서의 루스의 역할뿐 아니라 토마스의 성찰과정을 통해 구체적으로 살펴보고자 한다.

2. 부족지도자 루스

어린 시절부터 루스와 토마스는 아트시카(A'atsika) 부족의 전통 계승자로 사회의 주목을 받았다. 그들은 부족 어른의 안내로 고래가 인간을 출산하는 모습이 새겨진 부족사회의 석벽을 대면하고 부족의 선조가 고래임을 깨닫게 된다. 고래를 주요 식량 공급원으로 이용했을 뿐 아니라 부족의 정체성에 중요한 역할을 하는 정신적인 상징으로 간주하는 등 고래와 긴밀한 관계를 맺어온 아트시카 부족은 고래 족이라고 불린다.

> 그들은 고래 족이다. 그들은 고래를 숭배했다. 고래뼈대는 이전에 한 때 그들 조상의 집이었다. 조상들은 고래 가죽으로 거대한 늑골을 덮어 만든 거처에서 잠을 잤다. 고래는 그들의 삶이었고 그들에게 위안을 주었다. 그들의 친구인 황새치가 고래에게 상처를 입히면 고래는 해변 가에 와서 죽거나 죽은 채 도착하기도 했다. 그것은 그들의 어머니 바다와 친구인 황새치가 배고픈 사람들에게 주는 선물이었다.(43)

마카부족을 모델로 한 아트시카 부족의 포경활동 재개 논란을 배경으로 하는 『고래 족』은 크게 두 주인공에 관한 이야기로 나뉜다. 포경재개를 둘러싼 분규 속에서 부족의 전통적인 가치를 구현해나가는 루스와 비인간적인 상황을 이념으로 호도하는 사회현실에 분노와 좌절을 느끼며 이에서 벗어나기 위한 자아를 확립해나가는 토마스의 여정으로 구성된다. 이에 루스의 후계자 역할을 하는 린(Lin)의 이야기가 덧붙여진다.

호건뿐 아니라 레슬리 마몬 실코(Leslie Marmon Silko), N. 스콧 모머디(N. Scott Momaday), 제임스 웰치(James Welch) 등 아메리칸 인디언 작가들 작품에서 여성인물은 뛰어난 용기를 지닌 존재로 묘사된다. 루스의 경우도 "손 힘이 세고 마음이 넓은 그녀는 . . . 나중에 토마스가 성장하기 전까지는 그보다도 키가 컸다"(27)라며 남편보다 강한 인물로 묘사된다. 따라서 토마스는 그녀를 "자신이 알고 있는 전사들 중에서도 진정한 영웅"(251)으로 평가한다. 아버지를 만나러 미국에 온 린도 그녀를 만나고 난 뒤 이렇게 강한 여성은 처음 본다며 놀라워한다. 사후세계에서 비로소 자신의 올바른 정체성을 찾고 이를 바탕으로 부족의 지도자 역할을 하게 되는 남편 토마스와 달리 루스는 척박한 사회현실 속에서 생존해 나간다. 홀로 있는 것을 두려워하지 않는 독립적인 여성으로 루스로부터 고기 잡는 법을 배우게 되는 린의 경우도 아버지가 미국으로 떠나고 어머니가 죽은 후 사이공 시내에서 거의 고아상태로 지내면서 치열하게 살아간다. 호건 작품에서는 생존하는 것자체가 강한 저항을 의미한다(Jespersen 291).

왜곡된 이데올로기에서 벗어나는 토마스의 자아탐구 과정에 있어서 모델이 되는 것은 바로 그의 아내 루스이다. 이 둘의 관계는 『파워』에서 오미슈토(Omishto)와 그녀의 대리 어머니 역할을 하는 아마(Ama) 아주머니 관계와 동일하다. 루스는 베트남 전쟁의 실상을, 즉 민주주의를 구현한다는 주장 이면에서 베트남 원주민들에 대한 폭력행위가 빈번한 현실을 통찰하고 토마스의 참전을 반대한다. 마찬가지로 부족의 전통을 살린다는 명분을 내세우며 재개되는 부족회의 남성들의 포경활동이 실은 진정한 전통의 정신에서 벗어났기 때문에 남편의 참여를 적극적으로 막고자 한다. 루스는 이들의 상업적인 목적을, 일본과의 뒷거래를 파악하였기 때문이다. 인디언사회에는 꿈을 꿀 수 있는 능력, 예측할 수 있는 능력을 지녔던 지도자가 늘 있었다(Hogan, *The Woman* 141)고 한다. 루스의 경우도 이처럼 꿈과 현실세계를 넘나들며 예견할 수 있는 능력을 갖추고 있다. 그러나 토마스는 아내의 의견 대신 백인사회와 부족회의가 각기 내세우는 민주주의 구현과 전통의 활성화라는 이데올로기들을 진리로 간주하며 따른다. 그 결과 혹독한 자기 부정과 고뇌의 과정을 거쳐나가게 된다. 호건은 수용된 지식으로서 이데올로기 등의 신념은 현실과 아무런 연관이 없는 체제일 뿐이며 우리를 구원하는 것도 아니라고 말한다. 즉 우리가 안다고 믿는 것은 잘못된 견해, 어떻게 사물을 보는가 훈련받은 바에 의해 형성된 것이다. 따라서 호건은 훈련된 반응 이면에 있는 진실을 파악하기 위해서는 겹겹의 층을 벗기는 것이 중요하다고 주장한다(Hogan, "The Interview" 124-25, Harrison 175, Scholer 110).

이 작품에서는 두 부류의 전사유형, 즉 현대사회의 상업적인 가치관을 대변하는 드와이트(Dwight)와 인디언 전통의 가치관을 구현하는 루스가 등장한다(Harrison 170). 아트시카 부족의 여전사로서 물질주의 사고방식으로 전통을 왜곡하는 드와이트 등 부족회의 남성들에 대결해 나가는 주인공 루스의 역할을 통해 작가의 메시지를 살펴보도록 하겠다.

루스는 자연의 흐름을 예측하고 바다 속 고래 소리를 들을 수 있는 능력을 타고났으며 고래와 밀접한 관계를 유지해나간다. 그녀는 부족의 지도자로서 "부족역사의 아름다움, 지혜, 자부심을 대변하는 부족의 원로, 부족의 영혼, 조상들"(64)의 인정을 받는다. 루스의 후계자 역할을 하는 린의 경우도 "나무들이 그녀의 집이었다. 정글이 그녀의 피였다. 태양도 그랬으나 그녀는 그렇다는 것을 아직 몰랐다"(197)라는 구절에서 볼 수 있듯이 자신은 의식하지 못하지만 이미 자연의 일원으로 살아간다. 또한 루스가 아가미를 지닌 채 태어나 수술을 받아야 했다는 사실도 상징적으로 물고기 등 다른 생명체와 긴밀한 관계를 맺고 살아가는 그녀의 특성을 제시한다.

> 루스는 아가미를 지니고 태어났다 . . . 의사들은 당황했고 아
> 가미를 꿰매어 루스가 폐로 숨 쉬게 하는데 여러 주가 걸렸다.
> 이후에도 그녀는 다른 사람들이 듣지 못하는 것을 듣는 것 같
> 았다. 그녀는 수면 위에 드러나기 전에 물 속 물고기 떼와 고
> 래들 소리를 들을 수 있었다.(27)

자연계와 밀접한 연관을 맺고 살아가는 루스는 상징적으로 호수 위의 보트에서 아들과 함께 지낸다. 보트는 탐험가 마르코 폴로(Marco Polo)로 명명되었으며 이는 그녀의 아들 이름이기도 하다. 이는 루스가 진정한 삶을 추구하는 탐험가 정신을 지녔음을 함축한다. 또한 물갈퀴 같은 발을 지니고 태어난 그녀의 아들도 바다, 대지, 식물, 천문학 등에 대한 지식으로 가득한 부족의 전통적인 삶의 중요성을 깨닫는다. 그는 북쪽 부족사회에 가서 교육을 받는 등 부족전통의 올바른 계승자로 사회의 주목을 받았다. 반면에 토마스는 태어날 때 문어가 바다에서 나와 동굴로 들어갔다는 설화가 함축하듯이 다른 생명체와 조화로운 관계를 이룰 수 있는 잠재력을 지녔으나 그의 실제적인 삶은 부족의 전

통과 괴리가 컸다. 결국 그는 시행착오과정들을 거쳐 사후세계에서 자연의 흐름대로 살아가는 부족의 가치관을 받아들이게 된다. 아메리칸 인디언들은 죽은 후에도 인간의 영혼은 살아있다고 믿는다. 즉 바다 밑으로 하강해 들어가 환생한 토마스는 북쪽 부족사회에 들어가 전통적인 가치관을 전수 받으며 그들의 정신과 세계관을 계승하게 된다.

현대 백인 지배사회에서 아메리칸 인디언의 전통적인 가치관을 올바르게 구현해나가는 루스는 강한 의지를 지녔으며 부족의 양심을 대변한다(DeZelar-Tedman 61). 함축적으로 제시되는 『파워』의 아마 아주머니 역할과 다르게 루스의 경우는 포경재개를 둘러싼 사회 문제해결에 적극적으로 참여하고 의견을 개진하는 모습이 보다 구체적으로 묘사된다. 루스는 고래를 선조로 여기며 그들과 진정한 교감을 나누던 부족의 전통을 올바르게 계승하고자 노력한다. 따라서 그녀는 경제적인 이윤을 취하려는 부족회의 남성들의 왜곡된 포경활동에 강력하게 반대한다. 이들 현대 교육을 받은 부족회의 남성들은 포경과정에 있어서도 그들의 주장과 달리 부족의 전통을 제대로 따르지 않는다. 가령 포경활동을 시작하기 전 일정기간 자신들을 정화하는 의식을 거행하지 않는다. 고래를 잡은 뒤에도 노래를 부르며 독수리 깃털로 덮어주는 등 고래를 경외하는 마음으로 직접 그 처리과정을 담당하던 전통과 다르게 행동한다. 즉 돈을 주고 고용한 이들에게 이 과정을 맡긴 채 자신들은 집안에 들어가 술을 마시며 축구경기를 본다.

젊은 시절 포경활동을 했던 나이든 부족 남성들도 루스의 판단이 옳다는 것을 알고 있다. 그러나 그녀 편을 들게 되면 자신들이 현재

누리는 건강혜택, 주택문제 등에서 손해 볼 것이 두려워 감히 나서지는 못한다. 반면에 루스는 어느 누구도 반대의견을 말할 수 없는 억압적인 부족사회 분위기 속에서 행동에 나서게 된다. 그 결과 그녀는 부족회의 남성들로부터 갖은 억압을 당하고 수모를 겪게 된다. 그들은 루스의 거처인 보트에서 그녀의 생존에 필요한 물건들을 강탈한다. 더 나아가 루스를 감옥에 넣기 위해 자신들이 벌인 숲의 화재를 그녀 탓이라며 죄를 뒤집어씌우기도 한다. 또한 어머니 오로라(Aurora)의 건강보험증을 잘라버리고 딸 때문에 그녀의 어머니는 기소되기도 한다. 그러나 이에 굴하지 않고 루스는 그들이 고의적으로 망가뜨린 보트를 수리하며 잡아들인 연어를 팔아 생계를 이어나간다. 더 나아가 큰 소리로 자신의 의견을 주장한다. 이를 관철하기 위해 피켓시위를 할 뿐 아니라 언론에 편지를 보내고 연설도 하는 등 부족회의 남성들의 포경활동에 반대하는 자신의 소신을 당당하게 밝힌다.

> 그들의 계획이 전통적인 의미의 포경활동과 전혀 같지 않다는 사실을 기사화해 주길 원합니다. 고래고기를 팔 계약을 했으며 그들의 회합은 비밀리에 이뤄졌습니다. 우리 부족사회의 목소리, 의도가 아닙니다. 그들은 우리, 부족원로들 입장을 대변하지 않습니다 . . . 또한 남아 있는 고래가 많지 않다는 사실도 기사화해 주기 바랍니다.(69)

루스는 부족회의 남성들이 상업적인 포경활동을 계획한다는 사실을 기사화해 주기를 백인사회 언론에 요구한다. 여기서 드와이트 등 부족회의 남성들의 포경재개 목적의 부당성을 밝히며 전통적으로 그들 부족과 공생관계를 맺어온 고래의 안위를 진심으로 염려하는 그녀의 입장을 볼 수 있다. 그 뒤에 드와이트의 집에서 고래를 일본에 판 대가로 지니고 있던 돈 다발과 얼음에 채워진 고래고기 뭉치를 발견하고 경찰에 신고해 그가 구속되게 한다.

더 나아가 루스는 부족의 생존을 위해 집단적인 폭력에 맞서 자신을 희생하는 지도자 역할을 한다. 부족회의 남성들의 왜곡된 포경활동은 생태계에 파괴적인 영향을 미쳐 사람들은 유례없을 정도로 심한 가뭄에 시달리게 된다. 호건 작품에서 물은 생명활동과 생존을 의미하는 중요한 상징이다(Hogan, *Dwellings* 107). 이에 루스는 북쪽 지역에 거주하는 부족원로들의 의견을 따른다.『파워』에서 팬더 여성에 관한 옛 이야기의 지시대로 행동해 나갔던 아마 아주머니처럼 루스의 경우도 부족원로들이 조언한 옛 이야기들을 신뢰하며 여기서 해결책을 찾는다. 호건은 구전되어 내려오는 옛 이야기의 가르침을 통해 우리 삶의 올바른 이정표가 되는 대지의 지혜를 배울 수 있다(Chandler 19)고 주장한 바 있다. 루스는 옛 이야기대로 주술사(Rain Priest)를 불러들여 비를 내리게 함으로써 모든 생명체들이 생존해나갈 수 있게 하는 핵심적인 역할을 한다. 이 과정에서 그녀는 자신의 거처이며 생계를 이끌어 가는 주요 생존수단인 보트를 주술사에게 바치는 희생을 감수하게 된다. 따라서 루스는 작가가 이상적인 삶의 유형으로 제시하는, 즉 현대 백인지배사회에서 부족의 전통적인 이야기 지침대로 살 수 있는 능력을 보여준다(Peters 123).

전통을 활성화시킨다는 명분을 내세우며 부족회의 남성들이 계획하는 포경활동이 오히려 부족의 전통에 해를 끼침을, 그 가치관과 괴리되고 있음을 알았기 때문에 루스는 이에 반발한다. 다시 말해 그녀는 경계를 자유로이 넘나드는 자연의 흐름대로 모든 대상과 공존하는 부족 고유의 삶의 방식을 되찾기 위해 포경이라는 전통적인 부족의 활동에 반대한 것이다. 따라서 루스는 융통성 없는 전통주의자가 아니다. 다시 말해 그녀는 진정한 부족전통과 그 정신을 따르고자 문자 그대로 해석한, 즉 협의로 파악한 전통의 경계를 뛰어넘는다(Gaard, "Strategies" 101). 『파워』의 아마 아주머니 경우도 마찬가지이다. 그녀는 표범을 성스러운 존재로 숭배하는 부족사회 구성원들의 기존 믿음을 지키고자 했다. 따라서 아마는 사회규범을 어기면서까지 부족원로들에게 병약한 모습의 죽은 표범을 보여주지 않게 된다. 옐로우 우먼(Yellow Woman)의 경우도 위기가 닥칠 때 푸에블로(Pueblo) 부족을 구하기 위해 전통적인 행동반경을 과감히 뛰어 넘었다고 한다(Gaard, "Strategies" 85-86). 호건은 이들이 대변하는바 "초문화적인 공간에서 이뤄지는", 즉 사회 내부에 있으면서 이에 도전하는(Gaard, "Strategies" 99, Peters 122-23) 사람들의 노력이 결국 모든 존재가 평화롭게 공존하는 삶을 실현할 수 있는 견인차가 된다고 본다.

통역 일을 하는 후계자 린을 통해서도 부족사회의 치유자 역할을 하는 루스의 특성이 함축적으로 제시된다. 린은 사이공에서 금기되었던 영어 등 외국어를 야간학교에서 비밀리에 습득한다. 그 뒤 전쟁으로 헤어진 가족을 이어주는 사회복지단체에서 통역 일을 하게 된다.

호건의 소설에서 통역하는 사람은 경계를 넘어서는 이상적인 유형으로 치유자 역할을 하는 것으로 묘사된다. 호건은 자신도 삶에 대한 경외감을 보여주는 '대지의 언어'(land language)의 가르침대로 살아가며 독자들에게 그 지혜와 영혼을 전달한다고 말한다. 따라서 자신의 역할은 통역관과 같다(Hogan, *Dwellings* 59-60)고 비유한 바 있다. 다른 신념과 윤리적인 입장들을 상대방이 이해하고 납득할 수 있게 하는 것이 통역의 주된 목적이다. 따라서 다양한 문화를 받아들이고 다른 가치관들을 포용하는데, 즉 모든 존재와 평화롭게 공존하는 삶을 실현하는데 기여하게 된다(Gaard, "Tools" 16). 통역은 사람들로 하여금 인종, 국가, 인간과 자연, 생물과 무생물 등 모든 대상들을 우열로 나눠 구분하는 경계 벽들을 허물고 각기 편협한 시각들에서 벗어나게 하기 때문이다.

루스는 남편을 잃은 뒤에 자신의 거처를 위대한 포경 선원이었던 토마스 할아버지 위트카의 집으로 옮긴다. 따라서 그녀는 『파워』의 아마처럼 상징적으로 마을에서 북쪽 부족거주지로 가는 중간지점에서 살게 된다. 호건 작품의 주인공들은 늘 경계를 넘어 "중간적인 위치"(Adamson 88)에서 모든 대상들을 포용하는 시각을 지닌다. 또한 호건 작품에서 집은 특별한 의미를 지니는데 위트카의 집은 많은 생명체들이 공존하며 살아가는 장소를 상징한다. 루스는 이 집에서 내려다보이는 바다 위의 돌고래와 바다표범 등을 관찰하며 지낸다. 이는 현대사회에서 부족전통의 방식대로 자연과 융화되는 삶을 살아가는 그녀의 특성을 함축한다.

이에서 더 나아가 루스는 모든 생명체와 조화로운 관계를 유지하는 공동체사회를 이루기 위해 보다 적극적인 역할을 하게 된다. 즉 그녀는 쇠 지렛대와 망치 등으로 각 구역으로 나누는 경계의 벽을 무너뜨려 그 사이에 부드러운 산들바람이 불게 한다. 『파워』에서 동물에게서 배운 "오니(Oni)라는 단어가 바람, 생명체, 또한 숨 쉬는 것을 의미한다"(73)고 설명된 바 있듯이 호건 작품에서 '바람'은 새로운 생명체, 세계가 탄생하는 것을 상징하기 때문이다. 가령 부족의식에 참여한 뒤 부족공동체사회를 다시 일으킬 핵심적인 역할을 맡게 되는 오미슈토의 상황은 "나는 춤을 춘다. 숲 속에서 바람이 불기 시작하자 누군가가 세계가 존속해 나갈 것이라는 노래를 부른다"(235)라고 묘사된다. 『고래족』의 토마스 경우도 전쟁이 끝난 직후 베트남의 바람 한 점 없는 무풍지대와도 같이 적막하던 상황에서 바람을 불게 하였다. 더 나아가 그 자신이 바람 그 자체가 되었다. 환생한 사후세계에서 토마스는 루스처럼 적극적인 역할을 맡게 된다. 이러한 그의 변모된 모습도 '바람'이라는 상징으로 묘사된다.

> 이 평온한 날을 그는 결코 잊지 못할 것이다. 드디어 바다 소리를 듣게 되기 때문이다. 그는 바다새 소리를 듣게 된다. 이제 그는 진리이기 때문에 자유롭다. 그는 깨어나 다시 살게 된다. 마치 그의 삶에서 무언가, 알지 못하는 일이 일어난 것처럼 . . . 그는 깨어난다. 더 이상 분열된 인간이 아니다 . . . 다시 한 번 창조하기 위해 검은 석벽을 들여다보게 된다. 모든 것이 침묵하는 고요한 날이다 . . . 우주가 숨을 쉬는 것처럼 살아 있는 무언가의 미풍이 불었다.(281)

3. 상처 입은 치유자 토마스

토마스는 호건 작품에 공통적으로 등장하는 '상처 입은 치유자' (wounded healer)(Hogan, *Dwellings* 55)의 전형이다. 그 자신을 치유할 뿐 아니라 루스를 모델로 사후세계에서 부족사회에 평화를 가져오는 치유자로 다시 탄생하게 된다. 이 과정은 특히 사실과 꿈, 자연과 초자연 세계를 넘나드는 마법적 사실주의 기법으로 형상화된다. 이 기법은 해방의 정치미학으로서 내적인 식민지화로 인한 자아분열에 저항하는 수단으로도 흔히 사용된다(Walter 68). 그의 자아탐구 과정을 보다 구체적으로 살펴보도록 하겠다.

진실로 호도되는 왜곡된 이데올로기의 실상을 직시하지 못하고 토마스는 베트남 전쟁과 부족의 포경활동에 참여하게 된다. 그는 결혼 직후 아내의 만류에도 불구하고 아메리칸 인디언일 뿐 아니라 미국인으로서 자신의 정체성을 확인하고자 드와이트, 디미트리(Dimitri) 등 친구들과 함께 베트남전에 참전하게 된다. 그러나 그 곳에서 민주주의를 지킨다는 명분을 내세우며 베트남 마을 사람들에 대한 미군의 폭력과 살인행위가 빈번히 일어나고 있는 현실을 목격하고 충격을 받게 된다. 또한 자신도 이데올로기 전쟁에 참여하여 인간과 자연에 대한 폭력적인 행위에 가담했다는 죄책감에 시달린다. 그 후 토마스는 진정한 자아를 찾기 위한 여정을 떠나게 된다. 다시 말해 이데올로기라는 추상적인 명제를 그대로 추종하며 믿는 대신 직접적인 경험을 통해 진실을 깨닫고자 하는 것이다. 『파워』의 오미슈토도 자신이 그동안 백인사회 가치관 속에서 살아온 것은 다른 이의 삶이었고 그 세계에 더 이상 관여하고 싶지 않다며 "그 세계를 떠난다. 전쟁과 두려움을 떠난다 . . . 이렇게 떠나는 것은 용기와 강한 정신력을 필요로 한다"(232)라고 토로한다. 이는 바로 토마스가 내리게 되는 결단이다. 그는 무고한 베트남 사람들을 살상하는 동료 미국 병사들의 행동에 더 이상 인내하지 못하고 결국 아군들을 살해하게 된다. 마을 사람들을 구하고 이들과 농사지으며 함께 살면서 가정도 이뤄 딸을 얻게 된다. 토마스는 "우리 인디언들에게 일어난 일과 같다 . . . 우리, 우리 역사와 같다"(255)라며 미군에 희생되는 베트남인들의 상황이 바로 현대 미국사회에서 여전히 그 내부 식민지로 남아 있는 자신들의 경우와 흡사함을 인식하게 된다. 작가도 인터뷰에서 베트남전쟁 장면을 통해 베트남 사람들은 바로 아메리칸 인디언들과 같은 처지에 있음을 제시하고자 했다고 말한 바 있다. 또한 2000년대에도 목격되는, 즉 이데올로기를 내세우며 비인간적인 전쟁을 일삼는 현실을 염두에 두고 1970년대의 베트남 전쟁을 작품배경에 넣게 되었다(Harrison 169)고도 밝힌다.

종전 후 토마스는 전쟁영웅으로 추대되어 고국으로 돌아오게 되나 고향 대신 샌프란시스코에 머물게 된다. 그는 철저한 자기부정의 과정을 거치게 되며 심지어 스스로를 실종된 인간이라고 자학한다. 한편 이는 "내 육신은 거짓으로 이뤄졌다 . . . 그는 더 이상 진리를 알지 못한다. 그러나 거짓임을 깨닫는 것은 진리로 향하는 첫 걸음이다"(45)라는 구절에 함축되어 있듯이 아트시카 부족 일원으로서의 확고한 정체성을 얻기 위해, 또한 진실에 이르기 위해 토마스가 거쳐나가야 하는 과정이기도 하다. 전쟁영웅으로 받은 훈장들을 반납하기 위해 워싱턴에 들린 토마스는 순직한 참전용사들을 기리는 검은 추모벽을 대면하게 된다. 그는 폭력을 자행하면서도 이를 민주주의의 실현이라며 현실을 왜곡하는 미국 이데올로기가 이뤄낸 거대한 어두운 벽에 분노한다. 즉 인간을 집어삼키는 블랙홀과 같다며 이를 전면적으로 부인한다. 이 추모벽은 그가 어린 시절 루스와 함께 보았던 고래와 인간 사이 진정한 교류가 이뤄지는 모습이 새겨져 있던 고향의 검은 석벽과는 대조적인 것이다.

그 뒤 베트남 전쟁에서 얻은 상처를 치유할 뿐 아니라 자신의 정체성을 찾기 위해 고향에서 재개되는 포경활동에 참여하게 된다. 위대한 포경선원 위트카 가문의 후예인 토마스는 아트시카 부족의 전통적인 가치관에서 진정한 삶의 이정표를 찾을 수 있다고 결론 내렸기 때문이다. 그러나 아내 루스의 심한 반대에도 불구하고 참여한 포경활동은 또 다른 전쟁에 불과하다는 사실을 그는 깨닫게 된다. 즉 부족회의 동료들과 더불어 전쟁에서의 습관대로 자신도 모르게 고래를 향해 총을 쏘게 된다. 또한 배 선두에 내세웠던 아들 마르코 폴로를 희생시키는 일에 일조하게 되는 비극적인 경험을 하게 된다. 포경과정에서 부족사회의 후계자로 교육받고 기대를 모았던 마르코 폴로가 죽게 됨으로써 이들의 포경활동은 전통적인 가치관 구현과 거리가 먼 것임이 드러난다. 이후 토마스는 세상과 더욱 높게 벽을 쌓고 할아버지의 옛 집에 칩거하게 되며 극도의 좌절감에서 벗어나지 못한다. 그러나 아내 루스의 도움으로 그는 점차 일어서게 된다. 그녀는 포경활동에 참여하기 위해 13년 만에 고향에 나타난 남편에 대해 그동안 가장으로서 역할을 제대로 못한 사실을 비난하기보다는 오히려 그에게 연민의 정을 느끼며 그의 상처받은 영혼을 위로한다. 그 결과 토마스는 아내의 사랑과 조언으로 자신의 긍정적인 면, 가령 베트남 마을사람들을 살려 그들 사이에서 진정한 영웅으로 평가받았던 사실 등을 기억해내며 깊은 상처에서 점차 벗어나게 된다.

아메리칸 인디언 문학에서 흔히 볼 수 있는 정체성 탐구의 주제는 주인공이 늘 과거 부족사회의 가치관으로, 즉 다른 생명체들과 공존하며 지구공동체사회의 일원으로 살아가는 전통적인 삶의 방식으로 되돌아가는 것으로 귀결된다(Bevis 582). 가령 『파워』의 오미슈토는 많은 망설임과 두려움을 무릅쓰고 부족사회에 들어가 의식에 참여하게 된다. 그 결과 그녀는 "이 순간에 나는 나 이상의 존재가 된다. 나는 그들이다. 나는 늙은 부족사람들이다. 나는 대지다"(173)라고 토로하며 타이가(Taiga) 부족사회의 가치관을 계승해 나갈 핵심적인 역할을 맡게 된다. 그녀는 세상의 모든 것이 하나로 연결되어 있음을 명확히 알게 되고 모든 생명체들이 자기 나름의 언어로 말하는 소리를 들을 수 있는 진정한 '힘'을 갖게 된다(김옥례 381). 마찬가지로 토마스의 경우도 사후에 이런 과정을 거쳐나간다. 즉 "우리는 너를 여기로 불러들였다 . . . 연어처럼 고향으로 되돌아온 것이다. 우리는 너를 원한다 . . . 너를 요청했다 . . . 너는 배우게 될 것이다. 노래들을. 너는 힘을 얻게 될 것이다"(279)라는 부족원로들의 환영인사에서 함축되듯이 토마스의 여정도 전통적인 부족사회로 돌아감으로써 완결된다. 즉 그는 부족지도자라는 새로운 정체성을 얻게 된다.

토마스의 이러한 변모과정은 상징적으로 제시된다. 이를 『파워』와 비교 연구해봄으로써 더욱 뚜렷하게 파악할 수 있다. 가령 오미슈토의 경우 타이가 부족사회의 재판과정에 참석하는 것은 인디언들의 스웨트 로지(sweat lodge) 의식에 참여하는 것에 비견된다. 그 후 이루게 되는 동물 등 자연과 혼연일체가 될 정도의 조화로운 관계를 그녀는 "표범의 모든 것이 내 살갗이 된 것처럼 여전히 나와 함께 있다"(94)라고 토로하게 된다. 토마스도 부족사회의 의식에 참여하게 된다. 이로써 그가 지구공동체사회의 일원으로 다시 태어나게 됨이 상징적으로 제시된다.

> 그들은 그를 따뜻한 곳 안으로 데리고 들어간다. 그는 소용돌이
> 모양이 조각된 석벽들을 본다. 불이 타오른다. 다른 세계로 들
> 어간 것처럼 불길 속에서 동물들을 본다. 그는 불을 응시한다.
> 해양동물들을. 붉은 빛 수달과 오렌지 색 바다표범을. 육상동물
> 들과 숨었던 숲에서 나오는 사슴들을. 촛불이 타오른다.(278)

인디언 부족사회의 전통의식에 참여하는 것은 치유와 회복과정이기도 하다. 모든 세계가 그 안에 불러들여지며 모든 것이 연관되었다는 것을 기억하며 깨어진 관계를 복원시키는 것이 그 주된 목적이기 때문이다. 즉 스웨트 로지는 이생과 전생, 내생이 뒤섞인 시간이 없는 세계를 상징하며 그 안에서 동물, 선조들이 인간의 육신, 피부, 피 속으로 이동하며 현실로 돌아올 때 사람은 다시 태어나게 된다고 한다 (Hogan, *Dwellings* 38-41, 에리코 로 133).

더 나아가 나뭇가지로 자신의 피부를 긁게 되는 토마스의 모습에서도 그의 변모를 볼 수 있다. 『파워』의 오미슈토도 아침에 일어났을

때 자신의 몸 전체가 할퀸 것을 발견한다. 이것은 바로 부족사람들이 의식에서 하곤 하는 일이다. 호건 작품에서 이러한 할퀸 자국, 즉 '전사 표시'(warrior marks)는 부족의 전통적인 방식으로 다시 탄생하게 된 것을 상징한다(Gaard, "Strategies" 95). 아트시카 부족사회의 지도자 역할을 하는 루스도 이러한 할퀸 자국, 즉 상처들을 이미 지니고 있다. 그녀는 이를 "태어날 때부터 지녔음에 틀림없는, 자연스러운 주름살 같은 것"(61)이라고 아들에게 설명한다. 이제 '상처 입은 치유자'라는 새로운 자아로 태어나게 되는 토마스의 모습은 "뭔가 다른 존재로 되어가고 있었다. 더 이상 패배자가 아니었고 . . . 자신 안에서 새로워졌다"(286)라고 묘사된다.

토마스는 확고한 자아를 확립하여 자신의 상처를 치유했을 뿐 아니라 더 나아가 부족사회 지도자로 예정된 자신의 운명을 성취하게 되어 사회의 치유자가 된다. 그가 자신의 희생을 무릅쓰고 부족을 재건하는 길을 마련하며 평화를 가져오게 됨은 "그가 살아 있었더라면 상황은 달랐을 것이다. 여전히 부족사람들은 서로 싸웠을 것이다. 이제는 차분해졌다. 드와이트는 롬폭(Lompoc)의 감옥에 갇혔고 주변세계가 다시 올바르게 자리잡혀가는 것처럼 보인다"(300)라고 묘사된다. 이는 그가 '고래지도'(whale map)를 지니게 되었다는 사실로도 함축된다. 고래지도는 이데올로기의 지배 등 외부에서 강요되는 구분에서 벗어나 경계를 넘나드는 자연의 흐름처럼 모든 대상들과 공존하는 부족전통의 삶을 살아가도록 안내해주는 역할을 하기 때문이다. 토마스는 처음에는 백인들이 구획하여 그려낸 지도에 따라 자신이 설자리를 제대로 파악하지 못했다. 물질주의 사고방식이 팽배해 있는 현대사회에서 돈이 아닌 다른 무엇인가를 끊임없이 갈망하는 토마스의 특성은 늘 지도를 손에 쥐고 있는 모습으로 묘사된다. 그는 자신의 위치를 깨달을 뿐 아니라 부족의 전통적인 가치관을 올바르게 구현하기 위해 가야할 방향을 찾고자 한다. 그 결과 토마스는 베트남 전쟁에서 군사지도를 낱낱이 알게 되며 자신들이 잘못된 방향으로 가고 있음을 파악할 수 있었다. 뒤에 그의 딸 린도 유사한 지도를 이용해 전쟁으로 가족들과 헤어진 피난민들을 재결합하도록 도와줄 수 있게 된다(Harrison 172). 사후세계에서 환생한 토마스는 고래가 가르쳐주는 지도를 따르게 되며 고래와 진정한 교감을 나누게 된다. 그에 대한 "자신 내부 뭔가가 변모되어 대지가 되었다. 소중한 생명체가 되었으며 고래의 존재를 느낄 수 있는 할아버지와 같은 사람이 되었다"(249)라는 묘사에서 함축되듯이 토마스는 지구공동체사회의 일원으로 자연과 융화되는 삶을 살아 갈 수 있는 자질을 갖추게 된다. 따라서 그는 '우리 내부 깊숙이 있는 지도'(Hogan, *Solar Storms* 123)를, 인간과 자연 사이를 흐르는 내적인 언어를 배우게 된다. 호건도 자신은 '바다 아래에서 온 지도'(underwater maps)를 지닌다(Harrison 172)고 주장한 바 있다.

『고래 족』의 배경이 되었던 포경재개 논란에 대한 작가의 입장은 마카부족은 모든 인종뿐 아니라 생명체들과 공존하는 삶을 택해야 한다는 주장으로 요약할 수 있다. 이러한 메시지는 루스뿐 아니라 사후세계에서 변모하게 된 토마스를 통해서도 제시된다. 현대자본주의 사회에서 부족의 전통을 올바르게 이해하고 계승하게 된 토마스는 전통의 방식대로 고래와 공존하는 삶을 살아간다. 따라서 "나는 지금 역사를 변화시키고 있다. 나는 고래를 죽일 수 있었으나 그렇게 하지 않은 사람으로 기억될 것이다"(270)라고 그는 말하게 된다. 토마스는 노를 저어 고래를 잡는 전통적인 포경방법을 가르치며 선조들처럼 밤에 별들을 이정표로 삼아 항해하는, 즉 자연의 흐름을 따르는 삶을 살게 된다. 더 나아가 그는 다른 부족들과도 소통하고 진정한 교류를 하게 된다.

문학은 개인이 겪은 역사적 상처와 고통의 정체를, 억압하는 것과 억압당하는 것의 정체를 밝혀준다. 더 나아가 그 진정한 치유가능성을 모색함으로써 상처 입은 사람들을 위로하고 왜 상처가 생기지 않아야 되는지, 모든 폭력이 왜 상처를 만드는지 우리에게 가르쳐 준다(김치수 8, 35-36, 47). 삶의 상처와 고통을 치유하는 길을 찾아 치열하게 고뇌하는 이러한 작가의 모습을 『고래 족』에서 찾을 수 있다.

4. 완전한 존재로의 복귀

호건은 치카소(Chikasaw) 족과 앵글로색슨 혈통을 이어받은 혼혈 인디언으로 이 두 집단 어디에도 구속되지 않는 자유로운 상상력으로 각 사회의 특성을 객관적으로 통찰해낸다. 이런 관점에서 작가는 마카부족의 포경재개 논란에 대한 입장을 제시한다. 즉 진정한 포경정신은 고래지도를 따르는 데서 찾을 수 있다고 밝힌다. 다시 말해 고래가 바다 속에서 자연의 흐름대로 살아나가는, 즉 경계를 넘어 모든 대상과 조화로운 관계를 이루는 과정이 바로 인간이 따라야 할 이정표라는 것이다.

『고래 족』에서 작가를 대변하는 인물인 루스는 현대 자본주의 이데올로기를 전통계승의 논리로 왜곡하는 부족회의 남성들의 가치관과 대결해나가며 전통적으로 내려오는 부족고유의 가치관을 올바르게 실천하고자 한다. 그녀는 자신들의 선조로 간주되는 고래의 가르침대로 자연과 융화되는 삶을 살아나간다. 토마스의 경우도 자신의 상처를 회복할 뿐 아니라 부족의 상처를 치유하는 역할을 하게 된다. 그러나 이는 그가 죽은 후 사후세계에서나 가능한 일이다. 따라서 호건은 루스가 대변하는바 척박한 현실 속에서 생존해 나가는 이들 인디언 여성들의 지도력에서 상처와 고통을 극복할 수 있는 진정한 치유의 길을 찾을 수 있음을 제시한다. 자신들의 고유한 전통을 올바르게 유지하고 계승할 뿐 아니라 다른 가치관을 지닌 사회, 더 나아가 다른 생명체들과도 공존하는 사회를 만들어낼 책임이 특히 이들에게 있다고 보기 때문이다.

아메리칸 인디언들은 자신들 생존의 바탕이 되는 부족 고유의 생태학적인 가치체계가 붕괴되는 것을 지켜보며 자신들의 치유를, 이전의 '완전한 존재'(wholeness of being)로 복귀하기를 간절히 열망해왔다 (Hogan, *The Woman* 28). 『고래 족』을 비롯한 호건의 작품들은 개인이 겪은 역사적인 상처에서 벗어나 치유의 삶을 살기 위해서는 아메리칸 인디언들의 전통적인 세계관을 올바르게 계승하는 것이 필요함을 보여준다. 이는 분리하고 배제하는 이데올로기의 경계들을 넘어서 모든 것을 포용하고 그들과 조화로운 관계를 이루며 진정한 지구공동체사회를 구현하는 버팀목이 되기 때문이다.

■ 이 글은 『영어영문학 연구』 제56권 4호(2014)에 게재된 논문을 수정·보완한 것이다.

제6장

___

초국가적 정체성 추구

셔먼 알렉시의 『플라이트』를 중심으로

1. 생존의 이야기

현대 아메리칸 인디언 작가 중 대중의 인지도가 높은 셔먼 알렉시 (Sherman Alexie)는 시인, 영화대본 집필가, 소설가로서뿐 아니라 영화제작, 코미디언, 대중강연, 텔레비전 토크 쇼 출연 등 다양한 활동을 보여준다. 다채로운 수상이력을 지니고 있는 알렉시[1]는 스포케인(Spokane)

---

1) 1992년에는 첫 시집, 『팬시댄싱 비지니스』(*The Business of Fancydancing*)로 전미 시인 펠로우십(National Endowment for the Arts Poetry Fellowship)을 받았으며 1996년에는 첫 소설, 『레저베이션 블루스』(*Reservation Blues*)로 비포 콜럼버스 재단 미국 문학 상(Before Columbus Foundations American Book Award)을 수여 받게 된다. 아울러서 『스모크 시그널즈』(*Smoke Signals*)는 인디언이 집필, 감독, 제작한 첫 영화로

인디언 보호구역에서 출생하고 성장했으며 1991년 워싱턴 주립대학교에서 미국학으로 학사학위를 받았다. 대학시절 의사가 되려는 계획으로 인체해부학 실습과목을 수강하게 되나 적성이 맞지 않아 그 대신 시 창작 워크숍 과목을 듣게 된다. 여기서 알렉스 쿠오(Alex Kuo) 교수를 만남으로써 작가로의 길로 접어들게 된다. 교수 추천으로 인디언 문학선집 『터틀 백에 관한 지상의 노래들』(*Songs from This Earth on Turtle's Back*)을 읽고 감화를 받게 된다. 2007년 수상연설에서 특히 그는 아드리안 C. 루이스(Adrian C. Louis)의 "나는 내 마음 속 보호구역에 머물러 있다"라는 시 구절을 인용하며, 이 시를 비롯한 인디언 문학선집의 작품들에서 인디언 보호구역에서, 그리고 내면화된 식민주의 억압과 소외에서 자신이 벗어날 수 있는 구명줄을 발견하게 되었다고 밝힌다(Berglund, "Introduction" xii).

알렉시의 작품에 대해 미국 소설의 미래를 보여준다는 긍정적인 평가들이 있는 반면에, 절망적인 상황을 부각시킴으로써 현대 인디언들의 삶을 왜곡했다는 비판을 받기도 하지만 알렉시는 인디언에 대한 스테레오타입에서 벗어나 그들 삶의 실상을 제시하고자 했다며 이에 반박한다. 그 결과 알렉시의 작품에서는 인류학적인 현상, 혹은 문학이론

대성공을 거두었고 1998년에 선댄스 영화 페스티벌 관객상(Sundance film Festival Audience Award)을 수상했다. 특히 2007년 출간된 『파트타임 인디언의 아주 진실된 일기』(*The Absolutely True Diary of a Part-Time Indian*)는 2007년도 전미 청소년 문학상(National Book Award for Young People's Literature)과 2008년도 보스톤 글로브혼 아동문학상(The Boston Globe-Horn Awards for Excellence in Children's Literature in Fiction)을 동시에 수상하게 된다.

의 대상이 아닌 생생한 현대 인디언들의 모습이 그려진다(Hafen 71-72).

> 나는 우리들 삶의 실상에 대해 쓰고자 했다 . . . 창조주, 아버
> 지 하늘, 어머니 대지, 네 개의 전설 같은 단어들을 볼 때마다
> 우리는 스스로를 식민화하고 있다고 느낀다. 이런 단어들은 우
> 리가 어떻게 말하도록 기대되는지, 다시 말해서 백인 미국사회
> 에서 인디언으로 살아가는 것이 무엇을 의미하는지를 보여준
> 다. 이는 실제 우리의 모습이 아니다.
>
> (Berglund, "The Business of Writing" 248)

알렉시는 이에서 더 나아가 자신의 창작 목적은 은폐된, 폭력적인
식민화 작업과 유럽 정착자들의 인디언 대학살 사실을, 즉 미국역사의
실상을 드러내는 것이라고 밝힌다(Johnson 237). 또한 그는 식민화 과정
에서 자행된 인디언 학살을 '아메리칸 인디언 홀로코스트'(The American
Indian Holocaust)(Johnson 226)라고 언급하며 유대인이 겪은 홀로코스트
의 고통만이 자신들의 경험에 견줄 수 있다고 주장한다. 알렉시는 데
이브 바이흐(Dave Weich)와의 인터뷰에서도 인디언 보호구역은 일종의
강제수용소로서 인디언들을 그 곳으로 이동시켜 죽이려는 목적 때문
에 만들어졌다(Weich 171)고 밝힌다. 따라서 그의 작품은 인디언 역사
를 증언하는 '트라우마 내러티브'이며 작중인물들은 과거의 대학살 사
건에 대한 집단적인 기억들로 고통을 받는다(Nygren 141-42). 현대 인디
언들이 겪고 있는 고아상태, 폭력, 알코올중독, 실업, 경제적인 궁핍,
분노 등 개인적인 고통과 상실감은 세대를 걸쳐 전해지는 식민주의

억압의 유산이다. 따라서 알렉시는 비인간적이고 암담한 보호구역에서 생존하는 것 자체를 승자의 삶으로 본다. 그는 자신이 창작할수록 더욱 정치적이 되어간다며 폭력의 이야기를 넘어서 생존의 이야기를 쓰고자 했으며 생존을 가장 강력한 저항이라고 주장한다.

알렉시는 인디언들의 삶과 역사에 전념해 집필한다는 점에서 자신은 부족주의자이지만 인디언 정체성에만 집중하는 부족주의의 근본주의적인 세계관과는 거리가 있다고 밝힌다. 따라서 현대 인디언들이 직면한 문제의 해결책으로 부족의 전통의식을 통해 상처를 치유하고 새로 태어나 부족사회로 회귀하는 설정을 제시하는 인디언 작가들, 즉 과거만 응시하는 부족주의 작가들과 그는 거리를 둔다. 전통이라는 것은 고정된 것이 아니라 정치, 사회 상황에 따라 바뀌어나가기 때문이다 (Berglund, "The Business of Writing" 244). 또한 상업적인 목적으로 인디언 고유전통과 의식 등을 낭만적으로 다루는 토니 힐러먼(Tony Hillerman), 바바라 킹스로버(Barbara Kingslover), 래리 맥머티(Larry McMurty) 등의 백인작가들의 작품을 식민문학이라고 비난한다(Peterson xiv). 백인 지배 사회 속에 살고 있는 아메리칸 인디언으로서 알렉시가 안고 있는 이러한 역사적인 짐은 흔히 제임스 조이스(James Joyce)의 경우에 비교되는데 그는 조이스의 소설, 『젊은 예술가의 초상』(*A Portrait of an Artist as a Young Man*)과 동일한 제목의 시를 집필하기도 한다. 알렉시의 2009년 출간된 시집 『얼굴』(*Face*)에 수록된 시, 「독수리 깃털 턱시도」("Eagle Feathers Tuxedo")의 "나는 문화들의 분리에 의해서 구원받은 것이 아니라 그 충돌들 속에서 다시 태어났다"(80)라는 구절에서도 함축되듯이 그는 배타적인 부족주의의 극복을 주장한다. 즉 폐쇄적인 인디언 부족주의의 폐해를 절감하고 그 경계를 넘어서고자 했던 예술가 알렉스의 여정은 바로 아일랜드의 편협한 국수주의에서 벗어나 유럽문화를 포용하는 국제적인 시각을 갖추게 되는 조이스의 여정이기도 하다.

알렉시는 2001년 9.11 테러를 겪으며 그동안의 분노와 저항으로 가득한 니힐리즘적인 세계관에서 벗어나 다양한 인종으로 이뤄진 세계시민의 일원으로서 자신의 정체성에 대한 깨달음을 얻게 된다. 2007년에 출간된 세 번째 소설, 『플라이트』(Flight)는 1996년의 두 번째 소설, 『인디언 킬러』(Indian Killer)의 니힐리즘 적인 세계관에 대한 답변으로 쓰게 되었다(Johnson 224, Berglund, "Introduction" xxiv)고 알렉시는 밝힌 바 있다. 근본주의적인 인종주의자 세계관을 담고 있는『인디언 킬러』는 피식민자의 분노와 저항의식을 표출하고 있는 반면에『플라이트』에서는 백인과 인디언, 각 문화권의 폐쇄적인 경계를 넘어서는 것이 고통과 비탄에서 벗어나 진정한 삶에 이르는 길임을 제시한다. 『플라이트』는 꿈과 현실의 경계를 넘나들며 주인공 지츠(Zits)가 다른 인물들의 아이덴티티로 비극적인 미국역사현장에서 이뤄지는 대량살상 장면들을 대면하고 그 참혹한 실상에서 자신이 취해야할 윤리적인 선택에 번민하며 점차 깨달음을 얻어가는 과정으로 구성된다. 이 과정에서 지츠는 백인집단과 인디언사회 각각의 오류를 파악하고 복수의 악순환에서 벗어나 사랑에 바탕을 둔 공존의 삶만이 그 해결책임을 인식하게 된다.

알렉시는 커트 보네거트(Kurt Vonnegut)의『제5도살장』(Slaughterhouse-Five)

의 영향을 크게 받았으며 『플라이트』 서두의 에피그라프(epigraph, 제사)를 이 작품 구절에서 인용했다(Weich 169)고 밝힌 바 있는데 이는 『플라이트』 분석에 있어서 유용한 출발점을 제공한다. 『제5도살장』 마지막 부분의 "푸-티-위트"(Poo-tee-weet)라는 새들의 노래 소리를 인용하는 『플라이트』의 서두 에피그라프와 지츠의 아버지가 백인에게 듣게 되는 새 이야기의 상호텍스트적인 문맥 속에서 작가의 메시지를 찾을 수 있다. 『제5도살장』은 2차 세계대전 중 보네거트가 체험했던 무자비한 드레스덴 학살사건을 바탕으로 쓰여진 소설이다. 전형적인 포스트모던기법의 작품이지만 긍정적인 메시지가 특히 마지막 부분에서 함축적으로 제시된다. 보네거트처럼 알렉시는 기존질서 해체의 논리, 블랙유머에 토대를 둔 아이러니, 역사적인 사건들을 아이러닉하게 재해석하는 방법 등 포스트모던적인 기법을 사용하고 있으나 역사에 무관심한 니힐리즘적인 포스트모더니즘 세계관을 거부한다.

2004년 아제 니그렌(Ase Nygren)과의 인터뷰에서 알렉시는 감성적인 부분을 배제하는 '지적인 시도'(an intellectual enterprise)에 불과한 포스트모더니즘의 세계관과 자신의 경우는 차이가 크다고 밝힌 바 있다(Nygren 150). 전쟁의 참상으로 인한 정신적 트라우마에서 여전히 벗어나지 못하던 『제5도살장』의 주인공 빌리 필그림(Billy Pilgrim)은 고통스러운 기억을 떨치기 위해 과거의 현장을 다시 방문하게 된다. 자신이 경험한 사건을 객관적으로 보는 고백이나 말하려는 훈련들을 통해 트라우마에 맞설 수 있는 용기를 가질 수 있고 트라우마로 인한 충격을 약화시킬 수 있기(신진범, 「트라우마와 치유」 290) 때문이다. 필그림이 대면하게 되는 드레스덴의 봄 정경은 "나무들에서 잎이 나오고 있었다 . . . 단 하나의 운송수단인 말 두 마리가 끌었던 마차가 버려져 있었다. 초록색 마차는 관 모양이었다. 새들이 지저귀고 있었다. 새 한 마리가 빌리 필그림에게 "푸-티-위트"라고 지저귀었다"(Vonnegut 215)라며 생명력이 움트는 희망적인 모습으로 묘사된다.

여기서 지저귀는 새의 모습은 지츠 아버지에게 들려주는 백인의 새 이야기와 대조된다. 즉 새가 "찍, 찍, 찍" 소리를 내며 주변을 악취 나는 오물천지로 만들 뿐 아니라 날려고 애쓰다가 결국 냄비의 끓는 물속에 빠져 죽게 되는 이야기인데 여기서 날개가 꺾인 새는 구속적인 삶에서 벗어나지 못하는 지츠의 상황을 대변한다. 이는 더 나아가 데이브(Dave) 경관이 들려주는, 술과 마약에 취해 잠들어 버린 부모 탓으로 뜨거운 물에 방치된 채 죽음에 이르게 된 아기들 이야기와 연결된다. 경관은 이들을 구조하지 못함에 자책하게 되며 결국 같은 상황에 처해 있다고 볼 수 있는 지츠를 구하게 된다. 반면에 보네거트 작품의 지저귀고 있는 새들은 관이 의미하는바 죽음의 세계에서 날아올라 자유를 구가하는 모습을 상징하는데 이를 『플라이트』의 서두 에피그라프에 담음으로써 지츠의 경우도 궁극적으로는 치유되어 감옥과도 같은 현실에서 벗어날 수 있게 됨을 함축한다.

작품의 골격을 이루는 지츠의 시공간을 넘나드는 모험, 즉 문신처럼 그의 온몸에 돋아난 여드름 자국이 의미하는바 인디언들의 집단적인 트라우마에서 벗어나 그가 서서히 치유되어가는 과정과 그 해결 방안을 살펴보도록 하겠다. 지츠 자신도 "고속으로 시간을 관통해서 전쟁, 전쟁, 끊임없이 이어지는 전쟁을 보는 것"(158)으로 묘사하는 이 여정은 그로 하여금 과거의 상처, 트라우마를 현재의 일처럼 생생하게 대면하게 한다. 신진범이 지적한 바 있듯이 지리적 이동과 다른 사람들과의 생활, 다른 사람의 트라우마를 알게 되는 것은 등장인물들의 제한적인 시각을 확대시키는 역할을 한다. 즉 타인의 고통을 듣고 그 고통을 슬퍼할 수 있는 이타심을 가질 수 있게 되는 것은 트라우마 극복과 깊은 관계가 있다(신진범, 「아동시기의 트라우마」 147-48). 따라서 개인적일 뿐 아니라 집단적인 공포들을 재기억하는 과정이 적절하게 이뤄진다면 치유되어 이에서 벗어날 수 있다(Nygren 151). 기억을 통해 식민주의 역사를 재형성해보고 그것의 부당함을 증언하는 것은 현대 인디언들이 겪는 정치, 문화, 종교적 트라우마를 치유하는 과정에서 중요하다.

2. 지츠의 비극적인 학살 현장으로의 시간여행

공통된 메시지를 제시할 뿐 아니라 작품이 동일한 형식으로 시작되는 허먼 멜빌(Herman Melville)의 『모비딕』(*Moby-Dick*)에 그 기본 틀을 두고 『플라이트』 주인공 지츠의 미국역사 여행의 의미와 깨달음의 과정을 보다 구체적으로 분석해나가고자 한다. 알렉시는 자신이 영향을 받은 작가로 존 스타인벡(John Steinbeck)과 조이스 등을, 특정 작품으로는, 멜빌의 영향을 크게 받은 랠프 엘리슨(Ralph Ellison)의 『보이지 않는 인간』(*Invisible Man*)을 언급한 바 있지만 멜빌에 대해 직접 밝힌 적은 없다. 그러나 작품의 첫 부분에 "나를 여드름이라 불러라. 모두들 나를 여드름이라 부른다. 물론 이건 내 진짜 이름이 아니다. 진짜 이름은 중요하지 않다"(1)라는 구절과 마지막 부분 "마이클(Michael) . . . 제 진짜 이름은 마이클이에요. 저를 마이클이라고 불러주세요"(181)라는 구절은 "내 이름은 이스마엘(Ishmael)이라고 해두자"(12)로 시작되는 『모비딕』 서두와 겹쳐진다. 지츠는 "멜빌의 이스마엘, 혹은 엘리슨의 『보이지 않는 인간』의 주인공처럼"(Berglund, "Introduction" xxv) 성적, 심리적, 육체적 학대를 받은 경험으로 수치심과 자신의 처지에 대한 격한 분노로 가득하다. 자신이 처한 폭력적인 세계에서 주먹을 휘두르고 불 지르는 것은 그가 세상과 소통하는 방식이며 그는 늘 사람들을 죽이는 꿈을 꾼다. 이는 경제적 궁핍, 정신적인 황량함과 상처를 이기지 못해 자살충동에 시달리다 이에서 벗어나고자 "권총과 총알 대신"(12)이라며 아합(Ahab) 선장이 이끄는 포경항해에 합류하게 되는 이스마엘의 모습이기도 하다.

또한 상호이해에 입각한 백인과 인디언의 공존의 논리를 주장하는 점에 있어서도 멜빌은 알렉시와 공통된 특성을 보여준다. 즉 멜빌은 19세기 미국사회에 지배적이던 '인디언 혐오론'을 반박하며 앵글로 색슨족과 인디언들은 같은 선조를 두고 있고 동일한 두뇌에서 유래됐으며 백인과 인디언들 서로에게 필요한 것은 형제애이며 서로 협력해나가야 한다고 주장한다(Duban 145). 더 나아가 『모비딕』 전반에 걸쳐 기독교 문명인이라는 백인이야말로 사실은 사회약자에게 폭력을 가하는 야만적인 특성을 지니고 있음을 제시한다. 따라서 현대 대표적인 아메리칸 인디언 작가인 레슬리 마몬 실코(Leslie Marmon Silko)의 경우도 백인문화가 지워버린 미국원주민들의 역사적 실체를 추적해 복원한 자신의 소설 『죽은 자의 책력』(*Almanac of the Dead*)은 멜빌에게서 영감을 받아 집필한 것이라는 요지의 특강을 작가 자신이 직접 2011년 멜빌 국제학술대회에서 밝힌 바 있다.

『플라이트』는 15살 소년의 성장소설 양식으로 구성되며 주인공 지츠는 대량학살과 폭력이 자행되는 미국역사의 현장들에 대면해 나가는 과정에서 점차 폭력적인 해결방식에 회의적인 반응을 보인다. 학살 장면들을 경험하면서 제시되는 지츠의 "착한 사람과 나쁜 사람이 똑같은 말을 할 때 어떻게 구분하나"(56)라는 문제의식이 함축하듯이 그는 백인과 인디언 양 집단이 폭력적인 해결방식을 취하는 점에서 동일한 오류를 범하고 있음을 깨닫는다. 아울러 이러한 해결방식은 방어기제로, 또한 생존의 테크닉으로도 적합하지 못함을 인식한다. 따라서 그는 진정한 휴머니즘에 토대를 둔 백인과 인디언의 공동체사회의 필요성을 통찰하게 됨으로써 일련의 도피과정에서 벗어날 수 있게 된다.

시공간을 넘나드는 지츠의 미국역사의 비극적인 장면으로의 모험 여정은 처참한 고래 살육현장이 벌어지는 이스마엘의 포경항해에 비견된다. 아울러 아합 선장의 얼굴을 가로지르는 납빛 흉터자국과 고래뼈 다리가 상징하는바, 사회의 희생양으로서의 상처자국은 『플라이트』에서는 지츠의 얼굴뿐 아니라 온 몸에 난 여드름 자국으로 겹쳐진다.

거울을 들여다보며 얼굴에 난 여드름을 세어 본다.
한 개, 두 개, 세 개, 네 개, 마흔 일곱 개나 된다.
이마에 열네 개, 왼쪽 뺨에 스물한 개. 오른 뺨에 여섯 개.
턱에 다섯 개. 코끝에서는 북극성 같은 큼지막한 여드름들이 찬란하게 빛나고 있다.

등의 은하수는 셀 수도 없다. 등에는 여드름 별들이 무수히
많다 . . .

여드름 때문에 생긴 아흔아홉 가지 수치심으로 죽어가고 있
다 . . .

빗자루에 붙은 여드름 자루처럼 보이는 것이 창피하다.

혹시 외로움 때문에 여드름이 생기는 건 아닌지. 인디언이
라 여드름이 생기는 건 아닌지 궁금하다.(3-4)

고통 받는 현대 인디언의 삶을 대변하는 지츠는 아버지가 여드름
으로 뒤덮인, 즉 상처자국이 새겨진 외모를 물려준 것에 분개하고 자
신을 "총을 든 여드름투성이 괴물"(38)이라고 비하하기도 한다. 그의
여드름 가득한 얼굴과 몸은 바로 사회에서 얻은 트라우마와 상처를,
더 나아가서 인디언들이 헤쳐 나오기 힘든 역사적인 고통과 비탄을
의미한다(Johnson 226, 229).

또한 그가 이스마엘처럼 황야를 헤매는 고아처지임은 어린 시절
어머니를 여위고 얹혀살던 이모 집에서 쫓겨난 뒤 "그래, 잔인한 녀석
들과 비행기 충돌의 연속, 이런 것이 바로 내 삶이었다. 스무 번의 작
은 비행기 충돌사고, 나는 활활 타오르는 제트기가 되어 매번 새로운
양부모 가족들과 충돌을 일으켰다"(11)라는 구절에서 알 수 있듯이 이
십 여개이상의 입양가정에서의 성적인 유린, 심리적, 육체적인 학대
등으로 반복적으로 도피하곤 하는 방랑자로서의 모습으로 함축된다.
여기서 지츠가 고아처지임은 상징적인 의미를 지닌다. 1978년 '인디언

아동 복지법안'(Indian Child Welfare Act)이 시행되기 전에 인디언 어린이들은 강제로 백인가정에 입양되곤 했는데 이는 친부모에게서 그들을 강제로 떼어놓는 학살행위였으며 인디언 문화는 죽은 것이라는 의식을 어린이들에게 주입시키고자 하였다(James 177-78). 그의 작품들의 등장인물로 늘 부모를 그리워하는 고아가 나온다는 지적에 대해 알렉시는 다음과 같이 설명한다.

> 이는 식민문학에서 늘 다루는 주제이다. 내가 쓰고자 하는 바이다 . . . 즉 자신의 자리에서 쫓겨나 이동하는 것. 당신의 생부를 죽이고 양아버지로 대체하는 것. 생부는 당신들 고유의 문화이고 양부모는 식민화 된 문화라고 생각해보자. 식민화 된 상태에 있는 인디언들은 고아의 위치에 있는 것이다 . . . 부모를 그리워하는 것은 식민문학에서 늘 다루는 주제이다 . . . 상징적인 살해와 살해의 유산에 관한 이야기이다. 식민화가 이뤄지는 과정에서 가족이 해체되고 세대 간 접촉이 끊긴다. 조상과의 접촉이 없으면 내 역사와의 연결도 끊어지게 된다.
>
> (Weich 170-71)

지츠는 현실에서의 도피를 술뿐 아니라 독서에서 찾는데 여기서 그의 변모가능성을 알 수 있다. 그가 밤새워서 수백 번 읽었다는, 배낭 속에 늘 가지고 다니는 세 편의 소설, 스타인벡의『분노의 포도』(The Grapes of Wrath), 제임스 웰치(James Welch)의『윈터 인 더 블러드』(Winter in the Blood), 스티븐 킹(Stephen King)의『더 데드 존』(The Dead Zone) 등의 주인공들처럼 그가 궁극적으로는 어려운 상황에서 벗어나

사회를 변화시킬 수 있는 역할을 하리라는 의미가 내포되어 있다.

지츠가 처해 있는 억압적이며 폭력적인 사회현실의 모습은 그가 미연방수사국(FBI) 요원으로 인디언 지도자를 만나러 가는 장면의 "미로 같은 지저분한 도로를 지나, 어딘지 모르는 어둠 한 가운데 있는 오래된 헛간으로 차를 타고 갔다. 너무 어두워서 4, 5피트 이상은 보이지 않았다. 마치 고래 뱃속에 있는 것 같았다"(44-45)라는 구절에 함축된다. 여기서 사회현실은 고래 뱃속의 세계에, 즉 개인을 구속하는 감옥과 같은 사회에 비유된다. 자신의 처지를 감옥에 갇힌 죄수에 비유한 아합의 "죄수가 감방 벽을 뚫지 못하면 어떻게 바깥세상으로 나올 수가 있겠는가? 흰 고래가 바로 내게 힘껏 밀치며 닥쳐온 벽이라네"(144)라는 구절에서 이와 동일한 인식을 볼 수 있다. 지츠는 데이브 경관과의 대화에서도 감옥 안이나 바깥세상이 감옥인 것은 마찬가지 아닌가 하는 언급을 한 바 있다.

그는 이러한 상황에서 벗어나기 위해 우선 폭력적인 해결방식을 취하게 된다. 이는 소년 보호 감호소에서 만난 백인 친구 저스티스(Justice)의 설득에 의한 것이다. 저스티스는 백인들이 인디언 종족을 거의 전멸시켜버린 사실을 유감스럽게 생각한다며 "너는 혼자서 유령춤(Ghost Dance)을 출 만큼 강하다고 생각해. 너라면 인디언들을 전부 되살리고 백인들은 전부 사라지게 만들 수 있을 거야"(31)라며 그에게 총 두 자루를 건네준다. 그 결과 지츠는 폭력적인 방법으로 복수할 수 있다고 믿고 백인 지배사회의 자본주의 체제를 대변하는 은행의 손님들에게 총격을 가한다. 이는 1890년의 유령 춤 저항을 함축한다. 죽은 인디언들을 되살리고 백인들을 사라지게 할 수 있다는 믿음으로 시작된 유령 춤 저항은 운디드니(Wounded Knee) 대학살 사건에서 볼 수 있듯이 백인들의 강력한 탄압을 자초하게 된다. 마찬가지로 지츠는 경찰관의 총에 머리를 맞아 죽게 된다. 그 뒤 살인과 전쟁으로 가득한, 미국역사의 대표적인 비극적인 대량학살 장면을 직접 경험하는 여정을 떠나게 된다.

역사적인 사건들로의 시간여행으로 지츠는 1975년 파인 릿지 총격전(Pine Ridge Shootout)에서의 아메리칸 인디언 운동(American Indian Movement) 지도자를 살해하는 미연방수사국 요원 행크 스톰(Hank Storm), 1876년 리틀 빅혼 전쟁(The Battle of the Little Bighorn) 당시 인디언 캠프의 말 못하는 수우(Sioux) 부족소년, 1890년 인디언 추적자 거스(Gus), 2001년 9.11 테러리스트의 비행기술을 가르친 비행사 지미(Jimmy), 술주정뱅이 아버지 몸을 거쳐, 변모된 현재 자신의 몸으로 돌아오게 된다. 각 학살현장에서 지츠는 스스로의 판단에 입각하여 도덕적인 선택을 하고자 노력한다. 이런 과정을 통해 그는 무력한 사회 희생자의 처지에서 벗어나 자존감 있는 주체적인 인간으로 재탄생하게 된다(Nygren 155).

우선 미 연방 수사국 요원 행크 스톰의 역할을 맡게 되면서 지츠는 인디언 지도자와 백인 양측의 타락상을 목격하게 된다. 그는 인디언들의 영웅인 민족주의 그룹의 호스(Horse)와 엘크(Elk)가 미 연방 수사국 요원과 내통한 이중첩자이며 자유의 투사라기보다는 사람들에게 상처를 입힐 뿐이라는 사실을 깨닫는다. 이들의 기만은 희생시킨 인디언의 영혼을 위로한다며 전통적인 인디언 매장의식을 고집하는 결정에서 더욱 부각된다. 또한 연방수사국 동료 아트(Art)가 이들이 결박한 채 끌고 온 죄 없는 인디언, 주니어(Junior)의 이마에 충격을 가하는 장면을 보고 그는 법집행관이 아니며 나라를 보호하는 일보다는 사람들에게 상처 입히는 걸 좋아할 뿐이라고 비판한다. 아울러 "시간여행중인 대량학살자"(84)에 불과한 자신도 이들보다 더 나을게 없다고 자책하게 된다.

1876년의 리틀 빅혼 전투 중인 인디언 캠프에 대한 "악마가 이 캠프 한 가운데에 똥을 떨어뜨려 놓은 것 같았다"(61)라는 묘사에서 볼수 있듯이 이곳은 악취로 가득한데 이는 지츠로 하여금 자신이 폭력을 당하곤 했던 백인 입양가정들에서의 기억을 되살린다. 아울러 죽은 백인 기병들의 시체들을 대면하고 자신도 이전 생에서 이렇게 사람들을 죽였다는 사실을 기억하게 되며 "내 온 몸과 마음 속에서 아픔이 느껴졌다"(72)라며 자책한다. 그는 백인병사들 시신을 훼손하는, 남녀노소를 아우르는 인디언들의 잔혹한 행위를 보고, "죽은 병사들에게, 그들의 몸에 일어나는 일을 이해할 수 없다"(73)고 비판한다. 또한 인디언 전사의 말 못하는 아들인 그는 백인 소년병을 죽이라며 복수를 강요하는 아버지 요구의 부당함을 느끼고 폭력적인 해결방식의 악순환을 인지하며 주저하게 된다.

내가 은행에서 사람들을 전부 쏴 죽인 것도 복수의 마음 때문이었을까?
나는 복수를 하고 싶었던 것일까? 그 낯선 사람들 탓에 내가 외로운 거라고 생각한 것일까? 그들은 과연 내 외로움 때문에 죽임을 당할 만한 사람들이었을까?

　이 어린 백인 병사는 자신의 전우가 내 목에 칼로 벤 자국을 냈다는 이유로 죽임을 당해야만 하는 것일까?

　내가 이 병사를 죽인다면 나는 이 병사의 가족이나 친구들에게 죽임을 당해야만 하는 걸까?

　이렇게 복수는 끝없이 돌고 도는 것인가?(76-77)

　또한 지츠는 1890년의 악명 높은 인디언 추적자 거스로 변모하며 그의 마음을 움직여 인디언 마을 습격을 막도록 노력하나 뜻을 이루지 못한다. 그러나 결국에는 사령관 얼굴을 가격해 그의 총알이 빗나가게 하고 소년들을 말 위로 끌어올려서 자신이 '어린 성자'(small saint)라고 지칭한 백인 소년병의 인디언 어린이 구출작업을 도와줄 수 있게 된다. 그 결과 거스로 분신한 지츠는 "우리가 말과 총탄을 앞질렀을 때, 그 괴물 같은 복수를 넘어섰을 때 나는 행운에 감사했다"(97)라며 흡족한 마음을 토로한다. 이 장면에서 지츠는 이전 생애에서 사람들을 죽인 자신이 부끄러웠으며 어떤 벌이든 받는 것이 마땅하다고 고백한다.

　그 뒤 백인 조종사 지미로 분신하여 2001년의 9.11 테러 사건을 경험하게 된다. 친구처럼 여기고 비행기술을 가르쳤던 이슬람교도 압바드(Abbad)가 테러리스트로 변해 대량학살을 감행했다는 사실에 큰 배반감을 느끼며 이에 대한 자책감으로 그는 비행기를 몰고 자살하게 된다. 지미는 자신이 조종사이고 구름, 바다, 비행기라며 "모두가 다 연결되어있다"(107)라는 인식, 즉 비행기 조종사로서의 삶으로 우주적인 소속감을 갖게 되었다며 자부심을 갖는다. 또한 "시간, 장소, 사람과 전쟁을 가로지르는 여행에서 살아남아 이제 나만의 천국에 도착한 것이다. 나의 천국인 비행기는 영원히 날을 것이며 결코 땅에 내려앉지 않을 것이다"(108)라는 구절에서 함축되듯이 그는 그동안 끊임없이 이어지던 일련의 도피과정에서 벗어나 비상할 수 있게 된다. 그러나 근본주의자 테러리스트 압바드의 배반으로 인해 추락하고 만다. 지츠는 지미와 함께 떨어지면서 폭력적인 해결 방법에 의존하는, 근본주의 시각을 탈피하지 못하는 한 모두 파멸할 수밖에 없다는, 추락하여 죽음에 이를 수밖에 없다는 깨달음을 토로한다.

> 지미와 함께 떨어지면서, 나는 어머니와 아버지를 생각한다.
> 내가 사랑했던 사람들, 내가 미워했던 사람들, 내가 배신했던 사람들, 나를 배신했던 사람들을 생각한다.
> 우리 모두 같은 사람들이었다. 그리고 지금 우리는 모두 추락하고 있다.(130)

인디언들의 비탄의 역사는 세대에 걸쳐 전달되는데 이러한 상황은 특히 버림받은 자식이 늘 그리워하던 아버지 몸에 들어가게 됨으로써 확연히 드러난다(Johnson 230). 지츠를 버린 이유에 대해 아버지는 할아버지 강요에 의해 자신이 당한 바처럼 똑같이 아들에게 폭력행사를 할 것이 두려워 결국 도망쳤다고 설명한다. 역사적 트라우마의 희생자들은 누군가가 자신들의 비탄과 큰 슬픔을 인식하고 그들의 고통을 인정해주는 것이 필요한데 지츠는 아버지가 학대받았던 사실을 목격함으로써 아버지가 심리적, 정신적으로 상처받고 가치 없는 존재로 무너진 그 이유를 깨닫게 된다. 그 결과 그는 "아버지를 용서할 수 있을 뿐 아니라 자신의 고통으로부터 위안을 얻게 되고 세대 간에 전이되는 역사적인 트라우마를 멈추게 할 수 있게 된다"(Johnson 232). 알렉시는 아버지와의 이러한 화해에 대한 바람을 시집 『얼굴』에서도 "나는 아버지를 사랑하는 아들이 되기 원한다"(115)라고 언급한 바 있다. 마지막에 지츠는 변모된 자신의 몸으로 돌아오면서 "가장 추잡한 비밀"(159), 즉 이모 집에 머물 때 이모 남자친구에게 성추행 당했던 사실을, 그로 인해 자기비하와 모멸감에 빠지게 되었던 사건을 기억하게 된다. 이로써 자신에 대한 수치심을 갖게 된 근원적인 이유를 인지하고 자신의 처지를 자신 탓으로 돌리는 일에서 벗어날 수 있게 된다. 즉 그는 아버지의 정신적인 상처의 원인을 발견함으로써 자신의 것도 발견하게 되고(Johnson 233) 이로서 자기혐오에서 벗어난다.

지츠는 시간을 뚫고 들어갔다 돌아온 이제 자신이 중요한 교훈을 얻었음을 인지하게 되며 은행에서 총격을 가하지 않으리라는 결심을 한다. 그는 "사람들에게 상처 주는 일에 지쳤다. 상처받는 일에도 진절머리가 났다"(161-62)라며 폭력적인 해결방식의 무용성을, "모든 생명체가 신성하다"(162-63)는 깨달음을 얻었다고 토로한다. 마지막에 손을 높이 치켜들며 경관에게 자신의 총을 가져가라고 말하는데 이는 상징적으로 그가 폭력적인 해결방식에서 완전히 벗어나게 됨을 함축한다.

이로써 지츠는 복수의 악순환에서 머무는 폭력적인 해결방식의 한계를 인지하고 결국 사랑과 이해에 입각한 공존의 논리로 생존하게 되는 행로를 따르게 된다. 이는 상반되는 길을 걸었던 두 인디언 부족의 경우에서도 입증된다. 백인문화와의 타협을 배제한 채 폭력적인 해결방법을 취하는 것은 바로 부족 전멸의 결과를 낳은 피쿼(Pequot) 부족의 길이다. 반면에 나바호(Navajo) 부족은 백인과의 상생의 길을 취함으로써 나바호 자치국(Navajo Nation)을 이룩하게 되며 이로써 미국 제 51번째 주정부로의 탄생을 기대 받을 정도의 사회로 발돋움한다. 또한 『모비딕』에서 선장을 위시한 모든 선원들이 죽음에 이르는 피쿼드 호의 비극으로부터 이스마엘이 홀로 생존할 수 있었던 것은 아메리칸 인디언의 알레고리 역할을 하는 퀴퀙(Queequeg)[2]과의 우정, 보다 구체적으로는 구명대 역할을 하는 퀴퀙의 관을 붙잡았기 때문이다. 이는 넓은 의미에서 백인과 인디언이 공존하는 삶이 미국사회가 생존해 나갈 수 있는 길임을 함축한다.

3. 사랑의 윤리

알렉시는 그의 작품들에서 대량학살과 식민주의라는 인디언들의 비극적인 유산과 이로 인한 영혼의 상처의 치유가능성을 탐구한다. 그

---

[2] 퀴퀙의 라마단 의식은 무수한 기도와 명상으로 이뤄지는 인디언의 전통의식인 비전 퀘스트(Vision Quest)에 비견될 수 있다. 또한 문자를 모르는 특성은 인디언 구전문화의 특성을 함축하며 그가 파이프 담배를 피우는 행위는 병든 영혼을 위해 기도하는 인디언들의 담뱃대 의식과 비교된다. 아울러서 퀴퀙이 지도에 표시되지 않은 코코보코 섬 출신이라는 사실은 당시 인디언 보호구역을 문명화된 바다 중심에 위치한 미개인들의 섬이라고 널리 비유되던 점을 환기시킨다(김옥례, 「멜빌과 아메리칸 인디언」, 48-49).

는 역사적 트라우마로 인한 영혼의 상처로 고통 받는 인디언들의 모습을 재현할 뿐 아니라 그 해결책을, 즉 부족문화의 경계를 넘어 현대사회에 적합한 새로운 인디언으로 변모되어야 한다는 메시지를 지츠에서 마이클로의 변화서사를 통해 전달한다. 작품 마지막 부분에 이르러 지츠는 자신의 진짜 이름이 기독교 대천사장 미카엘, 즉 마이클이라고 주장하는데 이는 그가 인류애를 지향하는 진정한 기독교 정신을 받아들였으며 문화적, 인종적으로 혼종성의 아이덴티티를 형성하게 되었음을 의미한다.

『플라이트』의 주인공 지츠는 진정한 치유가 이뤄진 뒤 자신의 주체성을 주장하고 획득할 수 있게 된다. 그는 자신의 처지를 "텅 빈 하늘, 태양이 삼켜져 버린 일식"(5)에 비유하며 사회의 일원으로 소속되기를 갈망해왔다. 여러 달 동안 사회봉사를 하고 상담, 정신과 치료를 받고 나서 이제 그는 위험한 존재가 아니라는 전문가들의 의견에 따라 데이브 경관 가족에 입양된다. 메리(Mary)의 인디언 같은 큰 광대뼈가 함축하듯이 이들 가정에서는 백인과 인디언이 조화롭게 공존하는데 이는 지츠가 다문화, 다인종 사회가 그 본질인 미국사회의 평범한 시민으로서 재탄생하게 됨을 상징한다. 그 소속감을 그는 "이제 외롭지 않으리라는 생각도 들기 시작했다. 진짜나 마찬가지인 가족이 생겼다는 생각도 들기 시작했다"(180)라고 토로한다. 또한 공직인 그들 직업이 상징하듯이 모두 지츠를 돌봐줄 수 있는 사람들이다. 즉 데이브 경관의 남동생인 로버트(Robert)는 소방관으로 불타오르는 비행기로 묘사되는 지츠의 분노를 전소시켜주는 역할을 하며 그의 아내인 간호사메리는 그를 학교에 등록시키고 건강식을 제공하며 여드름 치료를 도와준다. 자신을 구해주고자 애쓰는 데이브 경관에 대해서 지츠는 "지옥 같은 호숫가의 인명구조원과 같다"(18)라며 존경을 표한다. 니그렌과의 인터뷰에서 알렉시 자신도 더 이상 보호구역 인디언으로 기이하게 보이기를 원하지 않는다며 이제는 평범한 미국인으로 간주되기 바란다(Nygren 156)고 말한 바 있다.

『플라이트』에 대해 사랑으로 치유된다는 단순한 결론을 맺음으로써 폭력을 진지하게 취급하지 않고 갑작스런 전복이 일어난다는 비판들도 있으나 알렉시는 인종주의를 염려하는 것, 그리고 인종주의를 다루는 것은 쉬운 일인 반면에 진정한 사랑은 힘들고 어려운 일이라며(Nygren 156)이에 반박한다. 또한 그는 인종주의자들이 쉽게 벗어나지 못하는 니힐리즘을 알코올중독과 마약중독 못지않은 영혼의 질환으로 보았으며 이에서 벗어나기 위한 전향적인 시각을 갖기 위해서는 사랑의 윤리가 그 중심에 있어야 한다(West 29)고 주장한다.

멜빌이 백인과 인디언이 평화롭게 공존하는 삶이 미국사회가 헤쳐나갈 지향점임을 『모비딕』에서 제시한 것처럼 알렉시의 경우도 인류애에 입각한 다양한 문화권과 인종들이 공존하는 삶이 진정한 생존의 길임을 『플라이트』에서 밝힌다. 즉 경계를 넘어서는 인종 사이의 제휴와 서로에 대한 관심으로 가득한 공동체사회를 이룩함으로써 식민주의로 인한 정신적 상처로 고통 받는 이들을 치유할 수 있다는 것이다(Johnson 237).

사회문제의 해결책을 폭력적인 저항에서 찾은 방안이 『인디언 킬러』의 결론이라면 이에 대한 작가의 답변이 담겨 있는『플라이트』에서는 상호존중, 사랑과 공감에 바탕을 둔 길이 진정한 방안임을 함축함으로써 모든 경계를 넘어서는 삶을 지향하는 현대 초국가주의의 기본 모토를 보여준다. 다시 말해 분리하고 배제하는 이데올로기들의 경계를 넘어서 모든 것을 포용하고 그들과 조화로운 관계를 이루는 것이 진정한 해결방안임을 제시한다. 그 결과 알렉시는 식민주의 유산에 대한 인디언들의 좌절과 분노에서 벗어나 고통스러운 유산의 치유 가능성을 제시할 수 있게 된다.

■ 이 글은『영어영문학 연구』제58권 4호(2016)에 게재된 논문을 수정·보완한 것이다.

제7장

—

초국가주의적 교섭과 대화
기쉬 젠의『전형적인 미국인』

1. 초국가주의적 패러다임

　　현대 지구화 시대에 있어서 인간의 정체성을 전 세계와 자연계 속
에서 보려는 접근방식, 즉 민족과 국가중심의 시각을 뛰어넘는 초국가
주의적 패러다임의 필요성이 더욱 요구되고 있다. 초국가주의적 패러
다임은 국가를 바라보는 새로운 인식의 틀로서 기존의 국가를 부정하
는 것이 아니라 국가를 본질화하는 민족주의적인 사고방식을 비판하
는 시각이다. 동질적인 가치가 흩어져버리는 것이 오히려 민족의 특징
이라는 호미 바바(Homi Bhabba)의 주장처럼 인종과 민족이 사실 동일
한 특성만을 지니는 것은 아니다. 가령 단일 혈통의 신화와 유토피아

적 국가건설을 기반으로 한 미국 국가주의 탄생 저변에는 독립전쟁 기간 중에 국가 수립의 정당성을 합리화하고자 하는(벨러 96) 정치적인 목적이 내포되어 있다. 특정집단이나 개인에 대한 왜곡된 신화를 만들어 대중으로 하여금 비판 의식 없이 이를 수용하게 하는 것이다. 대표적인 중국계 미국 작가인 기쉬 젠(Gish Jen)은 현대인은 전 세계 속에서 자신의 국가와 자아의 위상, 그리고 환경문제를 논하는 등 거시적인 시각에서 인류의 문제를 진지하게 고민한다(Satz 133-34)고 인터뷰에서 밝힌 바 있다. 지구적 차원의 교류와 소통이 일상화되고 있는 현대사회에 긴요한 초국가주의적 패러다임의 필요성을 제기하고 있음에 주목해 그녀의 첫 장편소설인 『전형적인 미국인』(*Typical American*)을 분석해보고자 한다.

1980년대 초반에 작품을 발표하기 시작한 젠은 존 H. 업다이크(John H. Updike), 조이스 캐럴 오츠(Joyce Caral Oates), 존 치버(John Cheever) 등에 버금가는 대표적인 현대 미국작가(Huang 106)이다. 그녀는 자신을 소수민족(ethnic) 작가로 속단하여 모국의 유산을 지키고자 애쓰는 사람들만을 다루는 것으로 자신의 작품을 분석하는 기존의 비평들에 불만을 토로(Matsukawa 114)하며 진정한 미국 작가로 평가받기를 희망한다. 그녀는 작품에 왜 실제 미국인은 등장하지 않느냐는 질문을 받곤 했으며 가령 세 번째 소설집인 『누가 아일랜드 사람인가?』(*Who's Irish?*)는 외국인의 시각에서 미국을 분석한 이야기라고 규정되기도 했다. 텍스트의 배경이 되는 중국의 시대 상황에 대한 구체적인 서술 없이 그저 전해 받은 기억과 상상력으로 중국을 묘사하는 왜곡된 오리엔탈리즘 수사학을 찾아볼 수 없는 젠의 작품에서 소수민족 작가의 한계를 뛰어넘는 그녀의 특성이 드러난다. 젠은 중국이라는 이국적인 문화를 감상할 수 있는 구경거리를 작품에 담기보다는 독자로 하여금 주인공의 자아발견 여정에 동참하도록 하는데 더 주안점을 두고 있다. 또한 백인들만이 등장하는 「파산」("Bellying Up")(1981), 「탐식」("Eating Crazy")(1985) 등에서 볼 수 있듯이 중국이민자만을 집필 대상으로 삼고 있는 것이 아니다. 아울러 중국계 미국인의 경험만을 다루는 것이 아니라 타 인종 간의 결혼, 직장 여성의 육아문제, 노인문제, 부부 갈등, 여성들의 직업 성취욕 등과 같은 일반적인 현대사회문제들도 다룬다.

젠은 중국 상하이 출신의 성공한 이민자 가족의 일원으로 5형제 중 둘째로 1955년 뉴욕 시에서 태어났으며, 용커즈(Yonkers)와 스카즈데일(Scarsdale)에서 성장했다. 본명은 릴리언(Lillian)으로 고등학교 시절 여배우 릴리언 기쉬(Lillian Gish)의 이름을 따라 자신의 필명을 지었으며 그 후 이를 계속 사용해오고 있다. 작가가 되기로 결심한 계기는 하버드대학 영문과 재학 시절 로버트 피츠제럴드(Robert Fitzgerald) 교수의 작시법 강좌를 들을 때 갖게 되었다고 한다. 숙제로 제출한 시를 읽은 교수가 그녀의 재능을 알아차리고는 앞으로 문학에 전념하라는 조언을 해줬으며 매주 시를 써오도록 했다. 1977년 학부 졸업 후 스승의 추천으로 더블데이(Doubleday) 출판사에 들어갔으나 출판일이 자신에게 맞지 않음을 곧 깨닫게 되었다. 의사, 성공한 사업가의 길을 걷던 형제들처럼 젠도 부모의 권고로 1979년 스탠퍼드 대학의 MBA 과정에 들어가게 된다. 그러나 학업에 적응하지 못하고 1년 뒤 자퇴함으로써 부모와 많은 갈등을 겪게 된다. 실망한 부모는 그녀에 대한 경제적 지원을 끊었고 특히 어머니는 거의 1년 동안 말을 건네지 않았다고 한다. 그 뒤 중국에 들어가 1년간 영어를 가르치고 돌아와 아이오와대학 창작 프로그램에 들어가서 1983년 M.F.A를 획득하게 된다. 1985년 캘리포니아에서 케임브리지로 이사 왔으며, 래드클리프대학의 번팅연구소(Radcliffe's Bunting Institute) 펠로십을 얻게 되었고, 이때 첫 장편소설, 『전형적인 미국인』집필을 시작해 1991년 출판하게 된다. 아이오와 대학원 시절에 작가생활을 시작한 젠의 단편들은 『예일 리뷰』(Yale Review), 『뉴요커』(New Yorker) 등 여러 문학잡지에 발표되고 문학 선집들에 포함되어 있으며 트랜스아틀란틱 리뷰상(Transatlantic Review Award)(1983), 캐서린 앤 포터 콘테스트상(Prizes from the Katherine Ann Porter Contest)(1987), 전미 예술 작품상(National Endowment for the Arts Award)(1988) 등을 받은 바 있다.

중국과 미국이라는 두 문화권의 관계를 갈등과 불평등의 양상으로 파악하기보다는 모국 문화의 정당성에 초점을 맞추는 중국계 미국작가, 프랭크 친(Frank Chin)의 경우(Rachel C. Lee 7)와 달리 젠은 비교적 중립적인 입장에서 두 세계의 가치관이 어떻게 대립 충돌하며, 융합해 나가는지를 다룬다(Huang 105). 따라서 그녀의 작품은 문화적인 이중성을 대면함으로써 지니게 되는 인물들의 심리적 혼란을 잘 그려냈다는 평을 받아오고 있다. 그녀의 대표적인 장편소설들이 공통적으로 담고 있는 메시지는 현대 초국가주의 시대에 기존의 앵글로 색슨계 백인위주의 편협한 시각에서 벗어나 다양한 인종적, 문화적 배경을 지닌 사람들을 적극 포용하는 새로운 미국문화 형성이 더욱 필요하다는 주장이다. 『전형적인 미국인』의 주인공 랠프(Ralph)가 작품 말미에서 결국 "미국은 지금까지 생각해 왔던 미국이 아니다"(296)라며 그 배타적인 현실을 깨닫게 되듯이, 2004년에 발표한 소설, 『애첩』(The Love Wife)에서는 이에서 더 나아가 미국이 이런 특성에서 벗어나야 할 당위성을 더 뚜렷하게 제시한다.

　『애첩』에서는 1924년의 이민법에 담겨 있는 미국인의 정체성 규정을 비판함으로써 이에 대한 포용력 있는 시각을 가질 필요성을 주장한다. 1924년 미국의회는 1910년 기준으로 미국에 거주하던 외국 출신들을 그 국가별 인구의 3%에 해당하는 수로 이민을 제한한 국적별 이민 쿼터제를 통과시키게 된다. 또한 이민법은 이민자들의 땅 소유권과 귀화문제에 엄격한 제한을 두게 되는데 이는 다양한 이민자들의 독특한 종교, 인종, 언어가 미국에 소개됨으로써 기존의 질서를 혼란시키는 것을 백인지배계층이 경계했음을 보여준다. 이민법이 제정된 이후 미국인의 정체성은 귀화해서 획득할 수 있는 것이라기보다는 부모로부터 선천적으로 부여받는 유전적인 것으로 널리 인식하게 된다. 다시 말하면 이민자는 미국시민권자가 될 수 있어도 진정한 미국인은 될 수 없다는 것이다(Michaels 8). 이런 관점을 비판하는 젠의 시각은 그녀의 작품들에서 반복적으로 제시된다. 『애첩』에서는 다양한 인종적, 문화적 배경을 지닌 사람들로 구성된 가족을 통해 작가가 그리는 이상적인 미국의 모습이 그 대안으로 제시된다. 즉 자신의 집 문 앞에 버려져 있던 아시아계 소녀를 양녀로 받아들이고 또한 중국에서 둘째 딸을 입양하며 혼혈의 친 자식을 둔 중국계 카네기(Carnegie)와 아일랜드계 블론디(Blondie) 부부의 가족은 "미국사회의 새로운 모습"(81)으로 묘사된다. 이 작품에서 족보는 미국 이민법의 모순을 극명하게 드러내는 상징으로 쓰이는데, 카네기 집안 대대로 내려오는 족보는 친자손임을 입증하는 중요한 자료다. '전형적인 중국인'이라고 자부해왔던 카네기는 자신의 이름을 족보에서 발견하지 못하자 당황하게 되며 아울러 임종 직전 어머니의 "자연스러운 혈통이란 없는 것이야, 없어"(376)라는 말에서 자신처럼 입양되는 일은 중국에서 흔하게 일어났던 일이었음을 인지하게 된다. 또한 젠의 두 번째 장편소설인 『약속의 땅에 사는 모나』(Mona in the Promised Land)에서도 중국계 이민자인 랠프의 딸, 주인공 모나는 유대교로 전향하게 된다. 이에 당황해하는 어머니 헬렌(Helen)에게 "미국인이 의미하는 바는 자신이 원하는 것을 무엇이든지 할 수 있다는 것이며 자신은 우연히 유대인이 되기로 결정한 것일 뿐"(49)이라고 설명함으로써 그녀는 미국인의 정체성을 재규정하게 된다. 즉 모나는 국가나 종교적인 정체성은 누구든지 자신이 마음먹은 대로 바꿀 수 있는 것이라며, 인종적인 정체성이 불변의 것이라는 당대 지배적이던 견해를 반박한다.

　『전형적인 미국인』에 제시되고 있는 중국계 이민자인 랠프 가족의 인식의 변모과정을 통해 초국가주의 시대를 살아가는 작가로서의 임무에 천착하고 있는 기쉬 젠의 면모를 좀 더 구체적으로 파악해 보도록 하겠다.

2. 모든 미국인에 관한 이야기

『전형적인 미국인』은 중산층에 속하는 중국계 이민자 가정의 이야기를 중심으로 평등한 삶과 경제적인 풍요를 보장한다는 미국 신화의 실체를 드러내며 그들이 전형적인 미국인이 되어가는 과정에서 왜곡되는 모습을 묘사한다. 이 소설은 냉전 시기였던 1950년대와 1960년대 초반을, 좀 더 구체적으로 말한다면 1947년에서 1965년의 기간을 시대 배경으로 하고 있다. 다른 작가들과 달리 젠은 이 소설에서 중국의 시대 상황을 작품 속에 구체적으로 제시함으로써 그저 전해들은 기억과 상상력으로 중국사회를 묘사하는 것이 아니라 역사적으로도 정확한 내용을 담게 된다. 냉전시대에 일어났던 세계사적 사건들이 소설 하부구조의 많은 부분을 구축하고 있으며 이는 등장인물들의 평범한 일상사에 대한 묘사들을 통해 제시된다. 1949년 중국혁명이 일어나고 난 뒤에 미국에 유학 온 중국학생들이 고국에서 거처를 잃게 된다. 미국이 다른 국가들을 설득해 자국의 민주주의 모델을 따르게 하려는 조치들은 랠프 가족이 미국에서 체류를 연장해 재정착하도록 하는데 영향을 미친다. 즉 제2차 세계대전 이후 이민법에 변화가 생겨 미국은 아시아 이민자들에 대한 그동안의 제제를 중지하도록 하는 일련의 조치들을 취한다. 다시 말해서 국제공조의 필요성 때문에 기존의 이민법이 변화되기 시작하는 것이다. 20세기 중엽 미국의회는 중국인이 시민권자가 되도록 허용하는 특별법과 교육수준이 높은 부유한 특권층 출신의 중국이민자를 받아들이는 법을 통과시키게 된다(Rachel C. Lee 45-46). 이들 중상류층 출신 이민자들은 공산주의 지배하에 들어간 고국을 떠나 미국에서 피난처를 찾아 대학이나 연구실 등에서 일자리를 구하고 사업을 하거나 교외에 집을 구입하였다(Chan 141).

작가 자신도 『전형적인 미국인』이 이민자 이야기일 뿐만 아니라 미국의 신화와 현실의 의미를 재고하게 되는 모든 미국인에 관한 이야기로 받아들여지기 바란다고 말한 바 있는데(Satz 133), 미국 성공신화를 담고 있는 이 소설의 플롯은 헨리 제임스(Henry James)의 『미국인』(*The American*), 윌리엄 딘 하우얼스(William Dean Howells)의 『사일러스 라팜의 출세』(*The Rise of Silas Lapham*)의 영향을 받았다고도 평가되기도 한다. 『전형적인 미국인』은 "미국인에 관한 이야기이다. 학자 혹은 이론가, 실천가, 또한 공학도가 되기 이전에 더욱이 자수성가한 백만장자 친구 그로버(Grover)처럼 몽상가가 되기 전에는, 즉 중국에서 어린 소년이었을 때 랠프는 아버지의 아들로 부끄럽지 않은 사람이 되려고 애썼다"(3)라는 구절로 시작되는데 여기서 중국이민자인 랠프가 물질주의적인 아메리칸 드림을 추구하게 될 것임이 함축적으로 제시된다(Kafka 80). 주인공 랠프는 일본과의 전쟁 여파로 파괴와 인플레이션, 그리고 도덕적인 타락의 소용돌이 속에 있었던 중국을 1947년에 떠나 학자가 될 꿈을 갖고 미국에 유학가게 된다(Mojtabai 176). 그는 인격을 함양하고 자신의 집안에 명예를 가져오고자 교수가 되려고 했으며 정년보장을 받아 자신의 이상을 거의 실현하게 된다. 그러나 그 직후 중국계 미국인이며 비도덕적인 미국 자본가, 사기꾼을 상징하는 인물인 그로버(Cheng 183, Chin 185)의 사업을 같이하자는 제안에 쉽게 넘어가 물질적인 성공의 꿈에 매달리게 된다. 이민자들의 심리적인 정착

과정은 보통 세 단계로 전개되는데 처음에는 미국화 되는 것에 동의하고, 두 번째는 동화되며, 세 번째는 자신들의 문화유산과 새로운 세계에서의 가치 있는 것들을 서로 결합하게 된다고 한다(Kafka 106). 『전형적인 미국인』의 주인공들은 이 세 단계를 거쳐 통합적인 사고방식에 이르게 되는 것으로 작품 말미에서 암묵적으로 제시된다. 이는 그들이 기존의 국가를 바라보는 협소한 시각에서 벗어나 전 국가적인 연대의식을 바탕으로 평화로운 공존의 필요성을 인식하게 됨을 의미한다. 그들은 고국과 미국을 '물이 새는 통나무배'와 '대양을 운항하는 정기선', '버스의 통로좌석'과 '캐딜락'에 비교하며 더 나아가서 "그곳은 스케이트장처럼 제한된, 벽이 설치되어 있는 공간이다 . . . 이곳은 거대한, 끝없는 수평선과 같은 세계다"(85)라며 자신들의 가능성이 실현될 수 있는 곳으로 미국에서의 새로운 삶에 기대를 걸게 된다. 따라서 아메리칸 드림에 부풀어있던 그들은 "자신들이 살아온 곳은 육지가 아니라 단지 앞바다에 있는 섬이라는 사실이 판명된 것 같았다 . . . 반면에 이 신세계, 이곳은 대륙이며 낙원이다"(158)라고까지 말하게 된다.

미국에 정착한 후 랠프와 그의 가족은 남을 배려하지 않고 예의가 없는 미국인의 특성을 파악하고 이를 비판하게 된다. '전형적인 미국인'이라는 말은 처음에 그들이 다른 미국 사람들을 경멸하는데 사용했던 용어다. 가령 랠프는 전형적인 미국인은 "믿을 수 없는 사람들"(67)이라고 비난했으며 랠프의 누이인 테레사(Theresa)도 그들은 "다른 사람들과 잘 지내는 법을 모른다"(67)고 말한다. 아내 헬렌은 그들이 "그저 중요한 자리를 차지하기만 바란다"(67)라고 비판했으며 자신들은

"아무도 통제하는 사람이 없는 이곳 미국에서 절대로 거칠어지지 않겠다"(67)는 다짐을 하게 된다(Chin 185). 그러나 소설 끝 부분에 가서는 아이러닉하게 그들 자신도 '전형적인 미국인'이 되었음을 깨닫고(Satz 134) 이를 반성하게 된다.

『전형적인 미국인』에서 집은 중요한 상징이며 상호모순적인 의미를 지닌다. 즉 랠프의 가족에게는 안전한 가정을 이룰 수 있는 공간을 뜻하나 이는 유색인종을 차별하는 미국국가의 판타지로 사용되기도 한다(Rachel C. Lee 49). 랠프의 가족은 차고가 딸린 큰 집을 교외에 구입하게 되는데 이는 미국인이 되고자 하는 그들의 갈망을 드러낸다. 랠프와 헬렌, 그리고 테레사는 9년 동안의 영주권자 신분에서 벗어나 드디어 시민권을 얻게 되고 새로운 국가에서 자신들의 집을 발견하고자 애썼으나 이는 쉬운 일이 아니었다. 다시 말해 시민권자가 되었다고 해서 사회에서 즉시 미국인으로 인정받게 되는 것은 아니다(Satz 133). 백인만을 위한 집이라는 국가담론 자체가 함축적으로 이미 중국인을 배제하고 있기 때문에 랠프 가족이 미국이라는 집에 편안하게 있는 것은 불가능한 일이었기 때문이다(Rachel C. Lee 49). 처음에 그들은 "최고 수준의 가족은 최고 수준의 집에서 비롯된다"(160)고 말하며 집을 구입하면 곧 가족구성원 사이에 평화로운 화합이, 즉 다른 미국인과 조화로운 관계를 이룰 수 있다고 착각했다. 그러나 이러한 기대는 이민자를 배척하는 냉담한 현실 속에서 여지없이 무너지게 된다. 이전에 그들은 야구에 열광하는 미국인들을 비웃었으나 시민권자가 된 후 대중적인 스포츠를 즐기러 경기장에 가게 된다. 그러나 그들에 대한 관중의 적대감 때문에 집으로 돌아올 수밖에 없게 된다. 관중들, 다시 말해서 일반적인 미국인을 의미하는 뉴욕 양키스 팬들이 그들에게 욕설을 퍼부으며 "세탁소로 가라"(127), 즉 '너희 나라로 가라'고 요구함에서 볼 수 있듯이 미국은 애초부터 이들 중국인의 집이 될 수 없는 것이었다. 그들의 집 구입이 기존 미국인과 차이가 나는 것은 그들에 대한 "Chang-kee", 즉 Chinese Yankees라는 호칭에서 찾아볼 수 있다. 랠프 가족은 그 뒤 집에 머물며 '더 편안하게' '더 안락하게' '더 잘' 경기를 볼 수 있게 됐다며 이러한 자신들의 처지를 합리화한다. 집 밖 세계의 부당한 대접에서 벗어나기 위해 울타리를 친 자신들의 집 안에만 있고자 하는 것이다. 이렇게 집 안에 머무는 것은 모국의 가치체계 만을 고수하는 문화적인 장벽을 세워 밖의 세계와 단절하고자 하는 그들의 결심을 반영한다(Samarth 184).

랠프 가족이 거주하게 되는 건물에는 늘 붕괴될 조짐을 알리는 징후들이 있었다. 가령 "치킨 가게 일층 벽에 갓 만들어진 미세한 작은 틈새들이 벌어져 있었다. 즉 최근에 벽에 붙인 나무판자로부터 새로 매단 천장까지 누군가가 연필로 몇 줄 그은 것처럼 보였다"(242) 같은 구절을 그 한 예로 들 수 있다. 그들이 이전에 살았던 아파트는 배관 시설에 문제가 있었고 교외의 집 침실 뒷벽도 틈이 벌어져 있었다. 또한 원래 건물을 지을 수 없는 곳에 건축되었던 레스토랑에 랠프가 지붕을 더 얹은 탓에 결국 이 건물은 무너져 내리게 된다. 랠프 가족이 살던 집의 벽에 벌어진 틈새는 아메리칸 드림을 왜곡되게 추구하는 과정에서 이들 일가가 정신적으로 황폐해질 것임을 암시하는 상징이다(Kafka 104). 다시 말해 그들은 부를 축적하는 것만이 진정한 미국인이 되는 길이라며 이에 전념해나가는 과정에서 유교와 불교 등 고국 고유의 전통적인 가르침을 배제(Kafka 108)하게 되고, 또한 "추상적인 관념 속에 칩거해 있었다. '미국의 위대함! 모든 이에게 자유와 정의가 실현된다!'라고 그는 생각했다"(183)라는 구절에 함축되어 있듯이 현실과 괴리된, 추상적인 개념으로 이미지화시킨 미국사회의 지배원리를 추종하게 된다.

교외의 집에 정착하게 되는 랠프 가족의 삶에 미국문화에 동화된 사업가 그로버가 개입해 들어오게 되며, 랠프와 헬렌은 그에게 매혹된다(Cheng 183). 가령 랠프가 미국의 물질적인 성공신화에 매료되는 과정은 그로버와의 관계로 묘사된다(Kafka 82). 이는 상징적인 의미를 지니는데 그는 "마치 사랑에 빠진 사람처럼 고개를 갸웃하고 입을 딱 벌린 채 그로버를 바라보며"(95) 첫눈에 반하게 된다. 작품 초반에서 랠프는 "정상에 오르고자 하는"(4) 원대한 목적을 지닌 사명감을 지닌 사람이라고 묘사된다. 미국에 온 후 그는 초절주의자 랠프 왈도 에머슨(Ralph Waldo Emerson)의 이름을 따라서 'Yifeng'이라는 중국이름에서 랠프로 개명하게 된다(Storace 177). 명상을 통해 세상적인 가치를 초탈해서 살고자 하는 것은 불교신자뿐 아니라 미국 초절주의자들이 열망했던 목표였으며 이것이 바로 작품에서 '정상'이 의미하는 바(Kafka 91)이다. 처음에 랠프는 자신의 이름이 함축하는바, 초절주의자 에머슨의 이상을 자신에게 부여된 소명으로 받아들이고 이를 실천하기 위해 전념해 나갔으며 세상적인 일들로 마음이 흔들리지 않도록 노력했다. 그러나 자신의 원래 목적에서 벗어나 물질적인 성공신화를 이루고자 이에 매달리게 된다. 이러한 과정에서 그는 불가피하게 정신적인 가치를 최우선시하는 고국의 가르침을 배제하게 된다. 랠프뿐 아니라 많은 중국이민자가 단지 부를 축적하는 것이 진정한 미국인이 되는 것이라며 이에 강박적으로 매달리는 가운데 그들 모국의 고유한 정신적이고 윤리적인 가르침을 배제하게 된다.

그로버의 삶에 매료된 뒤 랠프는 정년보장 교수직까지 그만두고 그로버의 치킨사업에 뛰어들어 최고의 부자가 되려는 꿈을 추구하게 된다. 이로써 자신의 이름이 함축하는바 '정상'의 의미를 왜곡하게 된다. 그로버는 랠프를 레스토랑에 데려가 과식하게 하는데 젠의 소설에서 물질주의적인 아메리칸 드림에 유혹되는 장면에는 느끼한 미국음식을 게걸스럽게 먹는 일이 늘 수반된다(Kafka 83). 20세기 전반의 대표적인 미국 소설가인 프랜시스 스콧 피츠제럴드(Francis Scott Fitzgerald)의 『위대한 개츠비』(*The Great Gatsby*)에서의 개츠비(Gatsby)와 울프샤임(Wolfsheim)의 관계와도 유사하게 그로버를 만나고난 뒤 랠프는 개츠비처럼 혈연관계 등 과거 전통과의 연관성을 끊고 새로운 자아로 다시 태어나고자 결심한다. 그로버의 자수성가 담론에 있어서 가정이 없는 것은 필수사항으로 제시된다. 그는 고향이 어디냐는 랠프의 질문에 "고향이라니! . . . 자네는 여기서 얼마동안 살아왔나? 아직도 사람들의 고향 따위를 묻고 있다니"(105)라며 자신의 고향을 거론하는 것을 힐난한다. 더 나아가 그로버는 랠프에게 "자수성가한 사람들은 늘 자신들이 통나무집 같은 곳에서 태어났다고 말해야 해 . . . 그들이 알아야 할 것은 모두 서점에서 발견할 수 있네"(107)라고 가르친다(Rachel C. Lee 54, 56).

오도된 아메리칸 드림을 추구하는 과정에서 왜곡되어가던 랠프 가족의 삶은 테레사가 병원에 입원하게 되는 상황에 직면하게 됨으로써 이에서 점차 벗어나게 된다. 헬렌보다 더 치명적으로 그로버의 유혹에 굴복했던 랠프는 결국 물질적인 미국 성공 신화를 상징하는 자동차로 테레사를 치어 그녀를 혼수상태에 빠뜨린다. 그동안 랠프는 돈 버는 일에 몰두한 채 가족 등 인간관계의 중요성을 거의 잊고 지내왔다. 가령 그는 하루 일과를 끝내고 난 뒤 지하실에서 비밀리에 가짜 영수증 기록부 매상을 금전등록기에 기록하느라고 본의 아니게 그로버가 위층 소파에서 아내 헬렌을 유혹하도록 방치하게 된다.

> 처음엔 그와 그로버는 문을 잠갔다. 그 뒤에 랠프는 매일 밤 가게에서 홀로 한두 시간을 보내기 시작했다. 무슨 소리인가? . . . 아주 이상한 일이었다. 그는 그 날 테이프를 새 기록부의 테이프로 바꾸느라고 매일 밤 소리가 계속 울려 퍼지게 했다.(201)

가족들은 의식을 잃은 테레사 주위에 모여들게 되고 새삼 그녀의 소중함을 깨닫게 된다. 따라서 그동안 벌어졌던 가족 사이의 틈도 점차 메꿔지게 된다(Kafka 94-95). 물질지상주의적인 아메리칸 드림을 추구하는 과정에서 갖게 된 랠프와 헬렌의 왜곡된 특성들이 바뀌기 시작하는 것은 개인주의, 물질주의와 대조되는 가치관을 지닌 테레사를 점차 인정하게 되는 과정으로 제시된다.

랠프는 테레사가 죽을지 모른다는 두려움 때문에 그로버를 모델로 한 삶에서 전향할 수 있는 계기를 갖게 된다(Kafka 103). 즉 사랑과 협조를 기반으로 한 진정한 의미에서 '정상에 오르기 위한' 꿈을 다시 추구하게 되는 것이다. 결국 그는 그로버의 영향에서 벗어나게 되며 교수직으로 되돌아갈 결심을 하게 된다. 헬렌의 경우도 의식을 찾지 못하는 테레사를 지켜보면서 자신의 삶에서 그녀가 차지하는 비중이 크다는 것을 깨닫게 된다.

> 테레사가 그러한 세계를 가능하게 했다 . . . 자신의 삶을 가장 중요하게 구분지은 시기는 미국에 온 것으로서 자신의 삶은 미국에 오기 전과 미국에 오고 난 뒤로 나뉜다고 생각했다. 그러나 잘못이었다. 그것이 자신의 삶에서 분수령이 된 것은 아니었다.(288)

테레사는 작가가 맨 나중에 덧붙인 인물이지만 전체 소설을 이끌어 나간다. 젠이 인터뷰에서 테레사는 "아주 모험적인 인물이고 사회의 구속에 굴하지 않는 여성으로서 그녀의 경험은 거의 지금의 내 것이라고 말할 수 있을 만큼 폭이 넓다"(Matsukawa 118)라고 밝힌바 있듯이 작가자신을 대변한다. 테레사는 극심한 빈부격차와 인종차별과 같은 부당한 사회현실을 통렬히 인식한다.

> 가난한 사람들이 병원에서 어떤 취급을 받았는지 보아왔다. 그

들은 진료받기를 기다리다가 죽어간다. 이 사회에서 유색인종
이 인간으로서의 존엄성을 보장받기 위해서는 교육을 받거나
업적을 쌓는 것이 절대적으로 필요하다. 반면에 백인은 특별한
존재로 규정된다. 따라서 백인 이외의 다른 인종은 자신의 가
슴 부위에 강철 늑골을 지닐 필요가 있다.(200)

따라서 이러한 사회현실을 헤쳐 나가기 위해 그녀는 의사로서 자
신의 능력을 최상으로 발휘해 사회소외계층에 봉사하고자 하는 결심
을 하게 된다. 이는 최고로 부유한 계급에 오르려는 랠프의 이기적이
고 개인주의적인 삶의 목표와는 크게 차이가 난다(Kafka 91).

그로버를 만나기 이전에도 랠프는 자수성가 이야기를 다룬 책들을
읽을 기회가 있었으나 그를 알고 난 뒤 더욱 적극적으로 이러한 이야
기 주인공들의 삶을 자신이 따라야 할 모델로 삼는다. 자신의 업적을
높이 평가하는 반면에 다른 이들의 노고는 거의 인정하지 않는 미국
인의 모순적인 특성이 이런 이야기들 속에서 발견되는데(Rachel C. Lee
56) 랠프는 이들 텍스트 속에 담긴 미국인 고유의 신조들을 실천하고
자 애쓰게 된다. 가령 학부 때의 피어스(Pierce) 교수가 소개한 『긍정적
인 사고의 힘』(*The Power of Positive Thinking*)이라는 책을 읽고는 개인
의 자아는 자신이 원하는 대로 무한히 확대될 수 있다고 믿게 된다.
아울러 논문 지도 교수가 추천한 『친구를 얻는 법, 그리고 사람들을
지배하는 법』(*How to Win Friends and Influence People*)이라는 책에서 자
신은 무엇이든 할 수 있다는 신념을 얻게 된다(Kafka 81). 또한 13가지
덕목을 제시하며 실천하려고 노력했던 미국의 성공 신화를 대변하는

인물인 벤자민 프랭클린(Benjamin Franklin)의 자서전을 모델로 랠프도 자신의 꿈을 실현하기 위한 목표를 정한다. 프랭클린은 독서를 토대로 자신이 실천해 나가야 할 덕목을 정했으므로 랠프는 다른 문학을 모방한 것을 또 모방하는 셈이다(Rachel C. Lee 47). 다시 말해 그는 프랭클린 개인의 특성이라기보다는 '미국인'의 행동지침을 담고 있는 담론들의 내용을 따르는 셈인데 이중 가장 주목할 만한 것은 돈 버는 일과 자수성가에 관한 문제이다. 이들 담론에서 각 개인은 공통적으로 자수성가를 함으로써 진정한 자아를 발견하고 자신을 신뢰할 수 있게 된다고 주장한다. 반면에 작가는 "자수성가한 사람, 백만장자"라며 두 조건이 동일한 것처럼 늘 자신을 소개하는 그로버의 말을 통해 자수성가의 실상은 돈벌이에 전념하는 것에 불과함을 함축적으로 제시한다. 또한 자수성가에 대한 이야기들이 다양하게 있다는 것, 즉 이 주제에 대한 상호텍스트적인 언급들이 많이 있다는 것은 이러한 담론들이 사실은 '출처가 없는 모방'에 불과한 것임을, 다시 말해서 진실된 것이 아님을 의미한다(Rachel C. Lee 59).

랠프의 치킨 가게를 방문한 테레사는 "부유해지는 것은 그렇게 되고자 원하는 생각에서 시작된다. 당신이 하고자 하는바는 모두 성취할 수 있다"(198)와 같은 물질지상주의적인 가치관을 담고 있는 인용 어귀들로 벽이 도배되어 있는 것을 보고 충격을 받게 된다. 또한 액자 속에 넣어 특별한 장소에 보관되어 왔던 그의 박사학위증이 높은 선반 위의 영수증 상자 밑에 있는 것을 발견하게 된다. 정신적인 의미에서 정점에 서고자 했던 랠프가 이제는 영수증 기록 테이프로 가득한 상자 밑에 파묻혀 있는 셈이다(Kafka 83). 랠프는 더 나아가 "큰 그림을 주시해야 해 . . . 이 나라에서 제일 중요한 것이 무엇인지 아니? . . . 돈이야. 돈이 있으면 무엇이든지 할 수 있지. 돈이 없으면 너희들은 아무것도 아닌 존재가 되는 거야"(199)라고 딸들에게 물질 우위적인 삶의 중요성을 교육시킨다.

작품에서 크게 갈라진 채 파손되어 있는 자동차 지붕은 계속 위로만 오르는 높은 건물을 짓고자 하는 랠프의 갈망을 비판하는 상징으로 쓰인다. 이러한 랠프의 삶은 "자동차 지붕을 잡아당겼다. 주름지게 접힌 움푹 패인 곳에서 물이 파이프로 흘러나왔다. 자동차 덮개 장치가 뻑뻑했다 . . . 애써 보다가 손가락을 끼게 되어 비를 맞으며 선홍색 피를 흘렸다. 그는 포기했다 . . . 아무리 끌어당겨도 그것은 어느 곳으로도 나가도록 하지 못하는 계단, 혹은 열면 튀어나오는 머리가 없는 깜짝 장난감 상자 인형처럼 땅거미 진 대기 속에서 번쩍이며 솟아있었다"(184)라며 결국 아무 곳으로도 이끌지 못하는 에스컬레이터식의 계단에 불과하다(Rachel C. Lee 59)고 묘사된다. 기존의 미국 국가 담론들에서는 개인은 자유를 누리기 위해 자신이 원하는 것을 무한히 요구할 수 있으며 자수성가는 계급이동과 사회적인 평등에 이르는 첩경이라고 주장해왔다. 반면에 젠의 경우에는 개인의 자아가 무한히 확대될 수 있으며 경제적인 상승을 끝없이 이룩할 수 있다는 미국신화의 근저에는 다른 사람의 희생을 묵인하는 관점이 담겨있다며 이를 비판하는 입장이다. 따라서 소설 말미에서 작가는 미국 지배 담론에 이의를 제기하지 않고 그대로 추종한 랠프를 직접적으로 비판한다.

그가 늘 볼 수 있는 것은 아니었다, 반드시 들을 수 있는 것도 아니었다. 그가 결심한 바대로의 사람이 된 것이 아니었다. 그는 자신의 한계들로 이뤄진 존재에 불과했다 . . . 미국은 자신이 지금까지 생각해 왔던 미국이 아니었는데도 랠프는 이를 의심하지 않고 받아들였던 것이다.(296)

기쉬 젠은 독자들에게 중국어와 중국문화를 직접 대면할 수 있는 기회를 제공함으로써 국가, 민족을 바라보는 폭넓은 사고의 필요성을 깨닫도록 그들을 유도한다. 그들은 다른 문화권의 관점을 보게 됨으로써 자신들 사회의 가치기준만이 옳은 것이 아니라는 사실을 인식할 수 있게 되는 것이다(Satz 134). 즉『전형적인 미국인』에서 표준 중국어가 작품 부분 부분에 들어가 있으며 중국식 영어와 중국식 방언들이 발견된다. 가령 학교직원 캐미(Cammy)에게 "What you laughing?", 그리고 핀커스(Pinkus) 교수에게 "I like finish my Ph. D."라며 랠프는 비문법적인 영어로 말을 건네며 또한 "No door like a back door," "Opposites begin in one another"의 경우처럼 중국 속담들을 어설프게 설명해나간다(Samarth 185). 출생순서를 중시하며 여성에 대한 편견으로 발이 작은 여성을 선호하고 학자는 자신의 본분에 충실하기 위해 여자를 멀리해야 한다는 주장 등 중국인들 고유의 시각도 작품에 담겨있다. 따라서 영어권 독자들은 그들에게 익숙한 언어로 쓰인 다른 문화를 체험하게 됨으로써 문화적 번역에 개입하게 된다. 세계화 시대는 우리가 번역된 세계에 살고 있음을 의미하는 것(Simon 134)이기도 한데, 번역은 언어와 문화, 국가 간의 교류양상을 보여주는 메타포이며 문화와 문화 사이의 접촉과 만남을 수행하는 담론 행위(Ken-fang Lee 107)로서 중요하다. 두 언어 사이를 오가는 번역행위가 새로운 언어 주체를 형성하는 데 핵심적인 공간을 열어주는 것이다.

이 소설에서는 기존의 협소한 시각에서 벗어나 통합적인 사고를 할 수 있게 되는 중국계 이민자들의 여정을 통해 독자들이 이를 따라야 할 모델로 제시한다. 랠프 가족은 결국 미국 생활에 직접 부딪혀보기 위해 집을 팔기로 하는데, 이런 결정에서 어려움을 딛고 미국인으로 인정받기 위해 다시 노력하고자 하는 그들의 의지를 엿볼 수 있다. 그들이 구사하는 언어를 통해 함축되듯이 이 과정에서 그들은 두 문화권의 특성을 객관적으로 파악하고 그 장점들을 취하고자 함으로써 통합적인 사고를 갖추게 되는 것으로 암묵적으로 제시된다. 다시 말해 제한된 범위 안에서 안정을 희구하던 것에서 벗어나 위험을 무릅 쓰고 자유를 추구하게 되는 주인공들의 사고형성 과정을 그들의 언어가 반영한다. 즉 그들이 끊임없이 변모하는 것을 담아내는 형식으로서 언어는 앞으로 그들이 그려낼 풍경을 볼 수 있는 출입문의 역할을 하게 되는 것이다(Samarth 185).

> 그들은 중국 설날뿐 아니라 크리스마스도 경축한다 . . . 랠프는 자신만의 문법을 급히 만들어냈다. 테레사도 자신의 중국식 사고를 영어에 투입해 넣으려고 애썼다. 이제 그녀는 영어식 사고도 할 수 있게 되었다. 그들 모두가 그랬다. 그러나 중국어로 어떻게 말해야 할지를 모르는 것들이 있다. 즉 캐딜락, 파이렉스, 서브웨이, 코니 아일랜드, 링링 브라더스 앤드 바넘

& 베일리 서커스 등 집 밖 세계의 언어들이 집안으로 제법 많이 스며들어왔다. 트랜지스터라디오. 테레사, 헬렌, 랠프는 육지에 머물기도 하고 혹은 바다에 머물기도 하는 거북이처럼 무심코 한 언어에서 다른 언어로 바꾸며 말하게 되었다. 하나는 그들에게 더 자연스러운 언어였지만 둘 다 모두 그들에게 필수적인 언어가 되었다.(123-24)

3. 초국가주의 시대를 살아가는 작가의 임무

작품 후반부에서 주인공들은 개인 차이는 있지만 결국 모두 통합적인 사고방식을 지니게 되는 것으로 설정된다. 그동안 "여기 살아왔지만 사실 실제로 아는 것은 아무것도 없다"(157)라며 스스로를 비판하게 된다. 가령 저녁식사를 하면서 쓸데없이 '전형적인 미국인'이라는 말을 해왔다는 테레사의 반성을 듣고 랠프도 그것은 우리 자신을 쓸모없는 사람이라고 생각했었기 때문이라며 이에 동의한다. 테레사는 작품 전반부에서 "전형적인 미국인이라고 잘못 말해왔다 . . . 빌딩 관리인인 피트는 단지 개인일 뿐이었다"(74)라며 '전형적인 미국인'이란 개념은 사실과 괴리가 있는 스테레오 타입에 불과하다는 인식을 이미 한 바 있다. 랠프는 "자신이 누구인가? 여러 해가 지나서야 그런 질문을 할 줄 알게 되었다 . . . 자신의 본성을 파악하지 못했다 . . . 이보다 더 심하게 좌절감을 느끼게 되는 일이 있겠는가?"(177)라는 구절에서 알 수 있듯이 그동안의 행동을 반성하게 된다. 그는 마침내 멈춰 서서 자신이 무슨 짓을 해온 것인가 반성하며 더 행동하기 전에 자신이 누구인지 먼저 알아야 하지 않겠느냐는 깨달음을 얻게 되는 것이다(Satz 133). 또한 테레사는 "재료들을 뒤섞어 튀긴 핫도그 한 조각"(126)을 조금씩 베어 먹는 것으로 묘사되는데 이는 함축적으로 그녀가 통합적인 사고를 하게 됨을 의미한다. 작가는 늘 두 문화권의 특징을 합한 퓨전 음식을 먹는 것으로 등장인물들의 이러한 특성을 제시(Kafka 107)하기 때문이다.

주인공들은 작품 말미에서 자신의 고국과 새로운 이주국가가 된 미국문화가 각기 지니고 있는 장점들을 인식하고 이들을 융합하고자 하는 열린 사고를 지니게 된다. 인터뷰에서 작가는 주인공들은 여기서 불가피하게 변한다(Satz 134)고 『전형적인 미국인』에 대해 언급한 바 있는데 이 작품은 랠프와 그의 가족이 그동안 미국사회에서 겪은 실패와 절망감을 극복하고 결국 재기하게 됨을 함축하며 마무리된다. 이제 그들은 벽에 갇혀 있는 것 같은 제한된 공간에서 벗어나 열려진 거대한 세계를 택하게 된다. 즉 눈 속에서 차에 깃발을 꽂는 랠프의 뒤쪽으로는 벽으로 둘러싸인 집이 있고 앞에는 눈으로 뒤덮인 수평선이 끝없이 전개되는 장면에서 이러한 메시지를 볼 수 있다(Samarth 184). 랠프의 가족은 처음에는 집 너머 세계의 전형적인 미국인들의 타락에서 벗어나기 위해 말뚝 울타리를 친 집안에서 그들만의 낙원을 꿈꾸나 결국 금이 간 집을 팔기로 결정한다. 문화적인 장벽을 세우느냐 혹은 자신들 삶의 행적을 바꾸느냐의 기로에 서 있었던 것이다. 그의 가족이 집에 머무는 것은 모국의 가치 체계 속에서의 문화 장벽을 세워 한 국가에만 완벽하게 소속된 채 보호받고 있음을 의미한다. 이들이 결국 미국 생활을 실험해 보기 위해 집을 떠남에 따라서, 즉 실패와 절망을 딛고 자유에 따르는 책임감을 인식함에 따라서 소설은 재기할 가망성을 함축하는 열린 구조로 향해 나아간다.

압둘 R. 잔모하메드(Abdal R. JanMohamed)는 망명이나 이민으로 인해 이중적인 정체성을 지니게 되는 '변방의 지식인'(border intellectual)이 취해야 할 바람직한 유형으로 과거 세계와 현재 세계 모두를 고향으로 받아들이고 양쪽 문화를 결합해 새로운 가치와 질서를 창조해내는 '통합적인 지식인'(syncretic border intellectual)의 경우를 제시한 바 있다 (97). 랠프 가족이 바로 이러한 통합적인 지식인으로 태어날 것임을 함축하면서『전형적인 미국인』은 끝난다. 즉 단절과 위축이 아니라 수준 높은 삶을 산출해낼 수 있게 되는 것이다.

자국의 문화유산을 희생시키면서 피해자로서의 경험을 상품화시킨다고 비판받는 에이미 탠(Amy Tan) 등 일부 중국계 작가들과 달리 (Maxey 11-12) 젠은 두 문화권 사이에서 비교적 중립적인 입장을 취한다. 즉 중국과 미국의 두 문화를 묘사하면서 두 세계 가치관의 체계가 어떻게 대립하고 충돌하며, 침투하고 융합하는지를 다룬다. 젠은 자신의 첫 장편소설인『전형적인 미국인』에서 주인공인 중국계 이민자들이 나아가야 할 길은 가족 해체를 무릅쓰고 전형적인 미국인이 되려고 돌진해나가는 것도, 또한 고국의 엄격한 위계질서의 계급제도를 고수하는 것도 아니라고 파악한다(Kafka 108). 다시 말해 이민자들이 고유의 문화적 정체성을 보존하려고 노력하는 한편 그들이 거주하게 된 사회의 새로운 문화적 요소들과 교류함으로써 좀 더 풍요로운 문화의 다양성을 산출해내는 것이 바람직한 길이라는 것이다.

현대 초국가주의 시대에서는 민족과 민족국가의 틀이 지니는 의미를 재검토하고 다른 민족들 사이의 대화와 교섭과 공통적인 모색이 더욱 활발하게 이뤄지도록 하는 것(윤지관 23)이, 더 나아가서 세상의 모든 존재를 수평적으로 바라보는 시선의 필요성이 더욱 절실히 요구된다. 바로 이러한 초국가주의적 패러다임의 중요성을 작가는 『전형적인 미국인』의 주인공들의 변모과정을 통해 암묵적으로 제시하고 있음을 살펴보았다. 따라서 상업적인 오리엔탈리즘에 편승하거나 문화적인 국수주의에서 벗어나지 못하고 있는 동시대 중국계 미국작가들과 거리를 둔 채 인류의 연대성을 함양하기 위한 인식의 필요성을 제기하고 있는 기쉬 젠의 독보적인 위치를, 첫 장편소설부터 인류가 속한 큰 그림을 그려야 하는 초국가주의 시대를 살아가는 작가적 임무에 충실한 젠의 특성을 찾아볼 수 있었다. 이는 바로 변방문학이면서 동시에 중심문학의 특징을 보여주는 것으로서 『전형적인 미국인』은 현대 초국가주의 시대가 요구하는 새로운 형태의 세계문학으로의 출발점에 서 있다고 말할 수 있다.

■ 이 글은 「기쉬 젠의 『전형적인 미국인』에 나타난 트랜스내셔널 패러다임」이라는 제목으로 『미국소설』 제16권 2호(2009)에 게재된 논문을 수정·보완한 것이다.

제8장

수잔 최 작품에 나타난 경계 넘기

1. 경계 넘기 소설

　수잔 최는 1969년 인디애나 주에서 태어났으며 예일대학에서 영문학을 전공하고 코넬대학에서 문예창작 분야 석사학위를 받았다. 1998년 발표한 첫 장편소설『외국인 학생』(*The Foreign Student*)으로 아시안 아메리칸 문학상을 수상했고 LA 타임스의 1998년 베스트 10소설에 선정되었다. 두 번째 소설『미국여자』(*American Woman*)로 퓰리처상 최종 후보에 오르기도 했다. 그녀의 작품들은 실제사건을 바탕으로 쓰인 것이 많은데, 가령『외국인 학생』은 한국전쟁,『미국여자』는 패티 허스트(Patty Hearst) 납치사건,『요주의 인물』(*People of Interest*)은 웬호 리

(Wen Ho Lee) 사건 등을 작품 소재로 취했다. 실화는 자신의 상상력보다 더 복잡하고 매력적이며 실화에서 영감을 받아 자신이 원하는 대로 상황을 바꾸는 이점이 있다(Korea Daily 2008.2.19)고 인터뷰에서 밝힌 바 있다. 작품성을 인정받고 있을 뿐 아니라 높은 지명도를 보여주고 있는 수잔 최는 1970년대 중반부터 시작된 아시안 아메리칸 문학 르네상스에 기여한 작가군의 일원(유희석 271-72)으로 평가받고 있다. 그녀는 대학원 졸업 후 뉴욕으로 이주해 잡지 『뉴요커』의 사실 검증원이라는 직업을 갖게 됐으며 주로 밤 시간과 주말을 이용해 『외국인학생』을 집필하였다. 작가는 아버지의 삶이 작품 집필에 영감을 주었으며 아버지뿐 아니라 자신을 깊이 이해하고 한국전쟁에 대한 미국인의 인식을 높이기 위한 것이 창작목적이었다(『시사저널』1999.8.5.)고 밝힌 바 있다.

주체와 타자 사이의 극적인 불일치를 보여주고 사회적 차이로 인해 생긴 부조화를 극복해나가는 과정을 보여주는 '경계 넘기 소설'(Black 3)의 전형인 이 작품에 대한 평은 다양하다. 역사의식의 부재로 전쟁은 배경으로 나올 뿐인 연애소설(정은경 130-31)이라는 비판이 있는 반면 민족적, 문화적 타자의 입장에서 겪는 주인공들의 소외와 극복과정을 다루고 있으며 그들의 사랑이 혼종적이고 초민족적인 공간을 형성했다(고부응, 나은지 31)는 긍정적인 평가도 있다. 즉 주인공들을 억압하는 주류담론에 대한 저항과 극복과정을 그린 이야기라는 것이다. 또한 소설에서 연애는 한국과 미국, 두 국민의 자서전이 충돌하면서 상호 침투하는 미묘한 접촉점을 이루는데, 뛰어난 연애소설이 가장 날카로운 사회소설로 되는 전범을 보여주었다(최원식 28)는 평가를 받기도 한다. 『외국인 학생』의 배경으로는 6.25전쟁이 발발한 1950년대 한국사회와 인종차별의식에서 벗어나지 못하던 1950년대 미국남부 사회의 모습이 번갈아 그려진다. 즉 미국과 한국의 남부지역을 동시에 다룸으로써 이 소설은 한국전쟁의 무대를 1950년대 미국 남부에서 태동하던 민권운동 배경과 병치시키고 인종문제의 관점에서 한국전쟁의 특성을 분석한다(Daniel Y. Kim 565, Parikh 48).

수잔 최는 역사해석을 일종의 번역으로 간주하는데 6.25 전쟁을 번역한 그녀의 소설 『외국인 학생』은 포스트 식민주의적인 역사기술의 특징을 보여준다(Daniel Y. Kim 560-61). 즉 작가는 독자들에게 탈 식민지화라는 역사적인 맥락에서 소설내용을 파악하기를 원한다(Daniel Y. Kim 551). 한국전쟁은 그에 대한 끊임없는 번역이 이뤄져야 하는 파악하기 힘든 연구대상인데 이 소설은 6.25 전쟁이라는 역사에 초점을 맞추면서 여러 단서들을 찾아내어 한국전쟁과 미국역사의 연관성을, 또한 일본 식민주의와의 연계성을 파악하는 공저자로서의 독자의 적극적인 역할을 요구한다. 한국전쟁의 번역자 안 창(Chang Ahn)과 스웨니(Sewanee) 사회의 특성과 이방인 창의 악몽과 고뇌를 고찰하는 캐서린 먼로(Katherine Monroe)의 번역, 그리고 미국지배 이데올로기를 대변하는 화자의 번역이 함축된 작가의 관점과 상충하며 그들 사이의 다층적인 관계가 작품 속에서 재현된다. 수잔 최는 캐서린의 인물창조에 특히 만족한다(Fulton 186)고 인터뷰에서 밝힌 바 있는데 비교적 저자와의 거리가 가까운 캐서린의 관점은 '윤리적 소통'으로서의 이상적인 번역의 특성을 보여준다. 반면에 주인공 창과 화자의 수정 편집된 역사 해석의 시각이 놓치고 있는 문제들은 함축적으로 언급된다. 화자의 시각에서 창의 존재는 미국의 권력과 선의의 상징으로(Yoo 94) 번역되고 미국의 성공과 관대함을 증명해주는 역할을 한다. 이러한 오도된 번역은 식민지문화를 고착화시키는데 기여하는데(Daniel Kim 555) 한국전쟁과 문화에 대한 창과 화자의 번역은 한국과 미국이라는 두 국가의 상이한 언어, 문화 사이에 위계질서를 생성하고 불평등한 권력관계를 재생산함으로써 식민지배의 중심적 기술이 된다(윤조원 217). 학창시절 창은 영문과 교수였던 아버지의 번역 일을 도우며 적절한 단어를 찾아 고심하였는데 "번역에는 항상 이전에는 존재하지 않았던 제 3의 것이 결국 나타난다"(67)라며 이러한 제 3의 관점이 모범적인 번역임을 인지한 바 있다. 따라서 그는 임시방편적인 생존전략으로 취한 한국전쟁에 대한 오도된 번역가의 길에서 용기 있게 점차 벗어나고 결국은 캐서린의 도움으로 심한 고문으로 갖게 된 트라우마를 직접 이야기할 수 있게 됨으로써 전쟁의 실상을 밝히게 된다.

2. 새로운 주체로의 탄생

작품의 프롤로그에 1950년 발발한 한국전쟁으로 서울을 탈출하는 창의 모습을 담고 있으며 1955년 8월 그가 미국 테네시 주의 도시 스웨니에 도착하는 장면으로 첫 장은 시작된다. 이 시기 미국사회에 대한 배경 지식은 작품이해에 긴요하다. 19세기 중엽부터 2차 세계대전 이후까지 미국에서는 아시아인의 이민과 시민권 획득이 금지되는 등, 동양 사람에 대한 인종차별이 심했다. 1950년 한국전쟁 배경의 프롤로그와 1955년 창이 스웨니에 도착한 첫 장 사이의 시기, 즉 1952년에 제정되었던 매캐런-월터 법(McCarran-Walter Act)으로 아시아 이민의 문호가 재개되고 시민권 획득이 가능해지게 되었다. 따라서 바로 이 무렵 흑백 인종만을 인정하는 통념의 지배를 받던 스웨니에 도착한 창은 상징적으로 이제 국가체제 안에서 판독 가능한 존재가 된다. 그는 스웨니 사람들이 만난 최초의 아시아인으로 늘 그들의 관찰대상이 되며 미국사회에서 그동안 배제되어 왔던 아시아인의 부재를 가시화하는 역할을 한다(Parikh 50). 가령 강연을 하러가기 전 주유소에 잠시 차를 정차시킨 창에 대한 사람들의 관찰은 "어쩌면 이 사람들은 배가 들어오는 것을 지켜보고 있는 것 같다고 캐서린은 생각했다. 낯선 이국땅에 도착해 배에서 내리는 순간, 항구전체가 하던 일을 멈추면서 모든 시선이 일제히 쏠리는 기분, 아주 잠깐 동안 캐서린은 그런 기분을 느낄 수가 있었다"(37)라고 캐서린의 관점으로 묘사된다. 이 구절은 미국 사회의 지배계층이 된 백인이민자들과 노예선을 타고와 이곳에 정착한 흑인노예들의 존재를 환기시킨다. 여기서 그를 배에서 내리는 이방인에 비유하는 것은 이분법적으로 흑백 인종만을 인정하는 미국남부 사회에서 창이 차지하고 있는 모호한 인종적 위치를 나타낸다(Daniel Y. Kim 563).

소설 첫 부분 미국으로의 도피 장면과 그가 당한 참혹한 고문의 실상이 드러나는 마지막 장면들 사이에서 창과 캐서린의 사랑이야기와 두 사람의 과거에 대한 내용이 번갈아 제시된다(Parikh 51). 창은 여덟 살 때 일본 기숙학교에 유학가게 되며 더듬거리는 일본어 말투 때문에 친구들로부터 놀림을 받고 얻어맞거나 고자질 당하는 등 어려서부터 식민지인으로서의 삶을 경험한다. 이렇게 어린 시절 힘들게 배웠던 일본어가 갑자기 튀어나와 창은 시카고의 리틀 도쿄 문화에 쉽게 젖어들게 되는데 이를 통해 식민지시기에 한국인들은 일본제국주의에 의해 서구제국주의 못지않게 심한 인종차별을 받았음이 제시된다(Daniel Y. Kim 569). 고등학교를 졸업하자마자 창은 남한정부 부서의 통역관으로 일하게 되나 남한에 자신의 자리가 없음을 깨닫고 미군정 사령관 하지(Hodge)장군 밑에서 잠시 일하다가 미공보원으로 옮긴다. 미국을 남한에 파는 일의 전망이 남한을 미국에 파는 일의 전망보다 훨씬 더 매력적인 것으로 보였기 때문이다. 그가 근무한 미공보원은 미국 이데올로기와 가치를 전파하는 역할을 담당하였고 미국은 한국을 돕고 있는 강한 국가이며 인권을 옹호하는 진실한 국가라는 인식을 한국인들에게 심어주고자 했다. 여기서 그가 담당한 주요 업무는 외신으로부터 받은 정보를 선택적으로 번역해서 한국 언론기관에 전달하는 일이었다. 어떤 소식을 한국 신문사들에게 번역해 보낼 것인가 하는 결정은 그가 내렸다. 따라서 많은 삭제로 이미 왜곡되어 있는 기사가 또다시 그의 견해에 따라 변형된다. 즉 그는 공보원의 취지에 맞게 의도적으로 잘못된 정보를 제공하게 되는데 미국에 건너가서도 미국의 이익을 위한 번역을 계속해 나간다(Parikh 56, Daniel Y. Kim 556). 따라서 창은 역사적 사실을 객관적으로 제시하기보다는 이를 수정 편집한 번역을 제공하게 된다.

한국전쟁에서 탈출하기 위한 절박한 마음으로 창은 74통의 입학지원서를 미국대학들에 제출하나 스웨니의 사우스대학(University of the South)에서만 합격통지서를 받게 된다. 장학금으로 미국대학에서 공부를 하게 된 창은 그 대신 성공회 교회에서 한국에 관한 강연을 해야 했다. 그는 미국인들이 한국에 대해 인종차별적인 시각을 지니고 있으며 낙후되고 미개한 동양이라는 오리엔탈리즘적인 관점에서 벗어나지 못하고 있음을 직시하게 된다. 따라서 그들은 한국인들이 미국의 군사적인 도움을 필요로 하고 미국이라는 강력하고 자비로운 국가에 소속되기를 원하는 원시적이고 온순한 국민으로 번역되기를 바란다(Daniel Y. Kim 555). 그 결과 창은 미국에서 한국문화를 번역하면서 자신의 생존전략으로 미국인들의 오리엔탈리즘을 충족시켜주는, 즉 의도적으로 잘못된 번역을 하게 된다. 그는 전쟁발발 원인에 대한 설명은 되도록 생략하고 청중들이 관심을 보이며 파악하기 원하는 전쟁이야기를 만들고 그들의 기대에 맞춰 자신의 슬라이드 강연을 준비한다(Jodi Kim 284). 따라서 창이 강연에서 사용하는 슬라이드는 "대부분 국립사진 보관소에서 가져온 것이었다. 그 사진들은 가난하고 절망적이고 도저히 재건할 수 있을 것 같지 않은 그런 모습의 한국을 보여주고 있었다"(39)라는 구절에서 알 수 있듯이 한국은 전쟁을 치른 가난한 국가라는 이미지에 맞춰 선택된 사진들이다.

한국과 한국전쟁에 관한 창의 강연은 늘 더글러스 맥아더(Douglas MacArthur) 장군의 성공적인 인천상륙작전 덕택으로 자신이 그들 앞에 이렇게 생존해 있을 수 있게 되었다는 말로 시작됐다. 맥아더 장군은 그 후에 트루먼 대통령에게 해고당했고 전쟁도 38선이라는 바로 그 출발지점에서 끝났으며 인천상륙작전이 이뤄진 몇 달 뒤에 중국의 개입으로 상황이 역전되었다는 사실은 밝히지 않은 채(Jodi Kim 285) 6.25전쟁은 바로 남부출신 영웅인 맥아더 장군에 의해 확보한 미국의 승리를 입증해준다며 강연을 마친다(Daniel Y. Kim 554). 그는 한국전쟁이 발발하기 이전의 일련의 사건들, 즉 일본, 중국, 소련을 포함하는 주변국가와의 첨예한 갈등과 정치적 이해관계들에 대해 말하고 싶었으나 청중들의 무관심으로 북공산주의자들의 침입이라는 갈등 그 자체에 대한 이야기로 대체한다(Daniel Y. Kim 554). 또한 전쟁원인에 대한 설명은 생략하고 한반도지형을 플로리다 주에 비교하거나 38선을 남북전쟁전의 미국에서 자유주와 노예주를 나누는 경계선이었던 메이슨 딕슨 선(Mason-Dixon Line)과 비교하기도 한다. 화자는 이러한 창의 시도는 청중들의 열광적인 반응을 얻기는 하지만 아무런 근거가 없는 비교였다고 비판한다. 그러나 창의 이러한 비교에는 한국전쟁은 바로 미국냉전체제와 인종차별 정책과 긴밀한 연관성이 있다는, 그리고 남북전쟁과 6.25전쟁이라는 두 국가의 내전들은 공통적으로 같은 민족 사이의 적대감과 갈등으로 시작된 것(Parikh 53)이라는 함축된 작가의 시각이 담겨있다.

　　미국의 참전으로 은혜를 입은 생존자라는 역할을 담당해왔던 창은 "버스에서 내리면서도 그는 앞으로 자신이 무엇을 하려고 하는 것인지 알지 못했다. 다만 마음 깊은 곳에서 일어나는 충동을 믿고 따를 뿐이었다. 그것을 위해서 지금까지의 모든 생각들과 망설임을 희생했다. 마치 새로운 발견을 통해 다시 태어나려는 위대한 탐험가들처럼 말이다"(274)라는 구절에서 볼 수 있듯이 점차 변모하게 된다. 그는 여름방학에 학장 추천으로 시카고 제본소에 가서 일을 하게 되며 이곳에서 사고의 전환점을 갖게 된다. 그는 기대와 달리 새로운 시각을 보여주는 새 책을 제본하는 것이 아니라 기존 지배논리를 담고 있는 낡은 책에 새 표지만을 붙이는 것이 자신에게 부여된 일임을 알고 당혹감을 느끼게 된다. 그 결과 창은 장학생 자격을 박탈당할 수 있다는 위험을 무릅쓰고 헌 책갈피 속에서 발견한 100달러 지폐를 들고 이곳을 떠나 어머니를 병간호하고 있는 캐서린을 만나기 위해 뉴올리언스로 향하게 된다. 창은 더 이상 자신에게 요구되는 것을 따르는 얌전한 학생으로만 있을 필요가 없으며 자기 주도적으로 다른 종류의 삶의 방식들을 택할 수 있다는 사실을 깨닫고 이를 실천하기 시작하는 것이다.

사실 창의 변모는 한국전쟁 중 미국 상관들의 이기적인 태도를 인지하면서부터 출발되었다. 즉 자신을 지켜줄 것이라고 의지했던 공보원 상관 피터필드(Peterfield)가 막상 전쟁이 나자 혼자 대피하는 일을 겪고 난 뒤 그는 가슴이 무너져 내리는 듯한 큰 충격을 받게 된다. 또한 정부부서에 근무하고 있던 그를 스카웃했던 하지 장군도 징집당하지 않을 신원보증서를 그에게 써주기를 거부한다. 그 후에 창은 자신을 스스로 보호하고자 하는 굳은 결심을 하게 된다. 이는 "마음속으로 자신의 안녕과 보호를 위한 첫 번째 회의를 열었다. 그 결과 마음속에서부터 피터필드를 포함한 모든 선동자들을 깨끗이 삭제하는 결의문을 통과시켰다. 그 결의문은 어쩌면 그의 상처 입은 마음의 결과에 불과할지도 모른다. 하지만 일단 통과되자 그 후부터는 중요한 결정을 내려야하는 순간이 될 때마다 실제적인 힘을 발휘하기 시작했다. 결국에는 그가 찾던 철학적 논리가 되고 말았다"(164-65)라는 구절에서 제시되듯이 창은 어느 편에도 의존하지 않고 자기 자신에게만 충성하는 '비동맹철학'(philosophy of nonalignment)(Jodi Kim 290)을 갖게 된다.

결국 진실을 밝히는 번역가로 변모하게 되는 창의 모습은 소설 마지막 부분에 이르러 전쟁 중 고문 받은 경험을 어렵게 토로하는 것에서 볼 수 있다. 창은 한국전쟁 중에 부산으로 피난가려 했으나 결국 제주도에 도착하게 된다. 그곳에서 프랭크 토다로(Frank Todaro) 신부의 도움으로 동굴 안으로 피신해 있다가 게릴라들을 만나게 된다. 그 뒤 동굴 밖으로 나왔다가 간첩으로 의심받아 체포되고 심한 고문을 당하며 그 결과 오랫동안 트라우마에서 헤어 나오지 못하게 된다. 고문으로 인한 상처로 전혀 다른 사람이 된 창은 자신으로부터도 소외되어 자신이 두 개의 분리된 존재인 것처럼 느낀다. 즉 그는 전쟁 중 겪게 된 경험들로 인해 육체적 고통을 당할 뿐 아니라 심리적으로도 자아가 분열됨으로써 다른 사람들과 쉽게 인간적인 관계를 맺지 못하게 된다(Koo 910).

창은 자신이 겪었던 고통을 기억할 수 없었다. 마치 자신에게 일어났던 모든 일들이 다른 사람 일처럼 여겨졌다. 비록 아직도 그때의 상황 하나하나를 선명하게 떠올릴 수 있지만 그 고통만큼은 마치 다른 신체가 당한 것처럼 자신과 먼 것으로 느꺼졌다 . . . 창은 그 다른 육체가 어떤 고통을 느꼈는지 상상할 수도 없었다. 결국 그는 자기 자신에게 조차 또 다른 남이 된 것이다. 그런데 그런 일을 겪고 난 뒤 자기 안에 다른 낯선 자신을 가지고 있는 사람이 어떻게 다른 사람과 가까워 질 수 있겠는가?(317-18)

흔히 트라우마 희생자들은 기억의 포로가 되고 과거의 충격적인 순간으로 반복해서 되돌아가게 되며 현재의 삶에 적응하지 못한다. 그러나 창은 깊은 상처로 남아 있는 고문에 대한 기억을 마음 깊은 곳에서 끄집어내어 표면에 떠오르게 해서 결국 극복하게 된다.

아버지 친구인 30년 연상의 찰스 에디슨(Charles Addison) 교수와의 맹목적인 사랑에 빠짐으로써 가족뿐 아니라 사회의 냉대와 비판을 받으며 아웃사이더로 살아가는 캐서린도 창처럼 상처가 깊은 사람이다. 어머니 글리(Glie)는 1950년대 미국사회가 요구하는 여성성을 구현하는 인물로(허윤 104) 화학 교수 아들인 커트린 존스(Curtlin Jones)와 사귀라며 그녀에게 엄격한 통제를 가해 모녀 사이는 소원하게 된다. 마을의 관습에서 벗어난 삶을 살아왔기 때문에 캐서린의 주위에는 언제나 차가운 공기가 흐르는 듯하였으며 그녀는 사회에서 소외되고 비난을 받으며 큰 상처를 지닌 채 살아가게 된다. 뉴올리언스에 살면서 매해 여름을 스웨니 별장에 돌아와 보내는 캐서린의 가족에 대한 "조 먼로의 관점에서 보면, 자신이 세상으로 나가서 많은 돈을 벌고 있는 동안 에디슨은 아직도 과거 속에서 어슬렁거리고 있을 뿐이었다. 하지만 먼로가 자신에 대해 평가를 내리는 기준뿐만 아니라 캐서린 가족이 갖고 있는 모든 기준이 바로 이 과거에 의해 정해졌던 것이다"(24)라는 구절은 스웨니 사회가 대변하는바 19세기의 인종차별과 성별차별의 이데올로기 잔재에 그들이 매해 돌아가게 됨(Parikh 52)을 함축한다. 2차 대전 이후 미국사회는 전쟁동안 사회적으로 그 중요성이 부각되기 시작한 여성과 청소년들을 통제하고자 그들에 대한 가부장적인 권력을 강화하게 된다. 특히 나이와 젠더 때문에 이중으로 소외된 소녀들이 주요 표적대상이었다. 여성이 1950년대 미국남부사회에 수용되기 위한 중요한 조건은 '성별차이를 반영한 온순함'(gendered docility)이었다(Yoo 98). 따라서 "그 어떤 것에도 전혀 영향을 받지 않은 자신의 진실된 욕망을 발견하기 위해서는 보편적으로 합의된 사실들로부터 벗어나 비합리적으로 보이는 선택들에 이끌렸다"(210)라는 구절에서 볼 수 있듯이 이를 거부하고 자신내면의 열정에 따라 독립적인 삶을 살아온 캐서린은 이분법적인 냉전이데올로기의 또 다른 희생자(Yoo 98)라고 볼 수 있다. 다시 말해 캐서린은 독자적인 여성 개인의 삶을 구속하는 1950년대 미국남부의 지배 이데올로기에서 도피한 경계인이다(Parikh 57).

작중인물 중 캐서린만이 유일하게 창의 전쟁경험에 대해 묻고 선입관 없이 그를 대한다(Yoo 97). 그의 정신적 상처를 인지하고 이야기를 경청해주는 캐서린을 만나게 됨으로써 "창은 언어의 힘이 자신을 변화시키리라는 신념을 가지고 있었던 것이다. 바로 그런 신념 때문에 미공보부에 들어갔던 것이며 다시 바다를 건너 스웨니까지 왔다. 그리고 그 신념이 희미해지려는 순간에 캐서린이 그의 눈앞에 나타났다. 이제 말을 할 수 있는 모든 가능성은 바로 그녀와 말을 할 수 있는 가능성뿐이었다"(219)라는 구절에서 알 수 있듯이 그녀와의 대화를 통해 창은 상처가 회복되고 현저하게 변하기 시작한다. 맨 처음 창을 만났을 때 캐서린은 어떤 새로운 일도 일어나지 않고 정체된, 섬과 같은 스웨니 사회에서 창과 같은 낯선 이방인의 시각이 소중하다고 말한다. 소수자로서의 창이 결국 인종주의적인 사고방식을 지닌 스웨니 주류집단에 변화를 일으킬 수 있는 가능성을 가지고 있음을 그녀는 인지하는 것이다. 다시 말해 아시아계 미국인 창은 경계를 횡단하는 주체로서 흑백이분법으로 구축된 기존 남부사회의 엄격한 사회계층을 해체할 잠재력을 지닌다는 것이다.

사회의 아웃사이더인 캐서린은 타인의 고통에 귀를 기울이고 공감하는 능력을 갖고 있다. 그녀는 "나는 이 마을에 사는 나이 들고 외로운 여성들의 슬픈 비밀들을 알고 있어요 . . . 모두가 나를 믿어요. 그들은 내가 그들을 판단할 수 없고 비밀을 밝히지 않을 것을 알아요"(175)라는 구절에서 볼 수 있듯이 마을의 주변부에서 고독한 삶을 사는 사람들의 상처를 인지하고 그들과 공감하며 연대해 살아나간다. 이렇게 타인에 대해 열린 자세를 지닌 캐서린의 특성은 일 년 동안 지낼 스트레이크 하우스로 데려다주기 위해 와서 그를 처음 보았을 때 "그게 정말 당신 이름이에요, 척(Chuck)이라는 이름이?"(9)라고 질문하며 창이라는 그의 진짜 이름을 확인하는 태도에서 뚜렷하게 드러난다. 이와 대조적으로 피터필드는 미공보원에 취업했을 때 그를 미국식 이름인 '척'으로 바꾼다. 이는 '미국제국주의' 특성을 대변하는 것으로 영국기자 랭스턴(Langston)의 "자네는 이 젊은 친구가 조국으로부터 부여받은 그 짧은 이름 하나까지도 남김없이 차지한 모양이군 . . . 이 친구의 이름을 '척'이라고 고쳐 부르지 않으면 만족하지 못한단 말인가?"(90)라는 비난에서 함축되듯이 피식민자에게 식민자의 질서와 정체성을 새겨 넣는 미국제국주의 특성을 보여준다(Yoo 90). 일방적으로 창의 이름을 척으로 바꾼 피터필드와 달리, 그리고 창을 계속해서 척으로 호명하는 화자의 입장과 대조적으로 캐서린은 그의 이름을 척에서 다시 창으로 돌려줌으로써 그의 개별적인 자아를 수용한다. 다시 말해서 처음 만났을 때부터 창의 언어적, 문화적 차이를 인정하는 모습에서 번역의 윤리를 자각하고 있는(황은덕 169-170) 캐서린의 모습을 볼 수 있다.

캐서린은 창이 공산주의자가 아닐까하는 의심에, 동양인에 대한 인종프로파일링에 맞선다. 즉 캐서린의 결혼 소식에 그녀를 만나기 위해 창은 시카고에서 뉴올리언스로 가게 되나 중국에서 몰래 건너온 공산주의자라고 의심받으며 경찰에게 붙들려 조사를 받게 된다. 그러나 캐서린은 그가 사우스 대학의 학생이고 반공주의자이며 자신의 오랜 친구라며 창의 신원을 보증해준다. 반면에 창에게 호의를 베푸는 대부분의 스웨니 사람들은 "이곳 사람들은 그를 낭만적인 조난자로 여겼다. 그들 사이에서 그의 존재는 자신들에 관한 모든 것이 최고라는 확신을 안겨주었다. 그들의 행동은 성공을 누리는 남자의 특권으로서 이방인을 환대하는 크레인(Crane) 아버지 행동과 같은 것이었다"(145)라는 구절에서 제시되듯이 그에게 도움을 주는 목적은 자신들의 우월한 위치와 특권을 재확인하는데 있었다. 화자는 "척은 이런 부류의 사고 방식을 잘 이해했고 자신에게 요구되는 바를 인지했다"(145)라며 창이 이러한 태도를 수용했다고 말하나 이는 사실과 괴리가 있다. 즉 창은 추수감사절에 초대받은 친구 크레인 집에서 "여기 있는 모든 것이 장애물이었다. 원하는 것으로부터 멀리 떨어져 있음으로 해서, 자신이 진정으로 원하는 것이 무엇인지를 오히려 알려주는 그런 장애물이었다"(62)라며 그들의 백인우월의식에 젖은 환대에 깊은 소외감을 느끼게 된다. 또한 겨울방학 때 학교식당에서 합석한 그를 흑인들이 불편하게 생각한다는 사실도 인지하게 되는데 흑인과 백인들 모두로부터 배제됨으로써 트라우마로 인한 그의 침묵은 더욱 심해진다.

대부분의 스웨니 사람들과 다르게 그를 동등한 위치에서 이해하려고 애쓰는 캐서린은 "내 말을 들어요. 나에게 숨기고 있는 것이 무엇이든 나에게 털어놔요. 난 당신과 나 사이에 틈이 있다는 걸 알아요. 나는 비밀 그 자체를 알고 싶은 것이 아니에요. 단지 비밀이 있다는 그 사실을 알고 싶을 뿐이에요. 그래서 우리를 가로막고 있는 그 틈의 깊이를 헤아릴 수 있도록 말이죠"(151)라며 창이 악몽에서 벗어나도록 용기를 준다. 이런 억압된 기억으로부터 벗어나기 위해서는 그 기억을 드러내고 이에 대해 말을 해야 하는데, 즉 악몽에 시달리게 하는 전쟁의 기억을 말로 표현하게 해야 하는데 캐서린이 바로 이렇게 하도록 창을 도와주는 것이다. 그 결과 창의 침묵이 자신과 전혀 다른 그러나 자신에게 관심을 기울이는 타자인 캐서린 앞에서 깨어지기 시작한다(Yoo 88). 그는 "지나치게 넘쳐나는 기억의 세계와 완전한 부재의 세계, 이 두 가지 세계 사이에 그가 도저히 설명할 수 없는 하나의 이야기가 놓여있었다. 하지만 그 이야기는 조금씩 그런 어려움을 헤쳐 나오기 시작했다. 그리고 점점 더 짧고 간단해졌다"(323)라는 구절에서 제시되듯이 캐서린과의 대화를 통해 '설명할 수 없는 이야기'를 점차 해나가게 된다.

트라우마와의 진정한 대면은 타인과 연대를 이룸으로써 가능하고 분열된 정신과 기억으로부터 회복되기 위해서는 이야기를 통해서 자신의 상처와 고통을 의미 있게 이해해야 한다. 캐서린의 도움으로 타인을 신뢰하고 인간적인 관계를 맺는 일이 가능하게 되면서 창은 자신이 겪은 전쟁에 대해 말할 수 있게 된다. 창의 '차에 숨어 서울에서 도망쳐 나오고 있었다. 인천시가 내려다보이는 벼랑 끝에 남겨졌으나 굵은 밧줄 사다리를 발견하고 내려가기 시작한다. 포격소리를 듣고 순찰대에 뛰어 들어갔지만 그는 총에 맞아 쓰러진다'라는 요지의 꿈 이야기는 자신이 겪은 경험과 정확하게 일치하지는 않지만 캐서린의 공감을 얻는다. 창이 한국전쟁에 대한 오도된 번역에서 벗어나 자신의 트라우마를 진실되게 번역하게 됨으로써 캐서린과의 윤리적인 소통을 시작할 수 있게 된다. 그녀는 창이 전쟁과 악몽들에 대해 말하려 애쓸 때 그의 주저함과 침묵조차 주의 기울여 듣는다. 그 결과 창은 다른 사람과 관계를 맺고 소통할 수 있는 정체성을 지니게 되며 그녀와의 미래를 상상해볼 수 있게 된다. 캐서린은 침묵하는 타자인 창을 향해 책임감을 느끼고 자신과의 차이점을 깨달음으로써 타자의 트라우마를 이해할 수 있게 되며 새로운 종류의 주체를 탄생시키게 된다. 즉 캐서린은 그를 새로운 맥락에서 파악하고 새로운 틀 속에 위치하게 한다(Yoo 100). 그 결과 창은 고문으로 인해 거의 자아가 상실될 뻔 했으나 위기를 극복하고 결국 새로운 주체로 태어나게 된다(Yoo 89, Daniel Y. Kim 571).

시카고에 있을 때, 자신의 생각들에서 캐서린을 몰아내려던 그의 노력은 오히려 캐서린이 모든 것에 존재하는 것처럼 느끼게 하는 결과를 가져왔었다. 그는 저 멀리 어딘가에서 끊임없이 자신을 지켜보고 있는 캐서린을 느낄 수 있었다. 마치 그의 삶 전체가 한편의 미국영화이고 그녀가 그의 관객인 것 같았다. 그는 자신이 고귀해지고 새로 태어난 듯한 기분이 들었다.(285)

어머니가 고문당해서 변하게 된 자신을 못 알아봤을 때 창은 "이곳에서의 삶은 결코 그의 삶이 될 수 없으며 전쟁도 결코 그를 규정지을 수 없다"(325)는 생각 때문에 서운하기보다는 이상하게 마음이 편해지게 되는데 이는 그에게 앞으로 다른 사람들과 새로운 관계를 맺을 가능성이 열려져 있었기 때문이었다(Parikh 58).

창의 경우도 캐서린이 자신의 구속적인 삶에서 벗어나도록 도와줄 수 있게 된다. 그는 캐서린이 찰스와 헤어질 결심을 하도록 이끌 뿐 아니라 그녀가 어머니와 화해할 수 있는 계기도 마련해준다. 창은 그녀에 대한 스웨니 사람들의 도덕적인 비난을 따르지 않으며 자신의 결혼 계획을 멈추게 도와달라는 캐서린의 요구도 거절한 채 그녀 스스로 결단내리도록 이끈다. 캐서린은 창에게 호감을 갖게 되면서 찰스로부터 벗어나기 시작한다. 30년 연상으로 아버지 친구인 대학교수 찰스에 대한 캐서린의 유아적인 집착은 백인여성이 그 당대사회에서 느낄 수밖에 없었던 삶의 박탈감에 따른 심리적 공황상태에서 비롯되었다(유희석 287)고 볼 수 있다. 캐서린은 그동안 깊은 감정적인 상처로 젊은 시절의 자신을 황폐하게 만든 강박적인 사랑의 실체를 대면할 수 없었다

(Goo 911-12). 그러나 찰스와의 결혼을 앞둔 시점에서 내면을 돌아보게 되고 자신의 삶에 대한 열정이 사라져버렸으며 그동안 찰스의 결정에 따른 매우 의존적인 삶을 살아왔다는 사실을 인지하게 된다. 이러한 깨달음은 바로 창이라는 존재 때문에 가능하게 된 것이다(김영미 172).

> 작별의식은커녕, 지금까지 캐서린은 당혹감에 사로잡혀 자신의 집으로부터 허둥지둥 도망치기만 했었다. 사실 성숙한 여인이 되어 어린 시절의 집으로 다시 돌아온다는 것은 자아가 둘로 나누어지는 듯한 이상한 느낌을 주었다. 집안에 발을 들여놓을 때마다, 마치 한 번도 이곳을 떠나본 일이 없는듯하면서도 동시에 지금까지 한 번도 와 본 적이 없는 것 같은 상반된 감정이 느껴졌다. 무언가 잘못된 것이라고 캐서린은 생각했다. 얼마나 많은 것들을 놓쳐버리고 또 얼마나 많은 것들을 이 낯익은 어둠속으로 던져버렸던가? 그녀주위에 남은 것이라고는 온통 낭비해버린 기회와 버려진 현실과 자신의 태만 이외에는 지속적인 것이라고는 하나도 없었다는 증거들뿐이었다.(209)

사회 아웃사이더였던 두 사람은 트라우마에 기반을 둔 깊은 공감을 바탕으로 서로를 이끌어 새로운 주체로의 탄생의 발돋움을 딛게 도와준다.

3. 이상적인 공동체에 대한 열망

소설 결말에 대한 평가들이 상반된다. 가령 창과 캐서린이 결국 그들만의 이상적인 공동체를 통해 지배담론을 교란시킬 '초민족적 공간 (고부응, 나은지 47)을 형성했다는 긍정적인 평가뿐 아니라 그들 사이의 이상화된 우정과 낭만적인 사랑의 은유로 끝냄으로써 전체 이야기를 위축시키며 작가의 회피주의를 환기시킨다(Chung 60)는 부정적인 평도 있다. 그러나 소설 마지막에 창과 캐서린이 연인이 되었을 때조차 서로에게 소외되고 정신적 외상을 입은 상태로 백인과 유색인종이라는 그들 사이의 차이점이 해소되지 않은 모습이 그려진다. 즉 악몽에 대해 말하고 난 뒤에도 전쟁과 고문의 기억은 계속해서 창을 괴롭혔으며 "캐서린이 침대에 잠들어 있는 동안에는, 창은 도저히 그녀 옆에 함께 누워 있을 수가 없었다. 그녀가 먼 곳에 떨어져 있는 것처럼 느껴졌다 . . . 창은 그녀에게 줄 것이 아무것도 없었다 . . . 만약 그가 고통을 캐서린에게 이야기한다면 그녀는 그의 아픔을 돌봐줄 것이다. 그리고 아무것도 얻지 못할 것이다"(286-87)라는 구절에서 볼 수 있듯이 캐서린 옆에 있을 때조차 그녀와 큰 거리감을 느낀다. 다시 말해 그들의 트라우마가 완벽하게 치유되지 않았고 그들의 마음이 완전히 합치된 것도 아님을 제시하고 있다(Yoo 100-01). 즉 인종차별 등 그들 사이에 존재하는 사회갈등은 여전히 해결되지 않은 채 남겨져 있는 것이다.

소설 마지막 부분에 캐서린이 창과의 사랑의 결실을 맺을 공간으로 꿈꾸는 부모님의 멕시코 만 별장은 소설 서두에 제시되는 창 가족의 여름 별장인 개성 집과 상징하는바가 같다. 미국도 멕시코도 아닌, 경계에 놓여 있는 위치가 함축하듯이 캐서린 부모의 해안가 별장은 인종차별이 존재하지 않는 세계에서 그들이 똑같이 동등해질 수 있는 미래에나 존재할 수 있는 유토피아적 공간을 뜻한다(김영미 174). 이 공간은 창이 어린 시절의 가슴 설레는 추억으로 간직하고 있는 개성 집의 의미와도 연결된다. "그 시골 저택은 아마도 이제는 사라져버렸을 것이다. 하지만 그곳에 대한 기억만은 단단한 공처럼 그의 마음속에 굳게 봉인되어 있었다"(317)라는 구절에서 볼 수 있듯이 고문당하는 내내 창이 기억하는 개성 집은 그에게 진정한 집이 되어주는 공간이다(허윤 101). 다시 말해 여름마다 방문했던 유년기 시절의 개성 집에 대한 그리움은 냉전이데올로기에 의한 남한과 북한의 정치적 경계를 뛰어넘는 통일에 대한 창의 갈망을 함축한다(Parikh 54, 56). 창 아버지의 "네가 복숭아를 따고 싶어 했기 때문에 우리는 과수원으로 산책 나갔다. 너는 잘 익은 복숭아를 따려고 여기저기 돌아다니고 있었다. 아직 복숭아가 익기에는 이른 계절이었지만 넌 꼭 찾아내겠다고 하면서 끈질기게 이 나무 저 나무를 살펴보고 다녔단다. 그러다가 내 눈에 보이지 않을 정도로 멀리 간 거야. 난 네 울음소리를 들었어. 넌 뱀에 물렸었지"(95)라는 회고에서 경계를 넘어서는 유토피아적인 공간을 그리워하는 창의 열망과 그 현실적인 한계가 드러난다. 창은 이상향을 의미하는 잘 익은 복숭아를 찾아나서나 결국 뱀에 물리는 아픔을, 이를 이룰 수 없는 현실의 한계에 봉착하게 되는 것이다.

창은 뉴올리언스에서 스웨니로 돌아와 학생신분에서 벗어나 흑인들이 일하는 학교식당에서 자리를 얻고 자립하게 된다. 그는 백인지배 사회의 주변인으로서 결국 사회 아웃사이더인 흑인 계층에 합류하게 되는 것이다. 다시 말해 백인이 지배하는 인종차별적인 기존 사회는 전혀 변하지 않은 것이다. 그럼에도 불구하고 이상주의자인 캐서린과 창은 그들의 꿈을 포기하지 않는다. 멕시코 해안가집 베란다에 앉은 두 사람의 모습이 "저 멀리 똑같은 지점을 함께 바라보곤 했다. 마치 바다를 달리는 뱃머리에 올라탄 것 같았다"(322)라고 묘사되는 구절이 함축하듯이 그들은 냉전이데올로기를 뛰어넘어, 즉 남한과 북한의 정치적인 경계를 넘어 하나가 되는 공간과 인종주의에 의한 백인과 유색인종 사이의 경계가 무너지고 그들 사이에 진정한 평등이 실현되는 이상적인 공간에 대한 열망을 결코 포기하지 않는다.

소설 마지막 부분에 이르러 현재로서는 불가능하지만 결국 자신들을 규정하고 한계 짓는 사회 경계를 그들은 무너뜨리게 될 것임이 함축적으로 제시된다. 이들이 꿈꾸는 것은 모든 경계를 뛰어넘는 유토피아적인 사회의 실현이며 기존의 위계질서에 도전하고 대안적 질서를 모색하는 탈식민주의 실천의 담론들을 생성해내는 것이다. 다시 말해서 이상적인 번역가를 대변하는 캐서린과 창은 결국 다른 언어와 문화들 사이에서 새로운 것을 탄생시키는 창조자 역할을 하며 궁극적으로 언어적, 문화적 차이들을 인정함으로써 새로운 질서를 부여할 수 있게 될 것이다. 수잔 최의 두 번째 소설 『미국여자』의 경우도 주인공 제니(Jenny)가 백인과 아시아인, 그리고 제3 세계인들이 모두 함께하는 이상적인 공동체를 이루기 위한 노력을 시작하는 것으로 작품이 마무리 된다.

■ 이 글은 『철도융합기술 연구소 논문집』 제5집(2017)에 게재된 논문을 수정 · 보완한 것이다.

제9장

초국가주의 맥락에서 이민진 작품 읽기

『파친코』를 중심으로

1. 장편서사: 가난한 한국이민자 가족 이야기

이민진(Minjin Lee)은 예일대학 역사학과와 조지타운 대학 로스쿨을
졸업하고 변호사로 2년간 일하던 1995년, 고등학교 시절 진단받은 간 질
환이 재발하여 변호사 일을 그만두게 된다. 이후 11년간의 수련기간을
거치며 전업 작가의 길로 들어선다. 예일대학 시절에 논픽션과 소설로
이미 수상한 바 있으며 2004년 단편소설 「조국」("Motherland")과 「행복의
축」("Axis of Happiness")으로 각기 페덴 상(Peden Prize)과 내러티브 상
(Narrative Prize)을 받게 된다. 2007년 발표한 첫 장편소설 『백만장자들
을 위한 공짜음식』(Free Food for Millionaires)은 한국 이민자가 미국사회

에서 자신의 자리를 찾아가는 과정을 다룬다. 이 소설은 전미편집자들이 뽑은 올해의 책으로 선정되었고 뉴욕 타임스 베스트셀러로서 미국 공영방송 NPR, USA 투데이, 런던 타임스가 꼽은 2007년 10권의 최고의 소설에 들어갔다. 두 번째 장편소설『파친코』(Pachinko)는 일본에서 활동한 미국인 선교사의 강연 내용에서 출발했다. 작가는 1989년 예일대학 재학시절 한국계라는 이유로 학교 친구들로부터 따돌림 당한 뒤 자살한 일본 중학생 얘기를 듣게 된다. 그 이야기를 잊을 수 없었으며 법조계를 떠난 1996년 초엽, 일본에서 온갖 사회적, 경제적 차별을 감내하며 살아가는 한국인들 이야기를 써야겠다고 결심하게 된다.『파친코』는 2017 전미도서상(National Book Award) 픽션 부문과 데이턴 평화문학상(a Dayton Literary Peace Prize) 최종후보작이었으며 2017년 뉴욕 타임스, USA 투데이, 영국 BBC 방송, 뉴욕 공립도서관, 캐나다 CBC 방송 등이 '올해의 소설 베스트 10'으로 선정했고 영국 파이낸셜 타임스에 의해 '평론가가 꼽은 2017 최고의 책'으로 뽑혔다. 또한 미국 정보통신 기업 애플은『파친코』를 원작으로 TV 역사드라마 시리즈를 만들 예정이다. 작가는 한국에 관한 3부작 중 마지막 작품인『미국학원』(American Hagwon)을 구겐하임 재단(Guggenheim Foundation)과 하버드대학 래드클리프 고등연구소(The Radcliffe Institute of Advanced Study at Harvard)의 펠로우쉽을 받아 집필 중이다. 이 작품은 맨하튼에 학원을 소유한 한국계 미국여성에 대한 이야기로 한국인의 교육관을 다룬다.

　　뉴욕 타임스의『파친코』를 '올해의 책'으로 선정한 평에서 고국과 타국, 개인의 정체성에 관해 스스로가 스스로에게 묻게 하는 놀라운 소설이며 각기 다른 정체성을 가진 이들의 인생에 스며 있는 개인적인 욕망과 희망, 그리고 불행을 탁월한 수법으로 그려냈다고 언급한 바 있듯이 이민진 소설의 핵심은 정체성이다. 작가 자신이 이 작품에 대해 "우리는 모두 점점 더 초국가적인 정체성을 가지게 될 것이다. 테크놀로지가 많은 경계들을 무너뜨렸고 이미지와 데이터들이 끊임없이 교환되어 새로운 혼종의 정체성을 구축한다. 트랜스내셔널리즘 시대인 지금, 이 소설을 국경을 넘어 낯설고 적대적인 새로운 세계에서 나름대로 운명을 개척하고 용감하게 살아나가는 코스모폴리탄적인 사람들의 이야기로 읽을 수 있기를 바란다"(Karasik 4)고 밝힌 바 있다. 1990년대에 들어와서 "한국계 미국문학의 르네상스"라고 일컬어질 정도로 이민 1.5세대들인 한국계 미국인 작가들이 괄목할만한 작품 활동을 시작하게 된다. 이들 작품은 공통적으로 한국의 문화, 역사, 풍습 등을 담고 있으며 미국 독자들에게 한국을 알리려는 것이 집필의 주된 목적이다. 이전 세대와 구분되게 창래 리(Chang Rae Lee), K. 코니 강(K. Connie Kang), 그레이스 일레인 서(Grace Elaine Suh) 등, 이들 작가들은 한국인의 정체성을 지니면서 동시에 주류문화에 동화되고자 한다(유선모 150-51, 169-70, 172-73). 특히 2000년대 이후에 더욱 활발한 활동을 하는 한인작가들은 앞 세대에 비하면 훨씬 더 탈식민지적이며 코스모폴리탄적인 요소를 지니게 된다. 이는 이들이 문화적, 인종적으로 혼종성의 아이덴티티를 형성하게 되었음을 의미한다.

　　고향(Gohyang/Hometown: 1910-1933)과 조국(Motherland: 1939-1962), 파친코(Pachinko: 1962-1989) 세 부분으로 구성된 『파친코』는 고향에서 추

방탕한 채, 20세기 거의 한 세기동안 일본에서 자신들의 운명을 극복하며 생존해나가는 가난한 한국이민자 가족의 4세대에 걸친 이야기를 다룬 장편서사이다. 성서의 요셉 이야기에서 작품에 대한 영감을 얻었으며(Fassler 1-2) 독자들의 깊은 공감을 얻고자 시작, 중간, 종결 부분을 지닌 구조를, 즉 짜임새 있는 긴 내러티브를 만들어내기 위해서 수많은 교정과정을 거쳤다고 한다. 일본계 미국인 남편이 2007년 도쿄의 금융회사에 근무하게 되자 이민진은 4년간 일본에 머무르며 재일교포들의 이야기들을 수집할 수 있는 기회를 갖게 된다. 그 결과 역사적으로 파친코 산업은 재일 한국인이 일할 수 있는 소수의 사업 중 하나이며 그들 대부분이 파친코 산업과 관련이 있음을 알게 된다(Kuzui 5). 따라서 이는 재일교포사회를 축약하는 상징임을 깨닫고 제목을 원래 생각했던『조국』에서『파친코』라고 바꾸게 된다.

일본으로 가기 전에 이미 30, 40여권의 학술서를 토대로 집필한 소설 초안이 있었다. 그러나 재일교포들을 직접 인터뷰한 후 자신이 이야기를 잘못 썼다는 사실을 알게 되며 첫 원고를 버리고 다시 집필을 시작해야 했다. 재일한국인들은 자신들을 희생자가 아니라 척박한 환경에도 굴복하지 않는 강한 사람들로 간주하며 절망적인 상황 속에서도 쉽게 좌절하지 않는 특성을 지니고 있었다. 작가는 자신의 불행 속에서도 정의로움으로 향하는 신의 부르심을, 세상은 정의로 향한다는 징후를 볼 수 있다고 믿었던 요셉의 철학을 많은 일본계 한국인에게서 보았다(Fassler 3, 5-6)고 한다. 처음에는 1980년대 도쿄를 배경으로 솔로몬(Solomon), 즉 도쿄 금융회사 일본인 상관에게 배반당하게 되는 전도

유망한 한국계 투자담당 은행원을 주인공으로 설정했다. 그러나 이야기들을 수집함에 따라 소설영역이 넓혀졌으며 더욱 페미니즘적인 시각을 갖추게 됨으로써 주인공 순자의 역할이 확대되었다(Soble 45). 일본에서 생활하는 동안 다양한 취재와 연구를 통해 주로 한 가족에 초점을 맞춘 역사소설『파친코』를 다시 집필할 수 있었으며 미국에 돌아가서 소설을 끝내게 된다. 책에 대한 영감은 1989년에 가지게 되었고 최종 출판은 2017년으로 작가는 거의 30년에 걸쳐 이 책을 쓴 셈이다.

2. 생존전략으로서의 초국가적 정체성

오사카의 한국인 빈민촌 이카이노를 배경으로 경제적인 어려움, 일본인들로부터의 심한 차별, 동화의 가능성과 한계 등의 문제와 순자 가족들이 씨름하는 이야기(Soble 2)가 소설의 토대를 이룬다. 즉 재산을 수탈당하는 식민지 조국 자신들 삶의 터전에서 쫓겨나 일본으로 이주한 뒤 타지에서 생존하기 위한 재일 교포들의 경제적, 감정적인 투쟁들, 자신의 운명과 싸우는 인간의 모습을 진실되고 정확하게 묘사한다. 그 결과 역사가 부여한 운명에 굴복하지 않고 자존감을 지키며 삶을 이어가는 이들 재일교포 4대의 모습은 전 세계 독자의 깊은 공감을 얻게 된다(Kuzui 2). 작가 에리카 와그너(Erica Wagner)도 이 소설은 각 문화권과 세대들을 가로지르며 독자들의 마음을 사로잡고 한 가족의 이야기가 전 세계의 이야기가 될 수 있음을 입증한다고 평한다.

재일교포들에 대한 인종적인 편견들은 식민지 시대의 학대, 그로 인한 분개심과 혼합되어 있다. 즉 이들 한국인들에게는 모든 이주민들이 대면하는 차별로 인한 고통뿐 아니라 식민지인이었다는 관점이 더해진다 (Soble 2-3). 주인공들의 삶을 관통하는 공통점은 트라우마와 수치심이다. 트라우마는 개인의 유전자에 영향을 미쳐 조부모나 부모의 트라우마가 후세대들에 영향을 미칠 뿐 아니라 더욱 강화된다(Karasik 6). 작가는 이런 고통스러운 유산들을 탐구하고 그것들이 어떻게 치유될 수 있는지에 관심을 기울인다.

일본 식민통치하에서의 개신교 목사 이삭(Isak)의 맏형 사무엘 (Samoel)의 죽음에서 볼 수 있듯이 많은 독립 운동가들의 무참한 희생들, 그뿐 아니라 재산탈취, 강제징용, 정신대 차출 등 그 잔학상은 한국인들에게는 잊을 수 없는 악몽이다. 작가는 그동안 잘 알려지지 않은 이러한 한국인들의 고난의 역사를 미국독자들에게 널리 알리고자하는 목적으로 이 작품을 집필하게 되었다고 한다. 식민지 치하 한국에서는 돈을 벌 방도가 보이지 않아서 수만 명의 한국인들이 일본으로 이주해나갔다. 부유한 이삭 부모님 같은 토지 소유자들도 식민정부의 무거운 세금을 내기 위해서 일본인들에게 땅을 거의 다 팔아넘기고 있었다. 따라서 오사카에서 비스킷 공장 감독관과 기계공으로 일하는 이삭의 형 요셉(Yoseb)은 부모님들에게 돈을 보내야 하는 형편이었다. 그뿐아니라 대부분의 남자들은 강제징용으로 징발되고 있었다. 여자들도 일본군대 위안부로 차출되고 있었다. 즉 마을에서 여자들이 대거 사라지고 있었으며 공장으로 일하러 간 여자들이 어딘가로 끌려가 일본 군인들에게 끔찍한 일을 당했다는 이야기들이 시중에 떠돌고 있었다. 순자가 오사카로 이주한 후 친정 하숙집에서 일하던 복희 자매도 만주공장으로 일하러 간다며 떠난 후로 소식이 끊기게 된다. 오사카에 정착한 한국이민자들의 슬럼가에서는 사기와 범죄를 조심해야 했으며 사람들은 술을 마시거나 도박을 하고 아내를 때리는 남자들이 있었으며 여자들은 술집에서 일하며 몸을 팔아 돈을 벌고 있었다. 이들이 겪고 있는 고아상태, 폭력, 알코올 중독, 실업, 경제적인 궁핍, 분노 등 개인적인 고통과 상실감은 세대를 걸쳐 전해지는 식민주의적인 억압의 유산이다(김옥례, 「초국가적 정체성 추구」 2).

사회에 유포된 진리는 오만과 편견을 부추긴다는 주제가 함축되어 있는 『오만과 편견』의 첫 구절과 마찬가지로 『파친코』의 "역사는 우리를 망쳐놨지만 그래도 상관없다"(3)라는 첫 구절에서도 작품 주제가 효과적으로 압축된다. 양진과 순자 모녀처럼 가난하고 문맹인 재일교포를 인터뷰하면서 "우리는 힘들거나 고통스러워도 계속 견뎌나갈 것이다. 우리는 적응할 것이다"(Wachtel 2, Machado 2)라는 그들의 긍정적인 태도를 발견하게 되는데 이를 부각시키려는 것이 『파친코』 집필의 주된 의도라고 작가는 밝힌다. 따라서 이 작품의 궁극적인 메시지는 희망과 극복이다. 파친코는 이 소설의 주제를 파악하기 위해 긴요한 메타포이다(Machado 2). 즉 파친코는 운과 속임수에 의한 게임으로 부정한 수법으로 미리 조작되므로 승산 가능성이 거의 없는 게임인데도 사람들은 행운을 얻을 수 있다는 희망을 품고 게임을 한다. 이 메타포를 통해 세상은 불공정한 곳임에도 불구하고 우리는 이길 수 있다는 희망을 가지고, 이길지도 모른다는 가능성을 믿어야 한다는 메시지를 제시한다(Kuzui 5). 작가는 거의 이길 수 없는 역사에 의해 만들어진 어려운 상황에 한국계 일본인들이 놓여 있다는 사실에 주목했다. 그들이 살고 있는 국가뿐 아니라 역사에 의해서도 부당한 대접을 받았으나 재일교포들의 기본태도는 "내가 해야 할 필요가 있는 일을 그저 해나갈 것이다. 책임 있는 사람들에게 의지할 수 없기 때문에 살아남을 것이다" (Machado 2)라고 압축된다. 이러한 자세는 순자뿐 아니라 유능한 파친코 운영자인 그녀의 둘째 아들 모자수(Mozasu)를 통해서 분명하게 볼 수 있다. 그는 인생이란 자신이 통제할 수 없는 불확실성에 의존하는 파친코 게임과 같다고 생각했다. 모든 것이 정해져 있는 것처럼 보이면서도 희망의 여지가 남아 있는 게임에 손님들이 빠지는 이유를 이해할 수 있다며 모자수는 "우리는 포기하지 않는다. 우리가 애써야만 한다는 것을 알기 때문이다. 그러한 것이 바로 삶이라고 생각한다. 맹목적인 희망을 가져야만 한다. 우리는 행운을 가질 수도 있고 아마 성공할 것이라는 생각을 갖는 것처럼"(406)이라고 말한다.

한국계 일본인들이 경제적인 향상을 이룰 수 있는 길을 제공하는 파친코는 합법적인 사회의 회색지대이다. 즉 게임은 합법적이나 이에 수반되는 도박은 법에 어긋나는 것이다. 그것을 금지하는 대신에 일본인들은 이를 용인하며 파친코를 운영하는 사람들을 낮게 평가하는데 작가는 일본사회에 있어서 한국인의 위치에 대해서도 이와 유사한 특성을 본다. 즉 그 사회 깊숙이 자리 잡고 있으나 그들은 합법적인 사회 구성원으로 완전히 받아들여지지 않는 것이다(Soble 3-4). 영주권자인 일본계 한국인들은 여러 세대에 걸쳐 일본에서 출생했음에도 불구하고 외국인으로 간주된다. 따라서 그들은 일본사회의 인종주의로 인해 고통 받으며 임시로 머무는 외국인 타자, 체류 외국인으로 간주되어 자이니치(Zainichi)라고 불리게 된다. 이를 납득하기 힘들어하며 미국시민권자인 피비(Phoebe)는 모자수의 아들인 친구 솔로몬에게 "왜 일본은 아직도 한국인 거주자들의 국적을 구분하려고 드는 거야? 자기 나라에서 4대째 살고 있는 한국인들을 말이야. 넌 여기서 태어났어. 외국인이 아니라고! 이건 정말 미친 짓이야. 네 아버지도 여기서 태어났는데 왜 너희 두 사람은 아직도 남한 여권을 가지고 다니는 거야? 정말 이상해"(435)라고 말한다. 솔로몬은 아버지처럼 일본에서 태어났지만 한국국적을 갖고 살아가면서 14살이 되었을 때 일본정부에 외국인으로 등록해야 했고 그 뒤 3년마다 외국인 등록증을 갱신해야 했다. 또한 미국유학을 다녀온 뒤 그는 영국계 투자은행 일본지사에 입사하나 국외거주자로 고용되며 계약서에는 사장 이름이 그의 보증인으로 기재된다.

작가는 책을 집필하기 전에 늘 성서를 읽었는데 특히 요셉 이야기에 감명을 받게 된다. 우리가 삶에서 직면하게 되는 고통과 불의를 용서를 위한 기회로 변모시킬 수 있다면 삶의 최악의 사건도 신성한 운명으로 느낄 수 있다는 교훈에서 영감을 얻고 『파친코』를 집필하게 되었다고 한다(Fassler 2, 4, 6). 세상의 죄악에 관해 물었을 때 이삭이 순자에게 가르쳐준 이야기는 요셉의 일화로 요셉이 형제들을 다시 만났을 때 "형들은 나를 해치려고 하였으나 하나님은 그것을 선으로 바꾸셔서 오늘날 내가 많은 사람의 생명을 구할 수 있게 하셨어요"(421)라고 말했다고 한다. 다시 말해 그가 인내한 모든 고통, 불평등, 불의가 일어난 데는 그 이유가 있었다는 주장이다. 『파친코』의 등장인물들 각자의 어려운 상황들, 즉 언청이이며 발이 기형인 순자의 아버지 김훈의 신체적인 기형, 이삭의 결핵, 예상하지 못했던 순자의 임신 등은 오히려 그들로 하여금 긍정적으로 변모할 수 있는 기회가 된다(Fassler 2). 이러한 작품주제는 "두 사람의 인연은 이삭이 병을 앓으며 시작되었고 그 후 수치스러운 일을 저지른 순자는 이삭에게 구원받게 되었다. 그리고 새로운 집에 도착한 두 사람은 모든 것을 새로 시작할 수 있을지도 몰랐다"(109), "요셉은 희망에 부풀어있었다. 오사카에서 사는 것은 힘들게 분명했지만 점점 더 나아질 것이었다. 쓰디쓴 씨앗으로도 맛있는 죽을 만들어낼 자신이 있었다. 일본인들이야 자기들 좋을 대로 생각하겠지만 살아남아서 성공하면 그만이었다"(105)라는 구절들에서도 볼 수 있다. 임종 직전에 순자의 어머니는 생선중매상 기혼자 고한수가 순자의 인생을 망쳤다고 말했지만 그녀는 이에 동의하지 않는다. 즉 그의 아이를 임신하지 않았다면 이삭과 결혼하지도 않았을 것이다. 이삭이 없었다면 모자수와 손자 솔로몬을 얻지 못했을 것이기 때문이다. 결혼한 후에 이삭의 형이 있는 오사카로 건너가게 되며 그 후로 순자는 시아주버니 요셉, 동서 경희, 두 아들 노아(Noa)와 모자수로 구성된 백씨 가문 대가족의 실질적인 여자 가장 역할을 해낸다.

정체성은 중요한 주제(Karasik 3)로 주인공들의 자기 확인을 위한 고통스러운 경험들이 작품에서 다뤄진다. 일본에서 태어난 교포 3세조차 일본인이 될 수 없고 영원히 한국인 취급을 받지만 한국에서도 한국 사람이 아닌 일본인 취급을 받는다. 따라서 그들은 자신이 어느 곳에도 소속되지 않는다는 느낌과 싸우게 된다. 가령 모자수는 "네가 할 수 있는 일은 없어. 이 나라는 변하지 않아. 나 같은 한국인들은 이 나라를 떠날 수도 없어. 우리가 어디로 가겠어? 고국으로 돌아간 한국인들도 달라진 게 없어. 서울에서는 나 같은 사람들을 왜놈 자식이라고 불러. 일본에서는 아무리 돈을 많이 벌어도, 아무리 근사하게 차려입어도 더러운 한국인 소리를 듣고, 대체 우리보고 어떡하라는 거야? 북한으로 돌아간 사람들은 굶어 죽거나 공포에 떨고 있어"(377)라고 토로한다. 또한 모자수의 아내 유미는 "한국인이 되는 것은 또 다른 끔찍한 지옥에 사는 것이나 마찬가지다. 그것은 벗어던질 수 없는 가난이나 수치스러운 가족에게 얽매이는 것과 같다. 왜 그곳에서 살아야 한단 말인가? 하지만 일본에 달라붙어 사는 것도 상상할 수 없다. 일본은 자신을 사랑하지 않으려고 하는 계모와 같다"(295)라며 이러한 현실을 도피하기 위해 미국으로의 이민을 동경하게 된다.

자신의 정체성 문제로 고뇌하는 주인공들의 결정은 크게 3가지로 나뉜다. 요셉은 한국의 가부장적 가치관을 고수한다. 대조적으로 순자의 큰아들 노아는 한국인의 흔적을 지우고 오로지 일본인으로 살아가고자 한다. 반면에 순자를 비롯하여 아들 모자수와 손자 솔로몬은 한국인이면서 동시에 일본인으로 살아가게 된다. 특히 순자의 경우에서 볼 수 있듯이 그녀는 자신을 차별하고 배척하는 일본사회에서 살아나가기 위해 모국과 깊게 연결됨으로써 초국가적 삶의 공간을 이루며 살아간다. 이민자들에게 있어서 모국의 전통에 대한 믿음이야말로 인종주의와 동화에 대항하는데 있어서 필수불가결한 것이다. 다시 말해 그들은 타국에서 자신들의 위태로운 위치를 인식할 때 모국의 역사와 유산에 대한 기억을 보전하는 것으로 자신을 지탱해나갈 수 있다. 작가 이민진도 자신이 늘 한국과 깊이 연결되어 있다고 느낀다며 한국과의 연관성은 단순히 역사적인 것이 아니고 자신이 절망적일 때 보다 더 강력한 힘을 느끼기 위해 필요하다며 모국과의 연결이 자신의 생존에 힘이 된다고 말한다.

큰 아들 노아는 일본사회에 동화하고자 하는 열망이 강하다. 그는 부유한 동네 출신의 중산층 일본인 아이처럼 보였으며 학교에서 보쿠 노부오라는 일본식 이름을 사용했고 김치냄새 때문에 큰 고통을 받고 있었다. 그는 아이들과 싸우지 않고 열심히 공부했으며 학교에서 친구를 사귀지 못했고 길거리에서 노는 한국아이들과도 어울리지 않았다. 교실에서는 부모님이 태어난 한반도 이야기가 나올까봐 두려워했고 절대로 한국에 돌아가지 않는 것이 그의 가장 큰 꿈이었다. 노아는 모든 규칙을 지키며 최고가 되면 적대적인 세상을 바꿀 수 있다고 믿었다. 또한 한국인들이 열심히 일하고 더 나은 사람이 되어 스스로를 드높여야 한다고 말했다. 그는 가난한 한국계 일본인이라는 굴레에서 벗어나려고 와세다대학 영문과에 입학하고 일본인이 되고 싶다는 바람을 갖는다. 노아는 오직 주류문화와 지배문화에 편입되기만을 원하며 한국인으로서의 정체성을 부정하고 일본인으로서 일본문화에 받아들여지기 위해 품위 있는 일본인들의 예의범절과 지배층 일본인 흉내를 내며 모범적인 일본인이 되고자 노력한다.

그러나 노아는 자신의 친아버지가 야쿠자인 한수임을 알고 나서 가족과 절연하며 학교를 그만두게 된다. 그는 자신의 출생을 받아들이려고 하지 않는 것이다. 이삭은 노아에게 "인내하는 것 이외에 우리가 무엇을 할 수 있겠니? . . . 모든 사람에게 연민을 베풀 줄 아는 사람이 되어라. 적에게도 말이야 . . . 인간은 불공정할 수 있지만 주님은 공정하시다"(192)라는 가르침을 제대로 주지 못한 것을 아쉬워한다.

> 야쿠자는 일본에서 가장 더러운 인간이에요. 그들은 폭력배에 범죄자라고요. 가게 주인들을 협박하죠. 마약을 팔고 매춘부들을 관리해요. 무고한 사람들에게 해를 가하고요. 최악의 한국인들이 바로 그런 폭력배들이에요. 내가 야쿠자의 돈을 받아서 학교를 다녔어요. 이 더러운 오명은 절대 씻어낼 수가 없어요. 엄마가 날 더럽게 만들었어요. 차라리 태어나지 않는 것이 나았을 거예요. 어떻게 엄마가 제 인생을 망쳐놓을 수가 있죠? 어리석은 엄마에, 범죄자 아버지라니. 난 저주 받았어요.(311)

결국 집을 나와 일본인 스승의 고향인 나가노에서 일본 여자와 결혼하며 일본인 행세를 하며 살게 된다. 그러나 노아는 나가노의 '코스모스 파친코' 책임자가 된다. 순자의 둘째 아들 모자수의 경우도 학교생활에서 겪는 온갖 경멸과 차별에 결국 학교를 중퇴하고 정직하게 파친코사업을 운영해 큰 부자가 된다. 즉 순자의 아들들은 본인이 찬성하든 아니든 어쩔 수 없이 파친코 사업에 관여하게 되는 것이다. 노아는 "한국인으로 살았던 삶이 아직도 노아의 가슴속에 새카맣고 묵직한 바위처럼 박혀있었다"(358)라고 묘사되듯이 누구에게도 자신의 과거를 알리고 싶어 하지 않으며 자신의 정체가 밝혀질지도 모른다는 공포에 사로잡히지 않은 날이 하루도 없었다고 한다. 결국 8년 만에 자신의 소식을 듣고 나가노에 어머니가 찾아온 뒤 그는 자살을 하게 된다. 노아의 죽음을 통해 동화가 전혀 안전한 것이 아니며 오히려 위험에 처하게 하는 것임을 알 수 있다.

일본에서 태어나고 자란 이민 2세대들은 모국을 상징하는 부모와 현재의 조국을 대표하는 자기 자신과의 갈등을 피할 수 없다(우은주 236). 특히 부자관계가 세대 간 화해에 있어서 중요하다. 모자수, 솔로몬의 경우처럼 부모세대와 성공적인 화해를 해야만 자신들의 한국계 일본인으로서의 진정성을 깨달을 수 있다. 현대 아메리칸인디언 작가인 셔먼 알렉시(Sherman Alexie)의 소설 『플라이트』(*Flights*)의 지츠(Zits)도 아버지가 학대받았던 사실을 목격함으로써 아버지가 심리적, 정신적으로 상처받고 가치 없는 존재로 무너진 그 근본적인 이유를 깨닫게 되며 아버지와 화해하게 된다. 그 결과 그는 "아버지를 용서할 수 있을 뿐 아니라 자신의 고통으로부터 위안을 얻게 되고 세대 간에 전이되는 역사적인 트라우마를 멈추게 할 수 있게 된다"(Johnson 232). 자신의 정체성을 확립하기 위해서는 부모세대에 대한 이해와 화합이 선결조건이다. 즉 부모세대로부터 이어받은 인종적 우울증에서 벗어나 자신의 정체성을 확립하기 위해서 부모세대의 개인적 인종적 과거를 더 이상 거부하지 않으며 한국인으로서의 문화배경과 민족적 정체성을 자신의 것으로 받아들여야 한다.

이에서 더 나아가 모자수와 그의 아들 솔로몬은 한국인으로서의 정체성뿐 아니라 일본인의 정체성, 둘 다 받아들이는 모습을 보여준다. 자신이 일본인이면서도 "일본은 절대 변하지 않아. 외국인을 절대 받아들이지 않을 거야"(467)라고 일본사회를 비판하는 하나(Hana)의 말을 들으며 솔로몬은 믿음과 소망을 저버린 그 문화적 체념에 분노하던 어머니의 심정을 이해할 수 있게 된다. 일본인들이 변하지 않을 것이라고 주장하는, 도쿄에서 석 달 동안 지낸 한국계 미국인 피비와 대화를 할 때 오히려 그는 일본을 옹호했다. 피비가 일본인들이 인종주의자들이라고 말할 때마다 그렇지 않다고 반박하는 솔로몬은 "어떤 면에서는 일본인이었다. 피비는 그 사실을 깨닫지 못했다. 단순한 혈통의 문제가 아니라 그보다 더 끈끈한 뭔가가 있었다"(471)라고 묘사된다. 모자수의 경우도 "어디로 간단 말인가? 일본이 자신들을 원하지 않는다고? 그래서 그게 뭐 어떻단 말인가?"(342)라며 자신이 태어난 나라를 떠나지 않겠다는 결심을 말한다.

소설 전반에 걸쳐서 작가가 역점을 두어 제시하는 주인공 순자의 삶을 통해 삶은 고통 받기 위해 태어난 것이므로 인내해야만 한다는 메시지가 강조된다. 순자 가족이 즐겨보는 "이국의 땅"(Other Lands) 프로그램에 등장하는 콜롬비아 일본이민자 와카무라(Wakamura) 부인의 경우에서도 "여자의 운명은 고생길을 걷는 것"이라고 주장하며 자신이 어디서 무엇을 하며 살든 훌륭한 일본인이 될 수 있기를 희망한다며 초국가적 의식을 지니고 있는 모습을 보여준다. 마찬가지로 초국가적 주체로 자리 잡게 되는 순자의 특성은 "새로운 땅에서 싹을 틔워 햇살을 받으려고 곧게 피어나는 묘목처럼 조용히 서있었다"(99)라고 예견되는데 순자는 일본에 이주한 후에도 모국과의 연대를 유지함으로써 유연한 생존전략을 취한다. 남편 이삭은 살아남는 법을 아는 순자의 무기력하지 않은 모습에서 매력을 느낀다. 오사카에서 재회하게 된 한수도 순자의 이러한 생존능력을 "넌 김치를 만들고 길에서 팔아 돈을 벌겠다는 생각은 어떻게 한 거니? 살고 싶었기 때문에 그 방법을 알아냈던 거야 . . . 살아남기 위해서는 못할게 없지. 넌 부자가 아니지만 똑똑하잖아"(199)라며 칭찬한다. 즉 신사참배를 거부한 교회 사람들 문제로 남편 이삭이 투옥된 지 일주일 후 순자는 요셉을 어렵게 설득한 뒤처음으로 장사를 시작할 수 있게 된다. 커다란 김치항아리를 수레에싣고 이카이노의 노천시장으로 밀고 나간다. 결국 그날 다 팔게 되는데 물건을 팔 수 있는 자신의 능력을 확인하고 나자 그녀는 자신감이생기게 된다.

순자와 경희의 경우에서 볼 수 있듯이 여성 사이의 유대를 통해초국가적인 공간을 성취할 수 있으며 인종주의와 성차별주의에 대항할 수 있게 하는 힘은 모국의 전통적 지혜, 문화와의 연결을 통해 찾을 수 있다. 초국가적 의식과 공간은 이민주체들이 폭력적이고 차별적인 국가에서 살아남는 생존전략이 되는데(김민정, 이경란, 김영미 외 25)순자는 일본에 있으면서도 초국가적 상상력을 통해 '고향'이라는 전략적 공간을 창조하여 고향과 일본이라는 서로 다른 공간에 동시에 거주함으로써 억압적 현실을 살아내는 힘을 획득할 수 있다. 즉 그녀는평화롭게 함께 지내던 고향사람들의 모습을 회고하면서 삶의 활력을 얻는다. 바위 많은 작은 섬 영도는 말할 수 없이 신선하고 따사로운 곳으로 그녀의 기억 속에 남아 있었으며 화기애애했던 고향집을 그리워하며 자신의 고향이 바로 천국이라고 생각한다. 순자와 경희는 일본에 거주하면서 모국의 전통문화와 유산을 생존전략으로 삼는다. 그들은 한국문화를 대변하는 끈끈한 가족애뿐 아니라 김치 요리로 경제적으로 자립해 나갈 수 있게 된다. 순자는 시아주버니 요셉이 대변하는 바 한국 전통의 가부장적인 가치관의 압력에서 벗어나지 못하는 동서 경희를 이끄는 역할을 한다. 경희는 쓰루하시역 근처의 시장에 김치와 장아찌를 파는 가게를 차리는 것이 소원이었는데 순자는 자신이 그녀의 꿈을 이룰 수 있게 도울 수 있으며 자신들이 힘을 합치면 잘해낼 수 있을 것이라고 경희를 격려한다.

작가는 소설 인물들 중 가장 호감이 가는 긍정적인 인물이 누구냐는 청중의 질문에 한수라고 대답하며 그의 특성을 "일이 일어나게 하는 매력적인 사람이다. 일을 잘해내는 사람들 중 하나다"(Kuzui 5)라고 평가한 바 있다. 한수는 순자의 일상을 추적해 돈이 필요한 것을 알고 김창호를 통해 식당에서 김치, 반찬을 만드는 일거리를 마련해주었다. 또한 원자폭탄으로 폭격당하기전 순자 가족들이 오사카를 떠나도록 하고 거처도 제공한다. 한수의 경우도 그의 초국가적 의식이 생존전략이 된다. 그는 12살에 제주도에서 오사카로 이주한 후 거리의 소년으로 지낸다. 그 뒤 어두운 현실을 헤쳐 나갈 방편으로 일본인 고리대금 업자의 데릴사위가 되나 그는 "우리가 아이들을 잘 후원하지 못하면 어떻게 위대한 나라를 세울 수 있겠니?"(225)라며 고국 젊은이들의 교육을 책임지는 것이 중요함을 늘 잊지 않는다. 즉 책임 있는 한국인 기성세대로서 나라를 재건할 후세를 키워내는 교육이 중요하다는 그의 주장에서 한국인으로서의 정체성을 잃지 않는 모습을 볼 수 있다.

순자는 언제나 한수가 옳은 판단을 한다고 생각하며 노아조차도 무의식적으로 한수의 영향을 받는다. 가령 나가노에서 파친코 회사 면접을 보게 되었을 때 노아는 "항상 남자는 최상의 모습을 갖추고 있어야 한다"(329)는 한수의 충고를 기억하며 그 날 깨끗한 셔츠에 넥타이를 매고 와서 다행이라고 생각한다. 한수를 자신의 삶의 모델로 삼는 모자수의 경우 일본인 친구 하루키(Haruki)에게 "아내 유미가 죽고 나서 살아갈 자신이 없었어. 매일 하루도 빠짐없이 죽는 게 낫다고 생각했지만 어머니한테 그런 일을 겪게 할 수는 없었어"(377)라고 말하듯이 그의 삶은 끝없는 인내심으로 점철되어 있다. 이러한 특징은 일본인 여자친구, 에스코(Etsuko)에게 삶은 원래 괴로운 것이지만 그래도 살아나가야 한다는 그의 조언에서도 볼 수 있다. 경찰이 된 하루키가 한국인 남자 중학생이 학교친구들의 폭력과 차별에 견디지 못하다가 결국 자살한 사건을 맡은 이야기를 듣게 된다. 이에 모자수는 "매년 그랬어. 죽어버리라느니 하는 소리를 해댔지"(376)라며 중학생 시절에 자신도 똑같은 경험을 한 바 있으나 그들을 비열한 놈들이라고 무시하고 힘든 상황을 극복했다고 말한다. 소설 마지막 장면의 묘지 관리인은 열다섯 살에 학교를 중퇴한 뒤 사회로 나와 자수성가를 한 찰스 디킨즈(Charles Dickens)와 그의 소설 주인공 데이비드 커퍼필드(David Copperfield)를 존경한다고 순자에게 말하는데 이는 바로 한수와 모자수의 특성이기도 하다.

순자는 하느님이 만들어주신 아름다움을 찬양할 줄 아는 사람이었다고 남편을 회고하며 이삭의 무덤에 죽은 지 11년이 지난 아들 노아의 사진을 파묻고 그 슬픔을 극복한 채 삶의 현장으로 다시 돌아간다. 고통 가운데서도 삶의 의미를 찾고 생존하기 위해 철저하게 저항하며 인내하는 숭고한 인간정신을 그리는 이 작품은 순자가 자신을 새롭게 창조할 수 있는 약속의 땅으로 일본을 받아들이는 장면으로 마무리된다. 순자가 다시 마주한 것은 젊음과 시작, 소망이라는 사실은 "한수와 이삭, 노아가 없었다면 이 땅으로 오는 순례의 길을 떠나지 않았을 것이다. 할머니가 된 지금 이 순간에도 일상 너머로 아름다움과 영광이 반짝거리는 순간들이 있었다. 그것이 진실이었다. 위안이 되는 것은 사랑했던 사람들이 항상 곁에 있었다는 사실을 깨달은 것이다"(476-77)라는 작품 마지막 부분에 함축적으로 제시된다.

비인간적이고 암담한 상황 속에서는 생존하는 것 자체가 승자의 삶이며 생존은 가장 강력한 저항인 것이다. 성공한 사람들의 공통점은 어떤 환경이든 이에 잘 적응하며 자신의 삶을 헤쳐 나갈 내적인 힘과 용기를 지닌다는 사실에서 볼 수 있다. 이러한 적응능력에는 강한 정신적, 종교적인 뒷받침이 필요하다(Karasik 5).

3. 현명한 통합으로의 길

작가는 『파친코』에서 지도자들과 엘리트들이 부끄러운 결정을 내리고 책임지지 않을 때 보통사람들은 어떻게 했는지 관심을 기울였으며 엘리트 계층에 국한되어 있는 역사기록에 더 많은 목소리들을 담아야할 필요성을 느끼는데 바로 이러한 일을 했다(Wachtel 2)고 말한다. 다시 말해서 역사가 국민들을 망치고 정치가들이 나라를 망쳐도, 즉 무능한 정치가 이 나라를 잘못 운영해서 나라를 빼앗기고 국민을 일본이나 중국 러시아로 떠나보내도 고난을 극복하고 살아남을 것이라는 보통 사람들의 신념을 보여준다.

이 작품에서 제사, 돌잔치 등 전통적인 한국문화와 파전, 설렁탕 등 한국음식들을 소개하고 "아주머니, 한복, 오빠, 양반, 엄마, 치마" 등의 한국말들을 직접 사용한 의도에 대해 작가는 세계시민으로서 우리는 서로에 대해 많은 것을 배워야 한다고 생각했기 때문이라고 밝힌다 (Machado 3, Wachtel 3). 즉 작가 자신도 이민자로서 한국과 미국의 두 문화와 언어를 모두 경험할 수 있는 기회를 갖게 됨으로써 더 폭넓은 관점을 갖게 됐다고 한다. 중국계 미국작가인 기쉬 젠(Gish Jen)도『전형적인 미국인』(Typical American)에서 독자들에게 중국어와 중국문화를 직접 대면할 수 있는 기회를 제공함으로써 국가, 민족을 바라보는 폭넓은 사고의 필요성을 깨닫도록 그들을 유도한다. 다른 문화권의 관점을 보게 됨으로써 독자들은 자신들 사회의 가치기준만이 옳은 것이 아니라는 사실을 인식할 수 있게 되는 것이다(김옥례,「기쉬 젠의『전형적인 미국인』」46-47).

또한 이 작품에서 여러 문화 사이의 평화로운 공존의 가능성은 등장인물들 대화에서 다양한 언어들이 조화롭게 구사되는 장면으로 제시된다. 예를 들어 영어만 사용하는 국제 유치원에 다니는 솔로몬은 유치원에서는 영어를, 집에서는 일본어를 사용하는데 그가 할머니와 대화할 때 순자는 손자에게 한국어로 말했고 솔로몬은 한국어 몇 마디를 섞어서 일본어로 대답했다. 또한 "굉장히 아리가토 합니다"(392)라고 말하는 경우에서 볼 수 있듯이 모자수, 솔로몬, 에스코 세 사람은 종종 장난삼아 다른 언어들을 뒤섞어서 사용했다. 또한 피비가 솔로몬의 가족과 시간을 보낼 때는 세 가지 언어가 등장했다. 즉 피비는 어른들과 한국어로 이야기 했고 솔로몬과는 영어로 말했다. 그리고 솔로몬은 어른들과 주로 일본어로 말했고 피비에게는 영어를 썼는데 모든 사람들이 조금씩 통역을 해서 그럭저럭 소통이 되었다고 한다. 이는 언어들이 담고 있는 가치관과 문화 사이의 대화이기도 하며 더 나아가 그들 언어가 내포하는 가치세계를 넘어서는 '더 현명한 통합'을 이루고 있음을 보여준다(김신희 338, 345).

『파친코』의 주인공들인 순자, 모자수, 솔로몬의 경우에서 볼 수 있듯이 이들 이민자들은 소수민 혹은 주변인이라는 부정적인 정체성에 굴복하지 않고 자신들의 정체성을 긍정적으로 구축하여 적극적인 행위자가 된다. 그들은 초국가적 정체성이 의미하는바 모국과 이민국의 양자택일을 벗어난 제 3의 정체성을 구축했으며 결국 현실을 극복해 낼 수 있게 된다. 예술의 중요한 역할은 나와 다른 타자에 대한 열린 마음을 갖고(Kuzui 6, Fassler 4) 트라우마를 치유하는 일이라는 작가의 기본 입장(Karasik 7)과 초국가주의 시대인 이즈음 자신 고유의 정체성을 확립할 뿐 아니라 거시적인 시각에서 더 큰 사회에 동참하는 것이 요구된다는 관점이 『파친코』에서 잘 구현되고 있다.

■ 이 글은 『인문과학논총』 제7권(2018)에 게재된 논문을 수정·보완한 것이다.

참고문헌

<hr>

1장 | 멜빌과 아메리칸 인디언

류시화. 『나는 왜 너가 아니고 나인가』. 서울: 김영사, 2003. Print.

에리코 로. 『아메리카 인디언의 지혜』. 김난주 역. 서울: 열린 책들, 2004. Print.

오히예사. 『인디언의 영혼』. 류시화 역. 서울: 오래된 미래, 2004. Print.

하워드 진. 『미국 민중사 I』. 유강은 역. 서울: 시울, 2006. Print.

Bercovitch, Sacan. *The American Jeremiad*. Madison: Wisconsin UP, 1978. Print.

Berkhofer, Robert F., Jr. *The White Man's Indian: Images of the American Indian from Columbus to the Present*. New York: Vantage Books, 1978. Print.

Bradley, David. "Our Crowd, Their Crowd: Race, Reader, and *Moby-Dick*." *Melville's Evermoving Dawn: Centennial Essays*. Ed. John Bryant and Robert Milder. Kent: Kent State UP, 1997. 119-46. Print.

Bryant, John. "*Moby-Dick* as Revolution." The Cambridge Companion to Herman Melville. Ed. Robert S. Levine. Cambridge: Cambridge UP, 1998. 65-90. Print.

Brayshaw, Gary Stuart. *Ahab's Rebellion against Orthodoxy.* Diss. Indiana University, 1985. Print.

Derounian-Stodola, Kathryn Zabelle and Levernier, James Arthur. *The Indian Captivity Narrative, 1550-1900.* New York: Twayne Publishers, 1993. Print.

Duban, James. *Melville's Major Fictions: Politics, Theology, and Imagination.* Dekalb: Northern Illinois UP, 1983. Print.

_____. "Cripping with a Chisel: The Ideology of Melville's Narrators." *Texas Studies in Literature and Language* 31.3(1989): 341-85. Print.

Drinnon, Richard. *Facing West: The Metaphysics of Indian-Hating and Empire-Building.* Norman and London, Oklahoma UP, 1997. Print.

Franklin, H. Bruce. *The Victim as Criminal and Artist: Literature from Prison.* New York: Oxford UP, 1978. Print.

James, C.L.R. *Mariners, Renegades and Castaways: The Story of Herman Melville and the World We Live in.* Detroit: Bewick/Ed, 1978. Print.

Krupat, Arnold. "Foreword." Roy Harvey Pearce. *Savagism and Civilization: A Study of the Indian and the American Mind.* Berkeley and Los Angeles, California UP, 1988. VIII-XVIII. Print.

Melville, Herman. *Moby-Dick.* Ed. Harrison Hayford and Hershel Parker. New York: W.W. Norton & Company, 1967. Print.

Miller, James Edwin. *A Reader's Guide to Herman Melville.* New York: Octagon Books, 1980. Print.

Otter, Samuel. "Race in *Typee* and *White Jacket.*" *The Cambridge*

Companion to Herman Melville. Ed. Robert S. Levine. Cambridge: Cambridge UP, 1998. 12-36. Print.

_____. Melville's Anatomies. Berkeley and Los Angeles: California UP, 1999. Print.

Pearce, Roy Harvey. Historicism Once More. Princeton: Princeton UP, 1969. Print.

_____ Savagism and Civilization: A Study of the Indian and the American Mind. Berkeley and Los Angeles, California UP, 1988. Print.

Rogin, Michael Paul. Subversive Genealogy: The Politics and Art of Herman Melville. Berkeley: California UP, 1979. Print.

Samson, John. White Lies: Melville's Narratives of Facts. Ithaca and London: Cornell UP, 1989. Print.

Sanborn, Geoffrey. The Sign of the Cannibal: Melville and the Making of a Postcolonial Reader. Durham and London: Duke UP, 1998. Print.

Scheckel, Susan. The Insistence of the Indian: Race and Nationalism in Nineteenth Century American Culture. Princeton: Princeton UP, 1998. Print.

Slotkin, Richard. Regeneration Through Violence: The Mythology of the American Frontier 1600-1860. Middletown: Wesleyan UP, 1973. Print.

2장 | 멜빌 단편소설을 통해 본 19세기 미국지식인의 딜레마: 「종탑」을 중심으로

김옥례. 『익시온의 고뇌』. 서울: L.I.E., 2007. Print.

_____. 「멜빌과 베니토 세레노」. 『미국소설과 서술기법』. 서울: 신아사, 2014. 115-36. Print.

송은주. 「19세기 통합적 지식인으로서의 에머슨의 '시인-과학자'의 이상」. 『영어영문학 연구』 57.1(2015): 345-68. Print.

Allison, John. "Poe in Melville's 'The Bell-Tower.'" *Poe Studies* 30.1-2(2009): 9-18. Print.

Browne, Ray Broadus. *Melville's Drive to Humanism*. West Lafayette: Purdue UP, 1971. Print.

Colatrella, Carol. *Literature and Moral Reform*. Gainesville: Florida UP, 2002. Print.

Dillingham, William B. *Melville's Short Fiction 1853-1856*. Athens: Georgia UP, 1977. Print.

Dunseath, T. K. *Spencer's Allegory of Justice in Book Five of the Faerie Queene*. Princeton, New Jersey: Princeton UP, 1968. Print.

Fenton, Charles A. "'The Bell-Tower'; Melville and Technology." *American Literature* 23.2(1951): 219-32. Print.

Fisher, Marvin. *Going Under: Melville's Short Fiction and the American 1850s*. Baton Rouge: Louisiana State UP, 1977. Print.

Fogle, Richard Harter. *Melville's Shorter Tales*. Norman: Oklahoma UP, 1960. Print.

Franklin, H. Bruce. *Future Perfect: American Science Fiction of the Nineteenth Century*. New York: Oxford UP, 1978. Print.

Hinds, Carolyn Joyce Myers. *A Study of Narrative Tone in the Piazza Tales*. Stillwater: Oklahoma State UP, 1979. Print.

Howard, Leon. *Herman Melville*. Berkeley: California UP, 1951. Print.

James, C. L. R. *Mariners, Renegades and Castaways: The Story of Herman Melville and the World We Live in*. Detroit: Bewick/Ed, 1978. Print.

Karcher, Caroyln L. *Shadow Over the Promised Land*. Baton Rouge:

Louisiana State UP, 1980. Print.

Kemp, Scott A. "They But Reflect the Things": Style and Rhetorical Purpose in Melville's "The Piazza Tale." *Style* 35.1(2001): 50-77. Print.

Litman, Viki Halper. "The Cottage and the Temple: Melville's Symbolic Use of Architecture." *American Quarterly* 21.3(1969): 630-38. Print.

Malin, Irving. "The Compulsive Design." *American Dreams, American Nightmares.* Ed. David Madden. Carbondale: Southern Illinois UP, 1970. 58-75. Print.

Martin, Terry J. *Rhetorical Deception in the Short Fiction of Hawthorne, Poe, and Melville.* Queenston, Ontario: The Edwin Mellen Press, 1998. Print.

Melville, Herman. *The Letters of Herman Melville.* Eds. Merrill R. Davis and William H. Gilman. New Heaven: Yale UP, 1960. Print.

_____. *Moby-Dick.* Eds. Harrison Hayford and Hershel Parker. New York: W. W. Norton, 1967. Print.

_____. *The Piazza Tales.* Eds. Harrison Hayford, Alma A. MacDougall, G. Thomas Tanselle, and others. Evanston: Northwestern UP, 1996. Print.

Miller, James E., Jr. *A Reader's Guide to Herman Melville.* New York: Octagon Books, 1980. Print.

Newman, Lea Bertan Vozar. *A Reader's Guide to the Short Stories of Herman Melville.* Boston: G. K. Hall & Co., 1986. Print.

Puk, Francine Shapiro. "The Soveriegn Nature of 'The Bell-Tower.'" *Melville Society Extracts* 27(1976): 14-15. Print.

Riddle, Mary-Madeleine Gina. *Herman Melville's Piazza Tales: A Prophetic Vision.* Goteborg: Acta Universitatis Gothoburgensis, 1985. Print.

Spencer, Edmund. *The Faerie Queene.* Ed. A. C. Hamilton. London:

Longmans Group, 1977. Print.

Sweeney, Gerard M. *Melville's Use of Classical Mythology*. Amsterdam: RODOPI N. V., 1975. Print.

Vernon, John. "Melville's The Bell-Tower." *Studies in Short Fiction* 7(1970): 264-76. Print.

3장 | 허구 만들기로서의 미국독립혁명 신화: 멜빌의 『이스라엘 포터』를 중심으로

길모, 마이클. 「책시장 I」. 『미국소설사』(*The Columbia History of the American Novel*). 김옥례 역. 근대영미소설학회. 서울: 신아사, 2001. 65-90. Print.

김옥례. 『익시온의 고뇌: 멜빌 작품에 나타난 예술가의 초상』. 서울: L.I.E., 2007. Print.

_____. 「초국가적 정체성 연구: 셔먼 알렉시의 『플라이트』를 중심으로」. 『영어영문학 연구』 58.4(2016): 1-17. Print.

_____. 「멜빌 단편소설을 통해 본 19세기 미국지식인의 딜레마: 『종탑』을 중심으로」. 『영어영문학 연구』 60.2(2018): 21-40. Print.

아이젠버그, 낸시. 강혜정 역. 『알려지지 않은 미국 400년 계급사: 미국 백인 민중사』(*White Trash*). 파주: 살림, 2016. Print.

조미정. 「호모 나렌스의 창조적 수사학: 『프랑켄슈타인』과 『오멜라스를 떠나는 사람들』을 중심으로」. 『영어영문학 연구』 55.2(2013): 303-25. Print.

Adler, Joyce. *War in Melville's Imagination*. New York: New York UP, 1981. Print.

Arvin, Newton. *Herman Melville*. London: Mouton, 1950. Print.

Bach, Bert C. "Melville's *Israel Potter*: A Revelation of Its Reputation and Meaning." *Cithara* 7(1967): 39-50. Print.

Baker, Anne. "What to Israel Potter is the Fourth of July? Melville, Douglass, and the Agency of Words." *Leviathan: A Journal of Melville Studies* 10.2(2008): 9-22. Print.

Beazonson, Walter. "Historical Note." Eds. Harrison Hayford, Hershel Parker, and G. Thomas Tanselle. *Israel Potter: His Fifty Years of Exile*. Evanston: Northwestern UP, 1982. 173-233. Print.

Bellis, Peter J. "*Israel Potter*: Autobiography as History as Fiction." *American Literary History* 2.4(1990): 607-26. Print.

Bernstein, John. *Pacifism and Rebellion in the Writings of Herman Melville*. The Hague: Mouton, 1964. Print.

Broncano, Manuel. "Strategies of Textual Subversion in Herman Melville's *Israel Potter*." *Amerikastudien/American Studies* 53.4(2008): 491-505. Print.

Christophersen, Bill. "Israel Potter: Melville's "Citizen of the Universe."" *Studies in American Fiction* 21.1(1993): 21-35. Print.

Cohen, Henning. "Israel Potter: Common Man as Hero." *A Companion to Melville's Studies*. Ed. John Bryant. New York: Greenwood, 1986. 279-313. Print.

Colatrella, Carol. *Literature and Moral Reform: Melville and the Discipline of Reading*. Gainesville: Florida UP, 2002. Print.

Davis, Clark. *After the Whale: in the Wake of Moby-Dick*. Tuscaloosa: Alabama UP, 1995. Print.

Dillingham, William B. *Melville's Later Novels*. Athens: Georgia UP, 1986. Print.

Dryden, Edgar A. *Melville's Thematics of Form: The Great Art of Telling the Truth*. Baltimore: Johns Hopkins UP, 1968. Print.

Farnsworth, Robert M. "*Israel Potter*: Pathetic Comedy." *Bulletin of the New York Public Library* 65(1961): 125-32. Print.

Franklin, H. Bruce. *The Victim as Criminal and Artist: Literature from the American Prison*. New York: Oxford UP, 1978. Print.

Frederick, John T. "Symbol and Theme in Melville's *Israel Potter*." *Modern Fiction Studies* 8.3(1962): 265-75. Print.

Grenberg, Bruce L. *Some Other World to Find: Quest and Negation in the Works of Herman Melville*. Urbana: Illinois UP, 1989. Print.

Hay, John. "Broken Hearths: Melville's Israel Potter and the Bunker Hill Monument." *The New England Quarterly* 89.2(2016): 192-221. Print.

Hiltner, Judith. R. "A Parallel and a Prophecy": Arrest, Superimposition and Metamorphosis in Melville's *Israel Potter*." *American Transcendental Quarterly* 2.1(1988): 41-55. Print.

Jackson, Kenny. "Israel Potter: Melville's "Fourth of July Story." *College Language Association Journal* 6(1963): 194-204. Print.

James, C.L.R. *Mariners, Renegades and Castaways: The Story of Herman Melville and the World We live in*. Detroit: Bewick/Ed, 1978. Print.

Kammen, Michael. *A Season of Youth: The American Revolution and the Historical Imagination*. New York: Knopf, 1978. Print.

Karcher, Carolyn L. *Shadow over the Promised Land: Slavery, Race, and Violence in Melville's America*. Baton Rouge: Louisiana State UP, 1980. Print.

Keyssar, Alexander. *Melville's Israel Potter: Reflections on the American Dream*. Cambridge: Harvard UP, 1969. Print.

Lebowitz, Alan. *Progress into Silence: A Study of Melville's Heroes.* Bloomington: Indiana UP, 1970. Print.

Lee, Richardson Nancy. *Herman Melville's Attitude Toward America.* Diss. University of Delaware, 1977. Print.

Maloney, Ian S. *Melville's Monumental Imagination.* Diss. The City University of New York, 2004. Print.

McCutcheon, Roger P. "The Technique of Melville's *Israel Potter.*" *South Atlantic Quarterly* 27(1928): 161-74. Print.

McWilliams, John P. *Hawthorne, Melville and the American Character: A Looking-Glass Business.* Cambridge: Cambridge UP, 1984. Print.

McWilliams, Ryan. "Uprooting, Composting, and Revolutionary History in *Israel Potter.*" *Leviathan: A Journal of Melville Studies* 20.3(2018): 45-57. Print.

Melville, Herman. *Moby-Dick: The White Whale.* Eds. Harrison Hayford And Hershel Parker. W.W.Norton & Company, 1967. Print.

_____. *Israel Potter: His Fifty Years of Exile.* Eds. Harrison Hayford, Hershel Parker, and G. Thomas Tanselle. Evaston: Northwestern UP, 1982. Print.

Peter, Harris B. *Melville: The Language of the Visible Truth.* Diss. Indiana University, 1975. Print.

Rampersad, Arnold. *Melville's Israel Potter: A Pilgrimage and Progress.* Bowling Green: Bowling Green State University Popular Press, 1969. Print.

Reagan, Daniel. "Melville's Israel Potter and the Nature of Biography." *American Transcendental Quarterly* 3.3(1989): 257-76. Print.

Reising, Russell. *Loose Ends: Closure and Crisis in the American Social*

Text. Duke UP, 1996. Print.

Rogin, Michael P. *Subversive Genealogy: The Politics and Art of Herman Melville*. Berkeley: California UP, 1985. Print.

Rosenberg, Brian. "*Israel Potter*: Melville's Anti-History." *Studies in American Fiction* 15.2(1987): 175-86. Print.

Rosenberry, Edward H. *Melville and the Comic Spirit*. New York: Buccaneer Books, 1969. Print.

Samson, John. *White Lies: Melville's Narratives of Facts*. Ithaca: Cornell UP, 1989. Print.

Sedgwick, William E. *Herman Melville: The Tragedy of Mind*. New York: Russel and Russel, 1962. Print.

Shurr, William H. ""Now, Gods, Stand Up for Bastards": Reinterpreting Benjamin Franklin's Autobiography." *American Literature* 64.3(1992): 435-51. Print.

Spanos, William V. *Herman Melville and the American Calling: The Fiction after Moby-Dick, 1851-1857*. Albany: State University of New York Press, 2008. Print.

Temple, Gale. "Fluid Identity in *Israel Potter* and *the Confidence Man*." *A Companion to Herman Melville*. Ed. Wyn Kelley. Oxford: Blackwell Publishing, 2003. 451-66. Print.

_____. "Israel Potter: Sketch Patriotism." *Leviathan: A Journal of Melville Studies* 11.1(2009): 3-18. Print.

Tendler, Joshua. "A Monument Upon a Hill: Antebellum Commemoration Culture, the Here-and-Now, and Democratic Citizenship in Melville's *Israel Potter*." *Studies in American Fiction* 42.1(2015): 29-50. Print.

Watson, Charles N. JR. "*Melville's Israel Potter: Fathers and Sons*." *Studies in the Novel* 7.4(1975): 563-68. Print.

Zaller, Robert. "Melville and the Myth of Revolution." *Studies in Romanticism* 15(1976): 607-22. Print.

4장 | 아메리칸 인디언 여성 자서전 문학: 린다 호건의 『파워』

류시화. 『나는 왜 너가 아니고 나인가』. 서울: 김영사, 2003. Print.

에리코 로. 『아메리카 인디언의 지혜』. 김난주 역. 서울: 열린 책들, 2004. Print.

하워드 진. 『미국민중사 1』. 유강은 역. 서울: 시울, 2006. Print.

Ackerberg, Peggy Maddux. "Breaking Boundaries: Writing Past Gender, Genre, and Genocide in Linda Hogan." *SAIL: Studies in American Indian Literatures* 6.3(1994): 7-14. Print.

Allen, Pula Gunn. *The Sacred Hoop: Recovering the Feminine in American Indian Tradition*. Boston: Beacon Press, 1986. Print.

Catches, Petes., Sr. *Sacred Fireplace: Life and Teaching of a Lakota Medicine Man*. Santa Fe: Clear Light Publisher, 1999. Print.

Deloria, Vine, Jr. *God is Red: A Native View of Religion*. Golden: Fulcrum Press, 1973. Print.

Fergusson, Ema. *Dancing Gods: Indian Ceremonials of New Mexico and Arizona*. Albuquerque: New Mexico UP, 1934. Print.

Hogan, Linda. *Dwellings: A Spiritual History of the Living World*. New York: W. W. Norton & Company, 1995. Print.

_____. *Power*. New York: W. W. Norton & Company, 1998. Print.

_____. *The Woman Who Watches Over the World*. New York: W. W.

Norton & Company, 2001. Print.

Manning, Pascale Mccullough. "A Narrative of Movies: Solicitation and Confession in Linda Hogan's Power," *SAIL: Studies in American Indian Literatures*, 20.2(2008): 1-21. Print.

Sands, Kathleen Mullen "Indian Women's Personal Narratives: Voices Past and Present." *American Women's Autobiography*. Ed. Margo Culley. Madison: Wisconsin UP, 1992. 268-94. Print.

Wilson, Norma C. "Linda Henderson Hogan." *Handbook of Native American Literature*. Ed. Andrew Wiget. New York and London: Garland Reference Library of the Humanities, 1996. 449-52. Print.

5장 | 고통과 치유의 문학: 린다 호건의 『고래 족』을 중심으로

김치수. 『상처와 치유』. 서울: 문학과 지성사, 2010. Print.

린다 호건. 「작품해설」. 『파워』. 김옥례 역. 서울: 솔 출판사, 2005. 376-81. Print.

에리코 로. 『아메리카 인디언의 지혜』. 김난주 역. 서울: 열린 책들, 2004. Print.

Adamson, Joni. *American Indian Literature, Environmental Justice, and Ecocriticism: The Middle Place*. Tucson: Arizona UP, 2001. Print.

Bevis, William. "Native American Novels: Homing In." *Recovering the Word: Essays on Native American Literature*. Ed. Brian Swann and Arnold Krupat. Berkeley: California State UP, 1987. 580-620. Print.

Chandler, Katherine R. ""How Do We Learn to Trust Ourselves Enough to

Hear the Chanting of Earth?": Hogan's Terrestrial Spirituality." *From the Center of Tradition: Critical Perspectives on Linda Hogan.* Ed. Barbara J. Cook. Boulder: Colorado UP, 2003. 17-33. Print.

Cook, Barbara J. "Hogan's Historical Narratives: Bringing to Visibility the Interrelationship of Humanity and the Nature World." *From the Center of Tradition: Critical Perspectives on Linda Hogan.* Ed. Barbara J. Cook. Boulder: Colorado UP, 2003. 109-19. Print.

DeZelar-Tiedman, Christine. "People of the Whale." *Library Journal* 133(2008): 61-63. Print.

Erickson, Kathryn E. "Silence, Absence, And Mystery in Linda Hogan's *Mean Spirit, Solar Storms, And Power.*" Diss. University of Central Florida, 2003. Print.

Gaard, Greta. "Strategies for a Cross-Cultural Ecofeminist Ethics: Interrogating Tradition, Preserving Nature." *Bucknell Review* 44(2000): 82-101. Print.

_____. "Tools for a Cross-Cultural Feminist Ethics: Exploring Ethical Contexts and Contents in the Makah Whale Hunt." *Hypatia* 16(2001): 1-25. Print.

Harrison, Summer. "Sea Level: An Interview with Linda Hogan." *Interdisciplinary Studies in Literature and Environment* 18.1(Winter 2011): 161-77. Print.

Hogan, Linda. "The Interview with Linda Hogan." *The Missouri Review* 17.2(1994): 109-34. Print.

_____. *Solar Storms.* New York: Simon & Schuster Inc, 1995. Print.

_____. *Dwellings: A Spiritual History of the Living World.* New York and London: W. W. Norton & Company, 1995. Print.

_____. "Silencing Tribal Grandmothers-Traditions, Old Values at Heart of

Makah's Clash over Whaling." *The Seattle Times* (Dec. 15, 1996): B9-10. Print.

_____. *Power*. New York and London: W. W. Norton & Company, 1998. Print.

_____. *The Woman Who Watches Over The World*. New York and London: W. W. Norton & Company, 2001. Print.

_____. *People of the Whale*. New York and London: W. W. Norton & Company, 2008. Print.

Jespersen, T. Christine. "Unmapping Adventure: Sewing Resistance in Linda Hogan's *Solar Storms*." *Western American Literature* 45.3(Fall 2010): 275-300. Print.

Manning, Pascale Mccullough. "A Narrative of Motives:Solicitation and Confession in Linda Hogan's *Power*." *SAIL: Studies in American Indian Literatures* 20.2(2008): 1-21. Print.

Peters, Jesse. "Everything the World Turns On; Inclusion and Exclusion in Linda Hogan's *Power*." *American Indian Quarterly* 37.1,2 (Winter/Spring 2013): 111-25. Print.

Peterson, Branda and Linda Hogan. *Sightings: The Gray Whales' Mysterious Journey*. Washington D.C.: National Geographic, 2003. Print.

Scholer, Bo. "A Heart Made Out Of Crickets: An Interview with Linda Hogan." *The Journal of Ethnic Studies* 16.1(2003): 107-17. Print.

Walter, Roland. "Pan-American (Re) Visions: Magical Realism and Amerindian Cultures in Susan Power's *The Grass Dancer*, Gioconda Belli's *La Mujer Habitada*, Linda Hogan's *Power*, and Mario Vargas Liosa's *EL Hablador*." *American Studies International* 37.3(October 1999): 63-80. Print.

6장 | 초국가적 정체성 추구: 셔먼 알렉시의 『플라이트』를 중심으로

김옥례. 「멜빌과 아메리칸 인디언」. 『근대영미소설』 16.1(2009): 35-57.
Print.

신진범. 「트라우마와 치유: 문학과 의학의 관점으로 읽는 토니 모리슨
의 『고향』」. 『영어영문학 연구』 56.3(2014): 283-99. Print.

_____. 「아동시기의 트라우마와 『그 아이를 도우소서』」. 『영어영문학
연구』 58.1(2016): 135-50. Print.

Alexie, Sherman. *Flight*. New York: Black Cat, 2007. Print.

_____. *Face*. Brooklyn: Hanging Loose Press, 2009. Print.

Berglund, Jeff. "Introduction." *Sherman Alexie: A Collection of Critical
Essays*. Eds. Jeff Berglund & Jan Roush. Salt Lake City: Utah UP,
2010. xi-xxxix. Print.

_____. "The Business of Writing: Sherman Alexie's Meditations on
Authorship." *Sherman Alexie: A Collection of Critical Essays*. Eds. Jeff
Berglund & Jan Roush. Salt Lake City: Utah UP, 2010. 241-64. Print.

Duban, James. *Melville's Major Fictions: Politics, Theology, and Imagination*.
Dekalb: Northern Illinois UP, 1983. Print.

Hafen, Jane P. "Rock and Roll, Red Skins, and Blues in Sherman Alexie's
Work." *Sherman Alexie: A Collection of Critical Essays*. Eds. Jeff
Berglund & Jan Roush. Salt Lake City: Utah UP, 2010. 62-73. Print.

James, Meredith. "'Indians Do Not Live in Cities, They Only Reside There':
Captivity and the Urban Wilderness in *Indian Killer*." *Sherman
Alexie: A Collection of Critical Essays*. Eds. Jeff Berglund & Jan
Roush. Salt Lake City: Utah UP, 2010. 171-85. Print.

Johnson, Jan. "Healing the Soul Wound in *Flight and The Absolutely True*

Diary of a Part-Time Indian." *Sherman Alexie: A Collection of Critical Essays*. Eds. Jeff Berglund & Jan Roush. Salt Lake City: Utah UP, 2010. 224-40. Print.

Melville, Herman. *Moby-Dick*. New York: W. W. Norton & Company, 1967. Print.

Nygren, Ase. "A World of Story-Smoke: A Conversation with Sherman Alexie." *Conversations with Sherman Alexie*. Ed. Nancy J. Peterson. Jackson: Mississippi UP, 2009. 141-56. Print.

Peterson, Nancy J. "Introduction." *Conversations with Sherman Alexie*. Ed. Nancy J. Peterson. Jackson: Mississippi UP, 2009. ix-xviii. Print.

Vonnegut, Kurt. *Slaughterhouse-Five*. New York: Dell, 1988. Print.

Weich, Dave. "Revising Sherman Alexie." *Conversations with Sherman Alexie*. Ed. Nancy J. Peterson. Jackson: Mississippi UP, 2009. 169-79. Print.

West, Cornel. *Race Matters*. New York: Vintage Books, 1993. Print.

7장 | 초국가주의적 교섭과 대화: 기쉬 젠의 『전형적인 미국인』

한스-율리히 벨러. 『허구의 민족주의』. 이용일 역. 서울: 푸른 역사, 2007. Print.

윤지관. 「이산이라는 야누스와의 대결」. 『자기 땅에서 유배당한 자들』. 아시아 아프리카 문학 페스티벌 조직위원회, 2007. 23-26. Print.

Chan, Sucheng. *Asian Americans: An Interpretive History*. New York: Twayne Publishers, 1991. Print.

Cheng, Scarlet(1991-92). "The Typical American Comes to Town." *Asian American Literature: Reviews and Criticism of Works by American*

Writers of Asian Descent. Ed. Lawrence J. Trudeau. Detroit, MI: Gale, 1999. 183. Print.

Chin, Margaret M(1992). "A Review of *Typical American*." *Asian American Literature: Reviews and Criticism of Works by American Writers of Asian Descent*. Ed. Lawrence J. Trudeau. Detroit MI: Gale, 1999. 185-86. Print.

Huang, Shuchen Susan. "Gish Jen." *Asian American Short Story Writers*. Ed. Guiyou Huang. Westpoert, Conneticut: Greenwood Press, 2003. 101-08. Print.

JanMohamed, Abdul R., "Worldliness-without-World, Homelessness-as-Home: Toward a Definition of the Specular Border Intellectual." *Edward Said: A Critical Reader*. Ed. Michael Sprinker. Cambridge: Blackwell, 1992. 96-120. Print.

Jen, Gish. *Typical American*. New York: Vintage Books, 1991. Print.

_____. *Mona in the Promised Land*. New York: Vintage Books, 1997. Print.

_____. *The Love Wife*. New York: Vintage Books, 2004. Print.

Kafka, Phillipa. *(UN) Doing The Missionary Position: Gender Asymmetry in Contemporary Asian American Women's Writing*. Westport, Conneticut: Greenwood Press, 1997. Print.

Lee, Ken-fang. "Cultural Translation and the Exorcist." *Melus* 29.3(2004): 105-27. Print.

Lee, Rachel C. *The Americas of Asian American Literature: Gendered Fictions of Nation and Transnation*. Princeton: Princeton UP, 1999. Print.

Matsukawa, Yuko. "Melus Interview: Gish Jen." *Melus* 18.4(1993): 111-20. Print.

Maxey, Ruth. "The East is Where Things Begin: Writing the Ancestral

Homeland in Amy Tan and Maxine Hong Kingston." *Orbis Literature* 60(2005): 1-15. Print.

Michaels, Walter Benn. *Our America: Nativism, Modernism, and Pluralism.* Durham NC: Duke UP, 1995. Print.

Mojtabai, A.G.(1991). "The Complete Other Side of the World." *Asian American Literature: Reviews and Criticism of Works by American Writers of Asian Descent.* Ed. Lawrence J. Trudeau. Detroit, MI: Gale, 1999. 176-77. Print.

Samarth, Marini. "Affirmations: Speaking the Self into Being." *Asian American Literature: Reviews and Criticism of Works by American Writers of Asian Descent.* Ed. Lawrence J. Trudeau. Detroit, MI: Gale, 1999. 184-85. Print.

Satz, Martha. "Writing About the Things That Are Dangerous: A Conversation with Gish Jen." 1-7.
http://web.ebscohost.com.ezpl.harvard.edu/ehost/delivery.

Simon, Sherry. *Gender in Translation.* London: Routledge, 1996. Print.

Storace, Patricia(1991). "Seeing Double," *Asian American Literature: Reviews and Criticism of Works By American Writers Of Asian Descent.* Ed. Lawrence J. Trudeau. Detroit, MI: Gale, 1999. 177-79. Print.

8장 | 수잔 최 작품에 나타난 경계 넘기

김영미. 「쑤전 최의 『외국인 학생』에 나타난 아시아 남성과 백인 여성의 사랑」. 『영미문학연구』 17(2009): 151-79. Print.

고부응. 나은지. 「수잔 최의『외국인 학생』과 초민족 공간」. 『미국소설』 15.1(2008): 29-52. Print.

유희석. 「한국계 미국작가들의 현주소: 민족문학의 현 단계 과제와 관련하여」. 『창작과 비평』 통권 116호(2002, 여름): 265-91. Print.

윤조원. 「번역자의 책무: 발터 벤야민과 문화번역」. 『영어영문학』 57.2 (2011): 217-35. Print.

정은경. 「식민지 지식인의 후예의 사랑」. 『디아스포라 문학』. 서울: 이룸, 2007. 120-31. Print.

황은덕. 「디아스포라와 문화번역: 수잔 최의『외국인 학생』을 중심으로」, 『현대영미소설』 20.1(2013): 151-74. Print.

허윤. 「'한국'의 번역과 한국계 문학에 관한 시론: 수잔 최의『외국인 학생』을 중심으로」. 『이화어문논집』 제 39집(2016): 89-110. Print.

최원식. 「민족문학과 디아스포라: 해외동포들의 작품을 읽고」. 『창작과 비평』 통권 119호(2003): 16-39. Print.

Black, Shaman. *Fiction Across Borders*. New York: Columbia UP, 2010. Print.

Choi, Susan. *The Foreign Student*. New York: HarperCollins Publishers, 1998. Print.

Chung, Hyeyurn. "Love Across the Color Lines: The Occlusion of Racial Tension in Susan Choi's *The Foreign Student*." *American Fiction Studies*. 20.2(2013): 55-70. Print.

Fulton, Bruce. "Interview: A Conversation with Susan Choi." *Acta Koreana*. 7.2(2004): 185-92. Print.

Kim, Daniel Y. ""Bled In, Letter by Letter": Translation, Postmemory, and the Subject of Korean War: History in Susan Choi's *The Foreign Student*." *American Literary History*. 21.3(2009): 550-83. Print.

Kim, Jodi. ""I'm Not Here, If This Doesn't Happen": The Korean War and Cold War Epistemologies in Susan Choi's *The Foreign Student* and Heinz Insu Fenkl's *Memories of My Ghost Brother*." *Journal of Asian American Studies*. 11.3(2008): 279-302. Print.

Koo, Eun Sook. "The literary Representations of Korean War Memories as "Grief Work": Ha Jin's *War Trash* and Susan Choi's *The Foreign Student*." *English Language and Literature*. 54.6(2008): 899-915. Print.

Parikh, Crystal. "Writing the Borderline Subject of War in Susan Choi's *The Foreign Student*." *The Southern Quarterly* 46.3(2009): 47-68. Print.

Yoo, Jae Eun. "A Nothingness Capable of Damage": Translating Trauma and Reading Alterity in *The Foreign Student*." *Journal of English Studies in Korea*. 20(2011): 87-107. Print.

http://www.Koreadaily.com(박숙희) 2008/02/19/16:49.

「외국인 학생 펴낸 수잔 최」. 『시사저널』. 1999. 8. 5.

9장 | 초국가주의 맥락에서 이민진 작품 읽기: 『파친코』를 중심으로

김옥례. 「기쉬 젠의 『전형적인 미국인』에 나타난 트랜스내셔날 패러다임」. 『미국소설』 16.2(2009): 37-53. Print.

_____. 「초국가적 정체성 추구: 셔먼 알렉시의 『플라이트』를 중심으로」. 『영어영문학 연구』 58.4(2016): 1-17. Print.

김민정, 이경란, 김영미 외 지음. 「서론」. 『미국 이민소설의 초국가적 역동성』. 김민정. 이경란 편. 서울: 이화여자대학교 출판부, 2011. 10-30. Print.

김신희. 「대화로서의 번역과 초국가적 공동체: 에바 호프만의 『로스트인 트랜슬레이션』.『미국 이민소설의 초국가적 역동성』. 김민정.
이경란 편. 서울: 이화여자대학교 출판부, 2011. 329-56. Print.

우은주.「초국가적 가족관계의 갈등과 화해: 데이비드 윙 루이의『야만
인들이 온다』와 맥신홍 킹스턴의『여전사』」.『미국 이민소설의 초
국가적 역동성』. 김민정. 이경란 편. 서울: 이화여자대학교 출판부,
2011. 235-56. Print.

유선모.『한국계 미국작가론』. 서울: 신아사, 2003. Print.

Johnson, Jan. "Healing the Soul Wound in *Flight* and *The Absolutely True
Diary of a Part-Time Indian.*" *Sherman Alexie: A Collection of Critical
Essays.* Eds. Jeff Berglund & Jan Roush. Salt Lake City: Utah UP,
2010. 220-40. Print.

Minjin Lee. *Pachinko.* New York & Boston: Grand Central Publishing,
2017. Print.

Fassler, Joe. *The Atlantic: "By Heart" Interview with Joe Fassler.*
https://www.minjinlee.com/news/2017-12-20-the-atlantic-by-heart-
interview-with-joe-fassler/

Karasik, Dini. *Origins Journal Interview. Min Jin Lee: Identity, Love, and
Exile.*
https://www.minjinlee.com/news/2017-01-23-origins-journal-interview/

Kuzui, Fran. *Nikkei Asian Review: Profile.*
https://www.minjinlee.com/news/2017-05-27-nikkei-asian-review-profile/

Machado, Juan. *Asia Society: Interview.*
https://www.minjinlee.com/news/2017-05-24-asia-society-interview/

Soble, Jonathan. *New York Times: Profile. A Novelist Confronts The
Complex Relationship Between Japan and Korea.*
https://www.minjinlee.com/news/2017-11-06-new-york-times-profile/

Wachtel, Eleanor. *Interviews on Writers & Company with Elenor Wachtel.* https://www.minjinlee.com/media/2017-10-29-interview-on-writers-company-with-eleanor-wachtel-audio/

김옥례

이화여자대학교 영어영문학과를 졸업하고 동 대학원에서 영문학 석사 및 박사 학위를 받았다. 이화여자대학교 강사, 수원대학교 교수를 거쳐 현재 한국교통대학교 교수로 재직 중이다. 스탠퍼드대학교 영문학과와 하버드대학교 여성학과 방문교수를 비롯해 한국근대영미소설학회 부회장을 역임했고 현재 영상영어교육학회와 한국영어어문교육학회 부회장직을 맡고 있다. 주요 저서로는『모비딕』(영미소설 해설 총서 4),『익시온의 고뇌: 멜빌작품에 나타난 예술가의 초상』,『영화로 읽는 영미소설 2: 세상 이야기』(공저),『미국소설 명장면 모음집』(공저),『미국소설과 서술 기법』(공저) 등이, 역서로는『파워』,『미국소설사』(공역),『영국소설사』(공역) 등이 있다. 다수의 영미소설에 관한 논문이 있고 최근에는 생태문학, 아메리칸 인디언 문학 연구에 관심을 기울이고 있다.

닫힌 사회 그리고 열린 텍스트

멜빌과 소수인종 작가 작품에 나타난 통합의 비전

초판 1쇄 발행일 2020년 7월 3일
김옥례 지음

발행인 이성모
발행처 도서출판 동인
주 소 서울시 종로구 혜화로3길 5 118호
등 록 제1-1599호
TEL (02) 765-7145 / FAX (02) 765-7165
E-mail dongin60@chol.com
ISBN 978-89-5506-826-9
정 가 24,000원